소설의 배경 지도

임존성

회이포
(오천항)

오서악(오서산)

도독성

웅진성
(공주)

신촌현
(주포면)

두릉윤성
(계봉산성)

솔섬

시루성

오합사(성주사)

부산

사비성(부여)

석성

홀뫼

황산벌

사포(부사호)

가림성(성흥산성)

갓개(입포)

기벌포(장항읍)

곰개
(웅포)

백강(금강)

주류성(우금산성)

출처: Google 지도

출처: 국토지리정보원

* 위치를 알아보기 좋게 최근 지도를 사용하였음.
  특히 해안선이 과거와 매우 다름.

* 장소에 관한 주장이 일치하지 않는 데가 있음.

* 표를 한 두 곳은 자취를 바탕으로 상상한 장소임.

별빛

사윌

때

별빛 사윌 때

제1판 제1쇄   2022년 9월 15일

지은이   최시한
펴낸이   이광호
주간   이근혜
편집   박지현 홍근철
펴낸곳   ㈜**문학과지성사**
등록번호   제1993-000098호
주소   04034 서울 마포구 잔다리로7길 18 (서교동 377-20)
전화   02) 338-7224
팩스   02) 323-4180(편집)   02) 338-7221(영업)
전자우편   moonji@moonji.com
홈페이지   www.moonji.com

© 최시한. 2022. Printed in Seoul, Korea.

ISBN 978-89-320-4050-9 03810

별빛
사윌
때

최시한 장편소설

문학과
지성사

일러두기

1. 이 이야기에는 실제 사건, 장소 등이 나오지만 주요 인물과 줄거리는 허구이므로 오직 소설로만 읽혀야 한다.

2. 관련 역사 자료가 적을 뿐 아니라 서로 다른 점이 있다.

3. 옛말을 알기 어려워 예사말로 풀어 쓰기도 하였다.

등장인물

물참   오서물참. 무사. 이 소설의 주인공. 왕족에서 갈라져 나온 귀족 '오서'씨 가문 출생. 서자庶子. 백제 멸망 때부터 여러 싸움에 참가. 극한의 굶주림과 폭력 속에서 핍박받는 이들을 도우며 백제 사람이 나아갈 길을 찾아 헤맴. (물참: 밀물이 가장 많이 들어와 잠시 쉬는 사이)

어머니   물참의 어머니. 무녀巫女. 백제 국가 제사의 제관 중 하나. 사비성 함락 때 적군에게 해코지당하여 고질병을 얻음. 그때 나라의 보물인 향로*를 잃어버리고 평생 잊지 못함.

형   물참의 형. 당이 백제 땅에 설치한 웅진도독부의 높은 벼슬아치. 백제 멸망 때 당에 포로로 끌려갔다가, 나중에 웅진도독이 되는 태자 부여융과 함께 당군이 되어 돌아옴. 물참을 형제로 대하나 줄곧 대립함.

---

*   백제금동대향로. 국보 287호. 1993년 12월 12일 부여 사비성의 나성 동문과 백제 고분들 사이의 절터를 발굴하던 중, 서쪽 공방工房 바닥의 나무로 된 수조 속에서 발견됨.

모루   말갈족 포로의 아들. 물참의 종으로 그와 항상 같이 움직임. (모루: 대장간에서 쇠붙이를 올려놓고 가공하는 바탕)

차돌   천민 출신 사냥꾼. 백제 부흥군에 참가했다가 물참을 따르게 됨. 물참이 사람들을 돕기 위해 짠 '구디' 조직의 우두머리. (구디: 매)

푸새   오서씨 가문의 식읍인 오서 농장에서 말을 기르고 농사를 지으며 살아온 노비. 물참을 따르는 구디의 한 사람. (푸새: 산과 들에 나는 온갖 풀)

산이   산자락에 솟은 바위로 미륵부처를 짓던 평민 돌장이의 딸. 아버지가 당군에게 죽은 뒤 물참, 모루와 가족이 되어 살아감.

천득   가야계 백제인. 신촌현 현령의 아들. 물참과 같은 스승에게 배운 친구 사이. 백제 부흥전쟁에 참가한 적이 있으며 물참의 형과 가까움. 왜국으로 가는 이들에게 배 사업을 하며 재물을 모음.

고사   신촌현 현령의 딸이자 천득의 동생. 매우 활달한 성격으로 물참을 좋아하여 그를 돕고자 함.

(고사: 구슬)

복신 귀실복신. 승려 도침과 함께 임존성에서 백제
부흥전쟁을 일으킨 지도자. 장군 혹은 좌평으
로 불림. 의자왕과 사촌 형제 간인 왕족. 탁월한
지휘 능력으로 백성의 기대를 모았으나 풍왕과
대립하다 내분에 휘말려 살해당함.

흑치상지 백제 풍달군장을 지낸 달솔. 왕족 출신의 장수.
복신, 사타상여 등과 함께 백제 부흥전쟁을 이
끌었으나 나중에 당에 투항하여 부흥군을 몰락
시킴. 후에 당나라로 가서 여러 전쟁에 참가하
여 공을 세움.

정무 좌평. 백제 부흥전쟁을 이끈 지도자 중 한 사람.
백제 멸망 때 가족이 포로로 당에 끌려감. 복신
을 옹호하다가 내분에 휘말림. 물참이 곁에서
모심.

도독성 성주 고구려 부흥군의 지도자. 웅진도독부가 짓던
도독성을 점령한 뒤 신라와 손잡고 나당전쟁에
합류함.

차례

첫째 날

새벽1 안개   13

새벽2 홀뫼   16

아침 큰내 골짜기   28

어머니   44

검님   62

낮전 오합사   67

복신   79

한낮 전쟁터   101

흑치상지   120

낮후 신촌현   140

형   156

둘째 날

낮전   도둑성   175

천득   196

산이   213

낮후   시루성   230

고랑달   259

셋째 날

한낮1   사포   273

한낮2   솔섬   284

한밤   달빛   289

후기   293

작가의 말   294

참고 자료   296

첫째
날

안개

먼동이 텄으나 나아갈수록 안개 속이었다.

어느새 바닷물이 들어와 걸음마다 철벅거렸다. 바닥의 모래밭도 도로 펄로 바뀌어 발목을 잡았다.

골을 타고 갯벌 깊숙이 들어왔던 배는 두 사람을 내려놓고 한참 전에 돌아갔다. 그 배도 지금 시허연 안개에 갇혀 까마득한 바다 어디를 헤매고 있을지 모른다.

눈앞이 안 보이니 몸의 움직임만 느껴졌다.

무젖은 옷이 몸에 감겼다. 앞에서 모루가 자꾸 엇가는 말의 고삐를 다잡으며 돌아보았다. 초조한 얼굴에 땀이 배어 있었다.

갯벌에서 물때를 놓치면 산 채로 밀물에 묻힌다. 파도에

쓸리는 모래처럼, 까마득한 세월 깊이 가라앉은 돌덩이처럼.

허리까지 물이 차오르면 몰라도, 가는 방향을 바꿀 수는 없다. 지금 여기서는 뿌우연 햇빛이 오는 동녘, 좀더 밝은 쪽으로 움직여야 한다. 처음에 정하고 줄곧 의지해온 거기로 가는 수밖에 없다.

정무 좌평은 마지막 숨을 몰아쉬며 말했다.

백제 백성을…… 아아, 큰 뜻에 따르거……

문득 안개가 서서히 흐르기 시작했다.

바람결에 흙내가 나는 듯했다. 어디선가 외마디 외침이 들리는가 싶을 때, 안개를 뚫고 작은 봉우리가 솟았다. 모루가 한숨을 토했다.

봉우리가 나타난 곳은 줄곧 가고 있던 쪽과 달랐다. 헛것 아닌가 싶었다.

잠시 후 그 뒤로 봉우리가 또 나타났다. 바닷가에 곧추 솟은 작은 섬들이 분명했다. 섬 아래에서 횃불이 둥글게 돌았다. '구디'(매)들끼리 약속한 신호였다.

이윽고 아득히 넓은 갯벌 멀리, 홀로 앉은 산이 보였다. 홀뫼였다. 부드러운 산자락이 엷은 새벽노을에 젖어 있었다.

전투가 끝나면 그랬듯이, 발에 느껴지는 땅의 감각이 새삼스러웠다. 목숨이 아직 몸에 붙어 있었다.

홰뫼

햇불을 끄며 등에 비스듬히 칼을 멘 차돌이 허리 숙여 인사했다. 그의 발치에 검게 탄 햇불 자루가 여럿 흩어져 있었다.

잦아들던 안개가 미끄러지듯 바다로 쓸려 가며 길고 긴 모래펄이 드러났다.

해당화가 지천으로 피어 있었다. 군사들의 피로 붉게 물들었던 강과 바다가 거기서 멀지 않았다. 백제를 무너뜨리러 당나라 군사가 이리 떼처럼 상륙했던 기벌포*도, 무너진 백제를 다시 세우려는 부흥군의 배가 무수히 불타올라 연기

---

*   충남 서천군 장항읍 지역에 있었던 포구.

며 불꽃으로 가득했던 백강(금강) 하구도 모두 그쪽에 있다. 그러나 이제 전쟁의 아우성은 간데없고 바닷새만 하늘에서 자맥질하듯 날아다닐 뿐, 여름 새벽의 땅과 바다는 고요했다.

푸새가 달려와 반갑게 인사하며 산기슭으로 안내했다. 체구가 작은 데다 살집이 적어서 언제나 몸이 가벼워 보였다. 아직 안개와 어둠이 고인 숲에서 무엇이 놀라 달아났다.

말 앞에 쭈그리고 있던 사람이 황급히 일어섰다. 고두쇠였다.

"그간 안녕하셨습죠? 안개까지 끼어 뵙기가 더 어렵구먼요."

사람이 셋뿐이었다. 한 사람씩 손을 잡은 뒤 등허리를 도닥였다. 전투를 시작하기 직전이나 오랜만에 만날 때면 늘 하던 손짓이었다. 그들이 서 있으려고 하는 걸 편히 앉도록 했다.

누룽지를 내놓으며 모루가 고수레를 하였다. 섬에서 출발할 때 부엌살림 하는 산이한테 받아 온 것이었다. 다들 그걸 침에 녹여 씹었다. 물참은 입맛이 없어 손대지 않았다.

나온 사람이 너무 적었지만 그는 내색하지 않았다.

"오랜만이다. 이렇게 다시 만나 반갑고, 예전 생각이 나는

구나. 내 형이 어찌 됐는지 아는 대로 이야기해다오.”

푸새와 고두쇠가 번갈아 말했다. 고구려 군사들이 오서악*
자락에 짓고 있던 ‘도독성’을 빼앗았는데, 싸움 중에 거기서
여러 사람이 죽었으며 그들 가운데 당나라 벼슬아치와 물참
의 형이 들어 있다는 것이었다.

오서악은 홀뫼에서 90리 북쪽, 황해가 멀리 보이는 곳에 우
뚝 솟아 있다. 백제가 망하기 전에는 나라에서 천지신명께 제
사 올리는 산으로 정한 오악五岳 가운데 하나로, 북악北岳이라
부르기도 했다. 그 산자락에 작년부터 사방에서 백성을 징
발해 성을 쌓고 있었다. 당이 백제 땅을 지배하고자 설치한
웅진도독부가 짓는 것이라, 백성들은 그걸 도독성이라 불렀
다. 도독부의 군대를 ‘도독군’이라 일컫듯이.

“그런 이야기는 대강 들었고, 도독성에서 죽은 이들 가운
데 내 형이 들어 있는 게 맞더냐?”

전투 중에 죽었다던 사람이 살아 있는 적은 많았다. 물참
의 생각에 성 쌓는 일 같은 건 형이 직접 나설 일도 아니었
다. 그런데 푸새의 말은 달랐다.

“성 쌓는 데 자주 오셨고, 일꾼 중에 아는 이가 있어 그런

---

*   오서산. 충남 보령시, 청양군, 홍성군의 경계에 있는 산.

소문이 났을 겝니다. 공사를 감독하던 당나라 벼슬아치가 이번에 죽었는데, 주부主簿님께서 그자와 같이 계셨다는 말을 여럿한테 들었습죠."

형이 자주 왔었다면 이야기가 달랐다. '주부'는 형의 도독부 벼슬 이름이었다.

푸새와 고두쇠는 오서악 아래 '전마들'에 있는 농장에서 기병이 타는 전마戰馬를 키우던 사람들이었다. 그곳은 왕족에서 갈라져 나온 오서씨의 식읍食邑이라 대대로 땅과 사람을 물참 집안이 관할했다. 백제가 망한 뒤 좋은 말은 당나라 군대가 몰수했고 나라의 말을 기르는 일마저 겨우 이어가는 정도지만, 지금도 두 사람은 아직 거기서 말을 돌보고 농사도 지으며 살았다. 집안의 맏이인 형은 전부터 그 땅의 주인 노릇에 관심이 컸고 성 쌓는 데도 왔었다니 얼굴을 아는 사람이 있을 터였다.

"오다가 배 주인한테 들었는데, 성문에 주검을 매달아놓았다는 말이 돈다더구나."

"저도 그 소릴 듣고 가봤지요. 겹겹이 지키며 성 근처는 얼씬도 못 하게 하는 바람에 멀리서 훔쳐보기만 했는데, 성문 앞에 쌓인 공사 자재들에 무얼 매달아놓은 것 같기는 했습죠. 이 여름에, 그게 무슨 끔찍한 짓인지 원…… 고구려 놈들은 사람을 그렇게 짐승처럼 다루나요?"

얼굴이 넙데데한 고두쇠가 누룽지를 삼키며 말했다. 그는 물참이 답하기도 전에 모루 쪽을 바라보았다. 몸집이 우람하고 살빛이 검은 모루가 심드렁하게 고개를 저었다. 그 모습이 대장간에서 온갖 쇠붙이를 올려놓고 두들기는 바탕에서 따온, 그의 이름하고 잘 어울렸다. 고구려가 있던 북쪽 말갈족의 피를 받았지만, 그가 태어난 곳은 사비성의 남문 밖이었다.

"함부로 덤비지 못하게, 허세를 떠느라 그랬을 거다. 그런데 분명치가 않구나. 그런 짓을 저지른 자들이 고구려 사람인 건 맞겠지?"

고구려가 당과 신라에 망한 지 3년 지났으니, 그 백성들이 백제 땅에 흘러들고도 남았다. 하지만 평양성에서 천 리는 떨어졌을 남쪽, 고구려 땅과 한가지로 당이 지배하는 여기까지 와서 성을 뺏고 벼슬아치도 죽인 건 예삿일이 아니었다. 형도 형이지만, 고구려군이 도독성을 점령했다는 말을 처음 들었을 때 물참은 적잖이 놀랐다.

차돌이 나섰다. 섬에 와서 형 소식을 처음 알린 사람이 그였다.

"고구려 사람들인 건 틀림없습니다. 옷차림도 그렇고 말투도 그렇고. 제가 엊그제 찾아뵈었을 때 말씀드렸잖습니까? 회이포* 어부들 말이, 처음엔 커다란 배 세 척이 바깥 바다 섬들 사이를 며칠이나 오락가락했다구요. 그게 갑작스레 포구로 들어오더니 고구려 옷차림을 한 장정들이 우르르 내리더랍니다. 그자들이 쏜살같이 어디로 갔는데, 나중에 보니 도독성을 쳤구요."

회이포는 오서악과 30리 떨어진 포구였다. 당과 왜의 배까지 들어오는 곳이니, 고구려에서 알기 어렵지 않을 데였다. 고구려가 망했는데, 고구려군의 배는 어디서 왔으며 왜 회이포에 머물러 있을까? 섬으로 들어가기 전에 물참은 거기서 몇 해 살았다. 거기를 놔두고 오늘 홀뫼 해안으로 뭍에 오른 것은 그들 눈에 띄고 싶지 않아서였다. 고구려의 수군이 여태 남아 회이포까지 와서 성을 점령할 정도라면, 고구려는 아직 숨이 붙어 있다는 이야기이다.

"그런데 희한하게 사람들이 사방에서 잇달아 도독성으로 모여들고 있습니다. 제가 그리로 들어가는 나잇살이나 먹은 자한테 말을 붙여봤는데, 입을 좀체 안 열면서도 자기네가 고구려 사람인 건 맞다고 고갤 끄덕이더군요. 우리하고 말

* 충남 보령시 오천면의 오천항.

도 통하지만 생김새나 차림새가 크게 다르지 않았습죠. 백제 사람도 고구려 자손이라 그런가 봅니다. 어디서 기다렸다 오는 것처럼 며칠 새에 적잖이 그 골짜기로 들어가는 바람에, 모이면 다들 그 얘기랍니다. 말을 여러 필 가진 데다 아이들과 여자들까지 섞인 걸 보면, 큰 무리 같습니다. 그 나라도 망하긴 했다지만, 고구려 사람들이 어째 여기까지 떼로 와서 저럴까요?"

고구려 사람들이 어째서…… 섬으로 와 형 소식을 전할 적에도 했던 말을 차돌은 또 하였다. 그는 눈앞의 움직임보다 돌아가는 형편을 알고 싶어서 늘 질문이 많았다.

물참도 그게 궁금했다. 한낱 도둑 떼나 불한당패라면 굳이 도독부가 짓는 성을 점령할 리 없고 또 그러기도 어렵다. 이것은 새로이 시작된 어떤 움직임의 징조일지 모른다. 그 움직임이 예전의 백제 부흥전쟁 같은 고구려 부흥전쟁이라면, 그게 다른 데도 아닌 바로 여기서 일어나 멸망한 고구려와 백제가 만난다면……

물참을 알아보고 아까부터 얼룩이가 투륵투륵 소리를 냈다. 섬으로 들어갈 때 푸새한테 돌려주었던, 물참이 타던 말이었다. 다가가 목을 쓰다듬어주었다. 잘 돌보았으나 그새 나이를 먹은 티가 났다.

푸새가 쭈뼛거리며 말했다.

"작년부터 잘 먹지를 않아서…… 오랜만에 주인을 다시 만났으니, 인제 전처럼 팔팔해질 거구먼요."

"돌보느라 수고했다. 이 말을 내가 또 타게 생겼구나."

"아이구, 그런 말씀 마십시오. 애초에 물참님 말인걸요. 그러구 이런 일이야 제가 당연히…… 이렇게 오신 것만으로도 저희는 얼마나 안심이 되는데요. 그런데 머릿수가 이다지 적어서 어쩝니까? 요새는 구디들마저 연락이 뜸한 데다, 시간이 급해 다 알리기 어려웠습죠."

고두쇠도 근심스러운 표정으로 말을 보탰다.

"큰 어른께서 그런 일을 당했는데도 저희가 모르고 있었으니 드릴 말씀이 없군요. 좌우간 앙갚음을 단단히 해야 할 텐데, 어쩌지요?"

형을 아직도 '큰 어른'이라고 부르는 그는, 몇 년 전 용머리 싸움 때 다친 왼팔로 남은 누룽지를 어색하게 쥐고 있었다. 작년에 섬에 찾아왔을 적에 그의 팔을 보며 물참이 안된 표정을 짓자 덕분에 도독군으로 잡혀가는 걸 면했다고, 죽으면 썩을 몸인데 아직 쓸 만하니 괜찮다고 천연스레 말했었다.

"너희한테 무슨 잘못이 있겠느냐? 그리고 나는 복수를 하러 온 게 아니다. 주검을 찾아 장례나 치렀으면 한다.”

허나 그마저 쉽지 않을 성싶었다. 배를 가지고 여태 고구려 수군 노릇을 했다면 여간내기들이 아닐 터이다. 주검을 내주기는커녕 시치미나 떼고 말지 모른다. 게다가 그들이 하필 도독부가 직접 짓는 성을 빼앗은 게 예사로워 보이지 않는다.

백제는 나당이 함께 멸망시켰지만, 당은 백제 땅에 도독부를 세우고 도독을 앉혀 자기들 마음대로 지배해왔다. 신라가 그걸 좋아할 리 없었다. 부흥전쟁에서 다시 백제를 이긴 후 도독부가 당에서 데려온 군사로 모자라 백제군 잔병과 새로 징발한 장정까지 합쳐 도독군을 만들었는데, 애초부터 신라는 그들을 가리켜 당의 ‘꼭두각시’라며 낮추어 볼 뿐 아니라 눈엣가시처럼 여겼다. 고구려군이 그런 사정을 계산하여 도독군이 주둔할 성을 점령했다면, 그들은 신라가 바라는 공격을 한 것이다.

벌써 작년 일이었다. 당나라를 끌어들여 백제를 멸망시킨 신라가, 또 당이 고구려를 멸망시키는 데도 죽을힘을 쏟아 도와준 신라가, 그 당나라를 상대로 전쟁을 시작했다는 이야기를 처음 들었을 때 물참은 귀를 의심하였다. 백제한테서 신라를 구해주었다고 생각할 당의 황제가 보자면 배신을 한 셈인데, 신라는 그 이유를 무어라고 댈 것인가? 그 명분이야 어찌 꾸며댄다 하더라도, 전쟁은 이기지 않으면 죽는다. 신라가 대국大國과 정면으로 맞서 이길 수 있는가?

백제 사람들 처지도 딱하게 되었다. 백제를 멸망시킨 원수들인 저 당과 신라가 저희끼리 맞붙어 싸움을 벌이면, 그러잖아도 당이 세운 도독부를 따르네 마네 하며 쪼개진 백성들은 어느 편에 서야 목숨을 부지할지 갈피를 잡기 어렵다. 이 판에 고구려군까지 나타나 성을 점령했으니, 정말 세상이 어찌 돌아가는지 가늠하기 힘들다. 고구려 사람들 눈으로 보면, 도독부의 벼슬아치인 형은 당나라 사람과 한 족속이나 다름없을 것이다. 핏줄과 사는 땅을 가지고 네 편과 내 편, 네 나라 내 나라를 가르던 시절은 지나갔다.

아까 바다를 건너오다 안개에 파묻혀 두려운 마음이 들었을 때, 물참은 코앞의 깊디깊은 물을 보며 자기보다 형의 죽음을 생각했다. 하나뿐인 형이 죽었다면, 이제 가족 중에 자기 혼자만 남는다. 이제 와서 되씹어봐야 소용없지만, 형은 신라가 감히 당을 공격하여 도독군이 당의 화살받이 신세가 될 거라는 생각을 눈곱만치라도 해보았을까? 난데없이 고구려군이 나타나 당나라 벼슬아치가 짓고 있는 도독성을 치리라고 상상이나 했을까?

이 땅에서 끝없이 이어지는 난리는 짐승들의 먹고 먹히는 싸움, 목숨이 붙어 있는 한 날마다 되풀이하는 싸움박질과 다를 바 없다. 몸뚱이가 있으니 언젠가 죽게 마련이나, 그렇게 짐승처럼 싸우지 않는다면 하늘이 준 명줄대로 살 수도 있으련만, 지금 이 백제 땅에서 그건 꿈에 지나지 않는다. 뜻 있는 죽음, 나라를 위한 죽음——그것도 그럴 값어치가 있는 뜻과 나라가 있을 때의 이야기이다.

날이 다 새어 더워지기 시작했다.

다들 말에 올랐다.

모처럼 얼룩이의 등에 오르니 다리에 힘이 들어가며 조금 기운이 나는 성싶었으나, 물참은 변함없이 같은 늪에서 허우적대는 느낌을 떨치기 어려웠다. 지난 몇 달 동안 물참은 신라와 당의 싸움이 그들에게 멸망당한 백제한테, 이제 아무것도 남지 않은 백제 사람한테 무슨 소용이 있을지를 생각하고 또 생각했다.

그는 오랜만에 허리에 찬 검을 손으로 확인하며, 이렇게 나선 노릇 역시 섬에서 밤마다 무수히 지었다 허물고 만 계획들처럼 한갓된 게 아닐까, 장례는커녕 공연히 여러 사람 수고롭게 하는 게 아닐까 저어하였다.

그의 목소리가 무거웠다.

"시루성으로 가자."

화살통을 비스듬히 멘 모루가 앞장섰다.

큰내 골짜기

근방의 산줄기들은 하나같이 서남쪽으로 내뻗다가 바다로 빠졌다. 산이 높아 줄기 사이마다 골짝이 깊고 큰 시내가 흘렀다. 길도 그 시내가 거느린 수풀을 따라서 났다.

그들은 되도록 큰길을 피했다.

큰내[大川]가 보이는 등성이에서 내를 따라 가풀막진 산기슭을 타고 나아갔다. 인적이 드문 길이라 끊어지고 무너진 데가 많았다. 다들 말에서 내렸다.

얼마 뒤 내가 흐르는 넓은 골짜기에 들어섰다. 거기서 오서악을 왼편에 두고 말로 한나절이 채 걸리지 않는 곳, 험준한 산 위에 임존성*이 있다. 백제 부흥전쟁의 깃발이 오른 곳. 왕은 항복했으나 백성들이 떨쳐 일어나 침략자의 공격을 막아낸 곳. 나라를 되살리려는 그 부흥군 속에서 막강한 외적을 향해 활을 쏘던 물참은 열일곱이었다.

그로부터 3년이 지난 후, 또다시 부흥군은 거기서 꺼져가는 저항의 불씨를 살리고자 적과 맞붙었다. 그때도 헤아릴 수 없이 많은 장정이 나라를 되찾기 위해 목숨 바쳐 싸웠다. 물참은 그 높은 성벽을 꿈에서도 보곤 하였다.

임존성으로 가는 길은 눈을 감고도 훤하였다. 지금 옆에 흐르는 큰내를 거슬러 가다가, 물길이 잦아드는 고개에서 잠시 쉰다. 그 물 나뉘는 고개 북쪽으로 흐르는 냇길을 따라 한참 내려가다 보면, 드넓은 벌판이 열리는 아득한 허공에 매달린 듯 치솟은 성이 보인다. 여전히 거기 있어도 이제는 백제 것이 아닌, 그 견고한 성이 보인다.

앞서가던 모루가 별안간 뭐가 있다는 시늉을 했다. 각자 흩어져 말을 숨기며 가리키는 쪽을 살폈다.

계곡 아래 풀이 우거진 버덩에, 어른 아이 뒤섞인 사람 열댓이 땅에 주저앉아 있었다. 다 죽은 얼굴로 벌벌 떠는 행색이 너무도 초라했다. 돌로 괸 솥 주변에 아직 연기가 오르고

---

*   충남 예산군 대흥면에 있는 성.

그릇들이 흩어져 있어, 밥을 지어 먹다 산적을 만난 모양이었다.

험상궂은 자 네댓이 무기를 들고 그들을 둘러선 게 보였다. 두목인 듯한 텁석부리가 칼을 함부로 휘두르며 지껄였다.

"먼 길 나선 모양인데, 먹을 게 이것뿐이야?"

한쪽에 작은 곡식 자루 몇 개가 놓여 있었다.

"감춰놓은 게 더 있지? 빨리 내놓아라. 그러지 않으면, 어디 이놈부터 멱을 따줄까?"

텁석부리는 발치에서 벌벌 떨고 있는 사내의 멱살을 움켜쥐고 칼끝을 겨누었다. 옆 사람들이 피하며 비명을 질렀다.

모루가 화살을 뽑아 들고 물참의 명을 기다렸다.

흔한 게 도둑이요 강도였다. 전쟁 없는 해가 드물기도 했지만, 나라가 망할 적부터 백제 땅에는 편안한 구석이 없었다. 갖은 무리가 뒤얽혀 싸움과 패악질로 날이 새고 저물었다. 그러니 백성들이 농사는커녕 굶주리고 괴롭힘당하다 죽지 않으면 저도 도둑이 되었다.

말을 칼로 하는 세상이야——나라가 무너진 뒤 너나없이 하는 소리였다. 귀족이든 평민이든, 칼에 목숨을 건 군인이거나 주인의 혀에 목숨이 달린 종이거나 걸핏하면 그 말을 했다. 칼이 말을 대신하니, 정말 피를 많이 보았다.

물참은 모루의 활을 제지했다. 이런 일이 처음이 아니었다. 서두르다 누가 상하느니보단 느린 게 나았다. 그는 허리의 칼자루에 한 손을 얹은 채 놀라지 않도록 천천히, 숲에서 그들을 향해 나아갔다. 다들 알아채고 조금 뒤떨어져 따랐다.

느닷없이 벌어진 일에 도둑들이 놀라며 무기를 꼬나들었다. 물참은 좋게 말했다.

"허투루 칼 내두르지 말고, 조용히 떠나거라. 우리는 싸움터에서 살았던 이들이다. 너희가 겨룰 수 있겠느냐?"

텁석부리가 오만상을 지으며 호기를 부렸다.

"우리가 먹을 걸 네놈들이 처먹겠다구? 도둑한테 도둑질하는 판이구나. 이 빌어먹을 땅에서 싸움이라면 우리도 이골 났으니, 어디 덤벼봐라!"

가까이 보니 그들은 여러 날 굶은 들짐승 같았다. 다들 여윈 데다 무기도 보잘것없었다. 허우대가 헌칠한 물참이 텁석부리한테 예사로이 다가서며 한마디 더 하였다.

"네 눈엔 도둑만 보이느냐?"

전쟁터에서 죽기 살기로 몸부림치던 때의 긴장이 오랜만에 되살아났다. 몸이 절로 떨렸다.

그때 텁석부리가 와락 물참한테 덤벼들며 칼을 휘둘렀다. 물참은 몸을 틀어 피하는 동시에 그를 잡아챘다. 순식간에 일어난 일이었다. 텁석부리는 제 힘에 비칠대다 다리가 꼬여 넘어졌다.

차돌이 손을 쳐들어 등에서 칼을 뽑았다. 장검이 햇빛을 받아 번뜩였다. 도둑들을 에돌며 모루는 금세라도 쏠 듯이 화살을 시위에 메겼다.

그래도 물참은 칼을 뽑지 않았다. 피를 보고 싶지 않았고, 굶주림에 찌든 이들을 욕보이고 싶지도 않았다.

마침내 도둑들이 슬금슬금 물러섰다. 머뭇대던 텁석부리도 하릴없다는 듯 뒷걸음질 치다 졸개들을 따라가버렸다.

사람들이 땅에 주저앉은 채, 물참 일행도 정말 또 다른 도둑인가 싶어 불안한 눈을 굴렸다.

아까 칼 겨눔을 당했던 사내가 기신을 못 하기에 부축해 일으켜주자, 그는 비로소 물참의 옷자락에 머리를 묻으며 울먹였다.

"아이구, 장군님! 모진 목숨 살리라고, 오서악 산신령님이 보내셨군요."

"나는 장군이 아니라오. 어쩌다 이리되었소?"

"여기 소인하고 몇 사람은, 지난해에 저기 저 도독성 쌓는 데 끌려왔다가, 싸움이 벌어진 틈을 타 잡히는 대로 먹을 걸 가지고 내뺐습죠. 저어기 백강 남쪽에 있는 집엘 가려구요. 길을 모르고 아픈 사람도 있어 산에 숨어 지체하다 어제 우연히 저 사람들을 만났는데, 무서우니 제발 같이 좀 가달라고 사정하는 바람에 합쳤지요. 저희가 한 식구는 아닙니다요."

물참은 그들의 홀쭉한 곡식 자루를 쳐다보았다. 백강은 남으로 백 리 넘게 가야 있는데, 강을 건너 또 얼마를 가야 집에 닿는지 알 수 없었다.

차돌이 도독성 이야기를 듣더니, 거기서 일어난 일을 두고 이것저것 캐물었다. 그들은 성을 뺏은 자들이 고구려군인 것도 모르고 있었다. 자기들은 본래 토성을 쌓던 사람들인데 그 성은 돌로 짓다 중단하고 나무를 썼으며, 성은 대강 모양을 갖추었지만 서둘러대는 통에 다들 집에 못 돌아가고 일하다 죽는 줄 알았다고 했다.

물참이 물었다.

"게다가 왜 성을 그렇게 서둘러 짓는다 하오?"

"워낙 밤낮없이 몰아대니, 저희도 그게 궁금했습죠. 병사들한테 듣기로는, 웅진(공주)이나 사비(부여)와 황해 사이에 지름길을 내려고 그런답디다."

백강의 물길이 바다로 통하는데 지름길이라니, 좀 이상스러웠다. 회이포가 가까우므로 수군을 통제하거나 당을 오가는 이들이 머무는 데 쓸 장소일지 몰랐다. 그렇다면 백강 말고 땅 길로 당나라와 통할 도독부의 해안 쪽 근거지가 될 수 있었다.

물참이 다시 물었다.

"고구려인들, 그러니까 성을 뺏은 자들이 이녁 같은 백제 사람을 어찌 대하였소?"

"어쨌냐 하면, 우리가 막 도망을 치는데…… 그러구 보니 당나라 놈들하고 그편 군사만 공격하고 저희는 놔두었 습죠."

모든 걸 미리 알아보고 준비했음이 틀림없다. 싸우는 와중에도 당인과 도독군만 노리며 일반 백성은 해치지 않았다면, 좋은 징조이다. 그들의 속을 떠보아야 알겠지만 도독성 공격은 시작에 불과할지 모른다.

화색이 돌아온 사람들은 이왕 도와준 김에 산을 벗어날 때까지 자기네와 같이 가달라고 청했다. 하지만 그러기 어려우니, 산적이 무서우면 숲길이 아니라 골짜기 바닥의 시내를 따라가는 게 낫다고 푸새가 일러주었다.

바지저고리를 입은 사람 하나가 봇짐을 지지 않고 머리에 이는 게 이상했다. 그의 얼굴이 매우 검었다. 물참이 어디가 아프냐고 묻자, 그는 머뭇대다 가느다란 목소리로 말했다.

"여자 얼굴 감추려고, 재를 발랐지요. 고마우신 장군님 부디 잘되시라고, 날마다 검님*께 빌겠사옵니다."

장군이라는 말을 자꾸 들으니 고랑달 생각이 났다—장군님은 전쟁을 수없이 겪은 싸울아비라는데, 왜 가르칠 게 없다 하십니까? 지금 세상에 배울 것으로 무술이 최고 아닙니까?

그는 위험한 순간에 물참을 구하다 이른 나이에 죽었다. 전쟁터에서 헤아릴 수 없이 많은 주검을 보았는데도, 또 누구의 목숨이 더 소중할 리 없는데도, 아직 어린 티를 벗지 않은 그의 몸이 갯벌에 범벅된 채 뉘어 있던 모습이 잊히지 않았다. 말을 칼로 하는 세상에서 무술 배우겠다고 찾아왔다가 그마저 못 하고 일찍 죽어 그런 성싶었다.

아무래도 사람 수가 적었다. 시루성이 멀지 않은 데서 물참은 일행을 나누었다.

---

*   신령님. 신령스런 존재를 두루 높여 부르는 말.

"도독성에 가서 대거리하려면, 아무래도 사람이 더 있어야겠다. 거기서 왜 싸움이 나고 사람이 죽었는지, 사정도 더 알아봐야 하겠고. 누가 더 올까 싶지만 오늘만 기다려보자. 나도 찾아보마. 올 사람은 늦더라도 시루성으로 오라고 일렀지?"

차돌이 면목 없다는 낯빛으로 그랬다고 답했다.

"도독성이 오서악의 넙티 부근이라고 들었다. 내일 어디서 만나 거기로 가는 게 좋을까?"

"넙티 아래 용못입니다."

차돌은 부근의 지형을 제 손금 보듯 하였다.

"그럼 이렇게 하자. 몇이 되든지 내일 해 뜰 무렵 용못이라는 데서 만나자. 게가 어딘지 모르는 사람은 차돌한테 물어보구, 되도록 몸을 숨기며 움직이도록 해라. 우리가 산적이나 군사처럼 보여 좋을 게 없지. 산적도 아니지만 어느 나라 군사도 아니니 말이다. 나와 모루는 오합사*에 들른 뒤, 신촌현** 관아에 가서 묵을 게다. 형의 주검을 내일 일찍 모셔내려면, 집이 먼 사람은 저녁에 시루성에서 묵는 게 좋겠다. 거

---

*   충남 보령시 성주면에 있음. 현재 이름은 성주사.

**   충남 보령시 주포면 지역에 치소가 있었던 현.

기는 지금 어떻지?"

시루성은 전에 구디들이 모이고, 도둑을 피해 바닷가 사람들도 모여 살던 데였다. 그들 또한 조금 전 도둑에게 시달리던 백성들과 같은 신세였지만, 물참은 제대로 돕지 못하고 섬으로 떠났었다.

푸새가 말했다.

"시루성은 그저 비어 있습니다. 지붕들이 내려앉아, 작년 겨울에 몇 사람이 서까래를 갈고 이엉도 대강 때웠습죠. 그런데 저어, 돌아가신 분을 모시려면 관이 있어야……"

"그렇구나. 지금 관을 마련하기 어려우니 어쩌나?"

"짚으로 볏섬 같은 거라도 튼튼히 지으면 어떨까요? 말에 묶기 좋두룩."

푸새는 만사를 미리 궁리하여 챙겼다. 농장에서 병든 말 잘 돌보기로 이름이 나서, 말 기르는 일의 명맥을 잇는 사람이 그였다. 물참은 고개를 끄덕여 고마움을 표했다.

헤어지기 전에, 물참이 차돌한테 물었다. 형이 죽었다는 소식을 듣고 섬에서 한발 먼저 내보내며 그에게 따로 당부한 게 있었다.

"그래, 사정이 어떻더냐?"

"말씀하신 걸 알아보니, 지난해부터 신라가 도독부의 성들을 물밀 듯이 공격하여 수십 군데나 점령했답니다. 백강 남쪽에서는 머잖아 예전 백제 땅을 신라가 다 차지할 거라는 말까지 돌고 있습죠."

물참은 속으로 크게 놀랐다. 신라와 당의 싸움이 그렇게까지 커진 데다 신라에 이롭게 흐르는 줄 모르고 있었다. 그정도 규모라면 백강 남녘에서 다시 전쟁이 벌어진 셈이었다. 백제 땅에 당이 도독부를 설치한 지 어언 10년이 넘었으나 신라의 간섭으로 그 세력이 실제 미치는 지역은 한정되어 있었다. 어찌 됐든 도독부가 백제 땅을 꽤 지키고 있는 셈이었는데, 그마저 신라에 잔뜩 넘어갔다면⋯⋯ 이 사태를 어찌 받아들여야 할지, 얼른 판단이 서지 않았다.

3년 전 고구려까지 멸망한 뒤, 물참은 섬에서 구디들과의 연락마저 끊었다. 허나 지금 그걸 후회하고 싶지는 않았다. 후회하고 한탄할 일은 하고많았다. 그로부터 5년 더 거슬러 부흥전쟁 최후의 결전이 일어나기 직전, 내분이 일어나 모시던 정무 좌평과 복신 장군이 죽고, 그걸 계기로 부흥군이 내리막길에 들었던 적부터 물참은 자꾸 되살아나는 아쉬움과 낙담을 억누르느라 이를 깨물곤 했다. 세월이 한참 흘렀어도, 그 소용돌이 중에 부러졌던 왼쪽 다리가 쑤셔대기라도 하면, 물참은 내가 왜 그때 더 현명하게 생각하고 빨리 움직이지 못했던가 하는 후회가 불처럼 일어나 도무지 마음을 걷잡지 못했다.

"사실 그 남쪽 성들은 신라군이 닥치자 싸우지도 않고 지레 항복한 데가 많을 거라고들 하더군요. 당나라를 위해 죽기는 싫어서 말입니다. 그런데 저 백제 사람들, 그러니까 당군과 한패가 되어 도독군에 속한 백제군은 어찌 불러야 맞습니까? 백제 군사라고 하기도 그렇구, 안 하기도 그렇구…… 말을 할 적마다 걸려서요."

"글쎄. 당나라의 지배를 받아들이면, 백제 사람도 당과 한 족속 아니겠느냐? 굳이 백제 사람이라고 할 게 없지."

신라가 백강 이남의 성들을 머잖아 거의 다 차지할 거라는 말을 되씹으며, 물참은 짧게 답했다.

그럴 터이다. 신라가 작년부터 점령했다는 백제 땅의 그 성들에서, 신라에 항복했을 도독군들은 거의가 백제 사람이다. 백제 사람이 누구인가? 백여 년 전 백제는 신라와 동맹을 맺고 가야까지 연합하여 고구려를 쳤다. 그 전쟁에서 승리해 한강 하류의 옛 땅을 회복했으나, 이내 신라가 배반하고 거기까지 마저 차지한 다음 당으로 가는 길을 텄다. 이를 갈며 신라를 응징하고자 벌인 관산성 싸움에서 백제는 대패하여 성왕聖王이 전사하고 3만 가까운 군사들이 전멸했다.

'말 한 필 살아 돌아오지 못했다'는 이 전쟁 이후, 백제는 신라를 철천지원수로 여겨왔다. 신라가 당과 한패가 되어 나라까지 멸망시킨 뒤로, 백제인 가운데는 그들의 지배를 끝내 거부한 사람이 많았다. 하지만 땅에 붙박여 살다 보니 당이 설치한 도독부에 억지로 속하는 것까지 막을 수는 없었다. 그러므로 지금 벌어지는 신라와 도독부의 전쟁은, 예전 신라와 백제 싸움의 되풀이와 같다. 변한 게 있다면, 이제는 어느 쪽이 항복한대도 당이 버티고 있기에 싸움이 끝나지 않는다는 점이다.

지금 당군의 주력부대는 사비성과 웅진성*에 웅크리고 앉아 여간해서 나오지 않는다. 그러니 이 전쟁은 알고 보면 삼한에서 태어나 서로 통하는 말을 쓰며 비슷하게 사는 족속끼리의 싸움질인 셈이다. 나라 잃은 백성, 주인 노릇 못 하는 족속의 꼴이 이토록 어지럽고 어리석다. 백제 사람은 말할 것 없고, 삼한 사람 모두한테 정말 수치스럽기 짝이 없는 게 이 나당전쟁이다. 삼한 땅에 당을 끌어들인 신라가 참으로 원망스럽다. 이 땅에서 10년 넘게 계속되는 이 한심한 싸움은 도대체 언제나 끝날까?

＊　충남 공주시에 있는 성. 현재 이름은 공산성.

물참의 어두운 기색을 살피며 차돌이 조심스레 물었다.

"한데 신촌현에는 현령 자제를 만나러 가십니까?"

현령 자제란, 물참의 친구 천득을 가리키는 말이었다.

그렇다고 하자 차돌이 무슨 말을 하려다 말았다.

"큰일들이 벌어져 갈피를 잡기 어렵구나. 무슨 이야기든 거리낌 없이 해보거라. 이번 일을 도와주면 좋겠는데, 그 친구가 도독군이 되어 집에 없지는 않을까?"

"도독군 명부에 이름은 올렸나 몰라도, 입성이나 행동을 보면 군장郡將을 도와 도독군을 모으는 사람이지 도독군은 아닙니다. 제가 드리려는 말씀은, 저어기 고잔이, 용머리 싸움 때 공을 많이 세운 고잔이 아시지요? 은개에 사는 구디 말입니다. 그 친구가 주부님께서 현령 아들하고 자기 동네 앞을 지나 솔섬 쪽으로 가는 걸 보았답니다. 바로 도독성 싸움이 벌어진 그날 점심 전에, 병사를 여럿 데리고 말이지요. 고잔이는 어제부터 부친이 매우 위독하여 못 왔는데, 늦게라도 시루성으로 온다고 했습니다."

물참은 오래전에 천득이 사비성으로 형을 만나러 간다고 했던 게 생각났다. 도독성 쌓는 일에도 천득 부자父子가 관여했을 테니, 두 사람이 가까이 지낸다 한들 별스러운 일은 아니었다. 하지만 그들이 병사와 무리 지어 움직였다면 심상

치 않았다.

"그 친구도 이번에 함께 죽었을지 모른다는 거냐?"

"현령 아들요? 그럴지도 모르지만, 혹 만나게 되면 아무래
도 그 일을 미리 알고 있는 게 좋을 성싶어 말씀드립니다. 도
독성 싸움하고 같은 날 벌어진 일이니까요."

차돌은 여러 가지를 생각해본 모양이었다.

그는 본디 오서 농장에 살던 사람이 아니었다. 말로는 사
냥도 하고 숯 굽는 데서 도와주며 먹고산다 하지만, 그런 일
에 재미를 못 느낄 사람이었다. 사냥꾼이면서 활보다 장검
을 즐겨 쓰는 습관이나 작은 일에도 철저한 행동이 여느 사
람과 달랐다. 동에 번쩍 서에 번쩍 나타나 사는 데를 종잡기
어려우며, 가끔 어려운 글자를 적어 와 소리와 뜻을 묻는 그
의 포부가 어떤지는 몰라도, 물참은 구디들의 우두머리 노
릇 하는 그를 믿었다.

신라가 당한테 거세게 맞서 이기고 있다는 소식이 물참
의 머릿속에서 가지를 치고 또 쳤다. 당을 끌어들여 삼한을
쑥대밭으로 만든 신라가 당과 틀어져서 싸우는 꼴은 저희
업보이니 별스러울 게 없으나, 백제 사람한테 이 싸움은 무
슨 쓸모가 있을까? 신라가 당을 계속 이기지는 못한다 하더
라도, 승리할 기운을 탄 이때에 마침 당나라에 무슨 변란이

라도 생긴다면…… 파도 소리 요란한 작은 방에 누워 밤마다 되풀이했던 생각들이 다시금 되살아나 꼬리에 꼬리를 물었다.

시루성 쪽으로 가는 차돌 일행과 헤어져 물참과 모루는 오합사로 길을 잡았다. 스승님은 무언가 도와주실 터이다. 그리고 가까운 곳에는 어머니가 잠들어 계시다.

어머니

경신년(660년) 음력 7월, 사비성이 함락될 때 물참은 거기 있지 않았다.

물참은 신라와 당의 침공 소식을 두릉윤성*에서 처음 들었다. 정무 좌평이 두 나라의 움직임에 긴장하여 서울(사비성) 근방의 성들을 순시하다 마침 그곳에 들른 참이었다. 물참의 아버지는 그와 지위가 다르지만 친분이 있어, 물참이 군사가 될 때 따로 인사를 시킨 적이 있었다. 병관좌평兵官佐平이라는 높은 벼슬을 하는데도, 그는 인품이 너그럽고 다른 벼슬아치와 달리 아랫사람 말에 귀를 기울이는 편이라고 하였다.

---

* 충남 청양군 목면에 있는 성. 두량윤성, 두릉이성, 열기성, 계봉산성 등으로도 불림.

그는 급히 사비로 떠나며 지시하였다 — 빨리 부근 성들의 병사를 여기로 모아라. 당군이 덕물도(덕적도)에서 뱃길로만 오지 않고 당은포*나 한나루**에 상륙하여 땅 길로도 내려올지 모르니, 일단 여기서 명을 기다려라.

그러나 당군은 곧장 뱃길로, 백강 하구 기벌포 쪽으로만 들어와 신라와 동서 양쪽에서 사비성을 협공했다. 백제군은 기벌포와 황산벌 전투에서 모두 무너져, 어이없이 짧은 시간에 서울이 나당 연합군에 포위되고 말았다. 그러자 늙은 왕은 밤을 도와 허둥지둥 웅진성으로 피했다.

왕이 떠난 사비성은 이내 힘없이 무너지고 처절하게 짓밟혔다. 적은 야수처럼 죽이고 닥치는 대로 약탈하며 불을 질렀다. 당군 우두머리 소정방이 부하들을 풀어놓아, 눈에 띄는 젊은이마다 죽이고 부녀자는 겁탈한다는 소문이 들불처럼 퍼졌다. 애당초 되놈들은 군사가 될 때부터 노략질을 바라며, 전쟁에서 이기면 으레 정복민을 처절하게 짓밟는다고 하였다. 그들은 본국에 돌아갈 때 가지고 갈 전리품을 모으고 포로를 잡는 짓에도 혈안이 되어 있었다.

---

*   경기도 화성시 지역에 있었던 포구로 비정됨.

**   충남 당진시의 한진포.

두릉윤성의 사람들은 이를 갈며 나라의 운명과 사비성의 가족을 걱정하였으나 속수무책이었다. 부소산성* 절벽 아래 떨어진 시체로 백강이 붉게 물들었다는 소문을 들으며 하릴 없이 몸서리칠 뿐이었다.

왕은 결국 며칠 후 웅진성을 나와 왕족들, 귀족 벼슬아치들과 함께 항복하였다.

왕이 웅진성을 나오기 전 한밤중에, 놀랍게도 정무 좌평이 단신으로 두릉윤성에 나타났다. 전신이 피투성이였다.

"왕과 태자를 모시고 밤에 웅진성으로 피하였다. 그런데 태자가 먼저 투항한 데다, 웅진 성주 예식진 놈, 그놈마저 나라를 구하는 게 아니라 왕을 겁박하여 적한테 바치려고 한다. 항복을 막아야 해! 시간을, 시간을 끌어야 해……"

좌평도 왕과 함께 갇혔다가 빠져나온 것이었다. 그는 말을 맺지 못한 채 정신을 잃었다.

두릉윤성에서 사비성은 멀지 않았다. 좌평의 말을 듣고 성주가 부장들과 상의하며 여기저기 알아보았지만, 시간이 부족하고 말만 요란하여 항복을 막기는커녕 변변한 공격 한번 해보지 못했다. 두릉윤성만이 아니었다. 사비성이 너무 빠르

---

*   충남 부여군 부여읍의 사비성 안에 있는 산성.

게 무너지는 바람에 백제군은 온통 우왕좌왕이었다.

물참은 그 무렵 하급 군사에 불과했지만, 상황을 정확하고 빠르게 전달할 연락병과 우두머리의 과감한 판단이 얼마나 중요한지를 그때 뼈저리게 느꼈다. 장수든 병사든 정보와 판단이 모자라면, 서리 맞은 가을 풀처럼 선 자리에서 시들어버리기 마련이었다.

시시각각 들리는 사비성 소식은 끔찍하기 짝이 없었다.

왕이 항복식에서 적장들의 잔에 술을 따랐다는 수치스러운 소식이 들리던 날, 물참은 집으로 향했다. 성도 병사도 어차피 통제가 되지 않았다.

물참과 어머니는 사비성 서쪽을 흐르는 백강 건너 부산浮山* 아래 살았다. 어머니가 따로 모시는 산신님 당집이 있는 곳이기도 했지만, 귀족 집안 출신인 형의 어머니가 두 사람을 매우 싫어한 까닭이기도 했다. 그녀는 백제의 서울이 웅진에서 옮겨 오기 전부터 소부리벌**을 좌우하던 세력가 집안 출신이었다. 그녀는 물참과 그의 어머니를 눈엣가시요, 집안

---

*　　충남 부여군 규암면, 사비성 건너편 금강 가에 있는 산.

**　　사비성이 있는 지역의 토박이말 이름.

의 수치로 여겼다.

사비의 본가를 물참네는 '큰집'이라고 불렀는데, 왕궁 부근에 있기에 아버지를 비롯한 큰집 식구들은 거의 죽거나 붙잡혔을 게 틀림없었다. 어머니는 강 건너에 사니 걱정이 덜했으나 사정을 알 수 없었다. 어느 마을 제사라도 올리러 사비에서 먼 고을에 가셨더라면 좋으련만.

사비성이 건너다보이는 백강 가에 이르니 왕흥사王興寺가 처참하게 불에 타 있었다.

만나고 갈라지는 길이 모두 텅 비어 있었다.

집엔 모루밖에 없었다. 물참을 보더니 그는 죽은 사람이 살아온 듯 반겼다.

"어머니는 어디 계시냐?"

"사비성 함락될 때, 거기 계셨습죠. 제사 준비한다고 가서 묵으셨는데, 돌아오지 않으셨습니다."

아, 하필이면 큰 제사 준비를 할 때였구나.

가을에 올리는 성왕 제사는 나성 동문 밖에 있는 절의 제당祭堂에서 특별히 성대하게 지냈다. 어머니는 왕께서 각별히 향을 피우고 절을 올리는 그 나라 제사를 주관하는 사람 가운데 하나였다. '딸'이라 부르는 처자들이 많이 도와주는 그런 큰 제사에는 모루를 데리고 다니지 않았다.

"아버지는? 큰집 식구들한테서는 소식이 없었더냐?"

"통 없었습니다. 성이 워낙 금세 함락되는 바람에, 혼자라도 들어가보려 했지만 별수 없었어요."

코앞이 백강이요, 사비성이었지만 사방이 죽은 듯 조용했다. 주검 하나가 백강에 떠서 천천히 흘러가는 게 보였다.

왕실의 내관內官에서 일하는 아버지는 가끔 강을 건너와 어린 물참을 무릎에 앉히고, 당신의 비단 관모를 머리에 씌워주었다. 그게 물참의 코까지 덮은 걸 보며 호탕하게 웃다가 참말 사내답게 생겼다, 형과 우애 있게 지내라고 말하곤 했다. 엄한 표정으로 이러기도 했다. 네 형은 앞으로 집안을 이어갈 사람이다. 너한테는 아버지나 같으니, 항상 형을 따라야 한다. 이번에는 나와 함께 사비에 가서 형하고 놀도록 해라.

큰집은 무척 으리으리했다. 물참의 어린 마음에 나이가 일곱 살이나 많은 형은 온갖 게 대단해 보였다. 자기 어머니가 물참을 대놓고 싫어해도 그런 기색을 보이지 않아 고마웠지만, 기와집이 여러 채에 많은 종이 우글거리는 그 집은 도무지 정이 붙지 않았다. 하룻밤도 묵지 못하고 백강을 건너 집으로 돌아올 때면, 큰집이 있는 사비와 자기 집이 있는 부산이 아주 딴 세상 같았다. 당산과 당집이 있어 치성을 드리는 이들이 밤낮으로 오가는 자기 동네가 편하고 정다웠다.

물참을 재울 때면 어머니는 늘 신령님들 이야기를 들려
주곤 했다. 사비에는 삼신산三神山이 있는데, 우리가 사는 여
기 부산과 사비성 안의 일산日山 그리고 성 밖의 오산吳山, 이
렇게 셋이란다. 달밤에 가만히 귀를 기울여보면, 세 산의 산
신님들께서 두런거리는 소리가 들리지. 가끔 네 아버지처럼
강을 건너 이 부산으로 놀러 와 바둑을 두기도 하신단다. 뭐
라고? 으응. 똑똑하기도 해라. 네 아버지는 말이랑 배를 타
고 오지만 그분들은 날아다니신단다. 사비는 그렇게 신령스
러운 도읍이야. 백제는 그분들께서 보호해주는 나라지.

집 앞에 흐르는 강물은 밤이면 은은히 빛났다. 달이 밝을
때는 아주 으리으리하여, 과연 산신님들이 가까이 계신 성
싶었다. 한가위 밤이라도 되면 머리를 길게 땋은 아가씨들
이 들뜬 얼굴로 강변 풀밭 마당에 모였다. 어머니는 들고 간
음식과 술을 건넨 뒤, 물참과 둔덕에 앉아 기다렸다.

이윽고 노랫소리와 함께 강강술래가 시작되었다. 아가씨
들은 줄지어 손에 손을 잡고 천천히, 하지만 이내 빠르게 돌
고 돌았다. 둔덕의 구경꾼들도 가만히 있지 못했다. 가앙~
강~수울~래~ 노래를 같이 부르며 목청껏 던지는 추임새와
어깨춤이 여기저기 요란하고, 밤이 깊을수록 도리어 흥청거

렸다. 가끔 줄에서 빠져나온 아가씨들은 상기된 얼굴로 땀을 훔치고 숨을 고르며 물이나 막걸리를 마시고는 금세 마당으로 돌아가 강강술래를 이어갔다. 정말 흥겹고 아름다워서 어린 물참은 조금도 졸리지 않았다. 아가씨들 행렬이 화관처럼 둥글다가 꽃 띠처럼 풀리고 다시 맺혀 돌아가기를 되풀이하면, 뛰어들어 함께 덩실덩실 춤을 추고 싶었다. 밤이 이슥하여 집으로 돌아오며 어머니는 말했다. 얘야, 놀이처럼 보여도 저건 제사란다. 신령님께 감사드리며 보시기 좋으라고 얼리어 노는 제사야. 예전에는 저 제사를 소부리벌 한가운데서도 지냈단다.

어머니와 아버지, 큰집 식구들까지 온 가족이 사비성 안에 잡혀 있었다. 물참은 무얼 따지고 말고가 없었다. 모루가 두려움이라곤 모르는 성미여서 따라 나서주니 다행이었다.

밤을 도와 백강을 헤엄쳐 건넜다. 경비병의 눈을 피하며 성이 함락될 때 궁녀들, 부녀자들이 자기를 지키고자 몸을 던졌다는 절벽을 안고 돌았다. 이번 전쟁에서 하느님은 백제를 돕지 않았지만, 지금 자기들만은 도와주었으면 하는 마음이 간절했다.

강가의 풀밭과 진흙탕에는 여러 나라 차림을 한 시체들이 죽은 물고기처럼 떠밀려 썩고 있어 악취가 진동했다. 부소산 골짜기에 처박힌 신라 병사의 주검에서 옷을 벗겨 변장을 하고 둘은 숲으로 숨어들었다.

공성전이 크게 벌어지지 않은 탓인지 부소산성은 멀쩡해 보였다. 그러나 그 아래 질펀하게 펼쳐진 소부리벌은 처참하기 짝이 없었다. 나성으로 둘러친 아름답고 번화한 도읍의 모습은 간데없고, 거의가 불타고 무너져 성한 집이 드물었다. 신라와 당의 군사만 가끔 모닥불을 피우며 진을 치고 있을 뿐 시가지에 사람이라곤 시체밖에 보이지 않아 소름이 끼쳤다. 한가운데 웅장하게 솟아 있던 정림사定林寺도 성한 건물이 없고, 석탑만 덩그러니 서 있었다.

물참의 큰집이 있던 부소산성 아래는 귀족들이 살던 집의 형체가 다소 남아 있었다. 모루의 만류를 뿌리치고 접근해 보았으나, 본가 자리엔 불에 탄 잔해가 쌓여 있고 매캐한 냄새만 떠돌았다. 그 큰 집 여러 채가 다 불에 타고, 식구들이 아우성치며 뛰어나오는 모습이 눈에 선했다.

두 사람은 경비를 피해 닥치는 대로 헤매다가, 물이 백강 상류로 빠지는 골짜기에서 발이 얼어붙고 말았다. 백제 군사들의 주검이 끝없이 장작더미처럼 쌓여 있었다. 희미한 눈썹달 빛에 드러난 그 광경은, 바로 지옥 그것이었다. 도무지 무서운 꿈속 같았다. 신라나 당의 군사는 없고 백제군 차림의 시체만 있는 걸 보면, 끌고 와서 몰아놓고 죽인 성싶어 더욱 가증스러웠다.

짐승 같은 놈들! 사비성의 마지막 전투에서 엄청나게 많은 병사가 죽고 사로잡혔다는 말을 들었는데, 항복한 사람까지 무슨 원한이 맺혔다고 저토록 검질기게 죽인 것일까? 짐승이라니, 아아 짐승만도 못하다! 물참은 비로소 전쟁이 얼마나 무서운 것이며, 패배가 또 얼마나 처참한 결과를 가져오는지 뼈저리게 느꼈다. 슬픔이 비수처럼 가슴을 찔렀다. 사람의 목숨이 이토록 약하고 값어치 없는가? 사람이 사람을 이래도 되는가? 그저 숨이 막힐 따름이었다. 아무리 전쟁이라도 칼과 창 따위로 이토록 많은 장정을 살육했다는 게 도무지 믿어지지 않았다. 물참은 그 광경에서 눈을 뗄 수 없었다.

그때 놀라고 흥분한 나머지, 미처 느끼지 못했던 무슨 냄새가 덮쳤다. 와락 구역질이 올라왔다. 메뚜기가 휩쓸고 지나며 잎이란 잎은 죄다 먹어 치운 땅, 가뭄에 타들어가는 불그레한 천지에서 무엇을 굽던 냄새, 구워 먹다가 슬금슬금 피하던 사람들…… 어렸을 적 스승을 모시고 가다 그 어느 황폐한 땅에서 맡았던 냄새요, 그때 머릿속에 새겨진 모습이었다.

구역질은 좀처럼 멈추지 않았다. 한참이나 계속하다 속의 것을 모두 토한 뒤에야 간신히 가라앉았다. 그런 일이 처음은 아니었지만 너무도 심하고 격렬하여, 모루가 주위를 경계하느라 쩔쩔맸다.

겨우 기운을 차리고 낮에 연기가 피어올라 눈여겨봐두었던 일산 쪽으로 갔다. 백성들이 살던 집이 많은 데였으나 거의가 불에 타서 몸 숨길 곳을 찾기 어려웠다.

어둠 속에서 허연 게 수없이 구물거렸다. 흰옷 차림의 사람들이었다. 소부리벌에 살던 백성들 가운데 사로잡힌 사람은 모두 거기 모아놓은 듯했다. 그제야 물참은, 부소산성과 왕궁은 지금 나당 연합군의 진지가 되고, 나성이 넓게 둘러친 소부리벌 전체는 백제인 수용소가 되었음을 알았다. 사비성은 이제 백제의 서울 사람을 지켜주는 성이 아니라, 거꾸로 가두는 감옥이 되어 있었다. 그게 바로 패망한 나라의 뒤집힌 꼴이었다.

어둠 속에서 한숨과 탄식이 끝없이 들렸다. 되놈들 나라에 끌려가느니, 차라리 여기서 죽고 싶어…… 니리므*도 귀족도 다 같이 끌려간다니, 백제는 이제 영영 없어지는 것이

---

*   백제 후기에 왕을 일컫던 말.

냐…… 이 얼빠진 사람아! 평생 우리를 빨아먹고 이 꼴로 만든 놈들, 도망갈 놈은 버얼써 다 도망친 귀족 놈들까지 걱정하고 있구먼…… 여보게, 하는 짓을 보니 오랑캐들은 우리하고 종자가 달라. 한 번 가면 못 오는 남의 나라, 그놈들 종이 되어 평생을 어찌 살아간단 말인가? 아이구, 내 팔자야……

울부짖고 탄식하는 목소리들이 끝없이 허공에 떠돌았다.

두 사람을 발견하고 반기며, 우릴 구하러 왔소? 다른 군사들은 어디 있소? 그렇게 소리 죽여 물으며 어둠 속을 둘러보다 실망하고, 제풀에 모로 쓰러지는 이도 있었다.

소부리벌 동쪽의 일산 봉우리를 테처럼 두른 성은 경비가 더 엄했다. 특별한 사람이나 값진 전리품 따위를 따로 모아놓고 지키는 곳 같았다. 거기는 접근도 못 하고 감시의 눈을 피해 평지만 줄곧 헤맸다. 어디 가야 식구들을 찾을지 아득하기만 했다.

모닥불 주위에 모였다 흩어지곤 하는 경비병들은 차림새가 거의 당군이었다. 물참은 처음으로 그들의 모습을 자세히 뜯어보았다. 어두워 그런지, 광대뼈가 튀어나온 얼굴이나 몸집이 겉으로는 백제 사람과 크게 달라 보이지 않았다. 저자에 데려다놓으면 구별하기 어려울 성싶었다. 생김새가 비

숱한 사람을 나라와 족속이 다르다고 그토록 무참하게 죽이다니……

온갖 숨탄것들이 난들에서 밤이슬을 맞으며 공포에 떨고 있었다.

개들이 사람과 가축의 시체를 더듬으며 떼 지어 움직였다.

어버이를 잃은 아이들이 밤의 냉기를 견디느라 굼벵이처럼 붙어 앉아 구물거렸다.

이 밤은, 그 숱한 밤 중의 하나가 아니었다. 이 땅에서 평화는 영영 사라졌다.

부뚜막이 줄지어 있는 우물 근처를 지날 때였다. 밥을 짓는 곳인 듯 여자들이 꺼져가는 모닥불 주위에 모여 있었다. 추레한 행색에 입술이 시퍼런 그들 가운데 퍼뜩 아는 얼굴이 눈에 띄었다. 모닥불 빛에 드러난 그 얼굴은, 큰 제사 때면 항시 어머니 곁에서 돕곤 하던 '딸 무당' 중 한 사람이었다. 눈이 매우 커서 기억이 났다.

물참을 보더니 그녀는 놀라 입을 다물지 못했다.

어머니는 살아 있었다. 그녀를 따라가보니 나무와 지푸라기로 엉성하게 찬기를 막아놓은 곳에 부상자 몇이 누워 있었다. 그중에 얼굴이 퉁퉁 부어 알아보기 힘든 사람이 어머니였다. 어머니의 치마는 온통 찢어지고 피투성이였다.

"가을 큰 제사 미리 챙기느라 제당에 계셨지요. 제기祭器를 감추려고 허둥대는 중에 갑자기 오랑캐들이 들이닥쳐······"

어머니는 간신히 물참을 알아보았다.

물참은 눈물도 나지 않았다. 돌덩이 같은 마음으로 어머니를 업었다. 날이 밝기 전에 성을 벗어나려면 서둘러야 했다.

비가 내리기 시작해 그들을 가려주었다. 혹시나 하여 따라오던 사람 몇이 어머니를 업고 느리게 움직이는 그들로부터 멀어졌다. 처음에 만난 '눈이 큰 여자' 하나만 다리를 절룩이며 줄곧 따라왔다.

비가 경비병의 수를 줄여주었다. 모루가 경비병을 유인하여 속이는 사이, 전쟁 통에 무너진 나성의 성벽 사이로 빠져나왔다. 화려한 옷을 차려입고 굿을 하던 어머니는 몸피가 커 보였는데, 지금은 한없이 가냘팠다. 신음이 숨소리 같아 차라리 반가웠다.

어머니가 제사 준비를 하던 나성 동문 밖의 제당은 불에 타서 거의 다 무너진 모습이었다. 그 앞에 있던 절도 모조리 타버려 잿더미만 수북했다.

강으로 되돌아가는 길가 외딴집에서 부엌 문짝을 떼어 어머니를 누이고 모루와 맞잡았다. 부소산과 이어진 뿔뫼산 아래 강에서부터는 그 문짝이 뗏목이 되었다. 그게 물에 뜨는 걸 확인하고 눈 큰 사람을 도우려 돌아보니, 그녀는 치마를 걷어잡아 허리에 강동하게 묶고 있었다. 저는 땅 길로 알아서 가겠습니다. 헤엄도 칠 줄 알아요. 검님께서 도우시길 빕니다. 그녀는 대담하게도 금세 어둠 속으로 사라졌다.

빗줄기가 거세졌다. 어머니가 아까부터 웅얼거리는 말을, 강을 건너며 비로소 알아들었다.

"……향로, 가져가자…… 얘야, 저기, 제당 가서…… 신령님 향로를……"

어머니는 얼굴을 심하게 다치고 아랫도리의 상처가 컸다. 며칠 후에야 간신히 정신을 차렸으나 제대로 일어나 앉지도 못했고 한쪽 볼에는 큰 상처가 남았다.

백제에는 사비성, 웅진성만 있지 않았다. 왕이 항복한 지 채 한 달이 안 되어 은솔 귀실복신과 승려 도침이 임존성에서 군사를 일으켰고, 이어서 달솔 흑치상지, 별부장別部將 사타상여, 달솔 여자신 등이 여기저기서 뒤따랐다. 정무 좌평은 두시원악*에서 군사를 모은다는 소문이 들렸다. 사비성에서 벌어진 약탈과 살육에 분노한 백성들이 동족의 원수

를 갚고자 이를 갈았다. 망설이던 이들도 항복식에서 늙은 왕이 나당 장군들에게 술을 따랐다는 말을 듣고는 모욕감에 몸을 떨며 죽창과 낫을 들고 줄지어 모여들었다.

물참이 어머니를 돌보며 정무 좌평이 있는 두시원악으로 가려고 마음먹고 있을 때, 수많은 당나라 군사가 백강을 건너 임존성 쪽으로 가는 게 보였다. 저항의 싹을 서둘러 자르고자 부흥군을 치러 가는 길임을 직감했다.

아버지와 형이 사비성 어디에 갇혀서 그를 부르고 있었다. 싸우지 않고 원수들과 같은 하늘을 이고 사는 것은 수치요, 배반이었다. 그 무렵 물참한테는 무얼 따지고 말 것 없이 그 생각뿐이었다. 모루한테 어머니를 부탁하고 물참은 한걸음에 임존성으로 달려갔다.

그때 임존성에 구름처럼 모인 백제 병사와 백성은 당군의 거센 공격을 물리쳐, 나라를 부흥시킬 전쟁의 깃발을 올렸다.

하지만 임존성 전투 얼마 후 의자왕과 왕족, 신하와 백성, 도합 1만 2천여 명이 당에 포로로 끌려갔다. 노예 신세로 당의 군선에 실려 타국으로 떠나는 이들을 보러 백성들이 백강 가의 산마루마다 지천으로 깔렸다. 그들은 통곡하며 탄

식했다. 신라가 당나라 개가 되어 백제 사람을 물어다 당한 테 주었구나. 오냐, 너희가 백제 땅도 체하지 않고 잘 삼키나 두고 보자!

포로 가운데는 물참의 아버지와 형, 큰집 식구들도 들어 있었다. 물참은 그들이 실린 배가 멀어질 때까지 백강을 따라 말을 달리며 울었다. 강폭이 넓어지고 바다가 가까워지자 배들은 점점 시야에서 사라졌다. 사람이 이렇게 다른 족속의 노예가 되어 말과 풍속이 다른 만리타국으로 끌려가다니…… 물참은 슬픔을 가누지 못한 채 오래도록 강가에 서 있었다. 전쟁에 패한 족속에 관해 글을 읽기는 했으나, 막상 당하고 보니 끌려간 이들처럼 자기도 그제까지의 삶이 모두 무너져 내렸다.

부흥전쟁 동안 물참이 모신 정무 좌평의 가족도 그 배에 타고 있었다. 좌평은 무슨 일이 뜻 같지 않을 때면 그 이야기를 꺼내며 눈물을 글썽였다. 왕도 당신 가족도 노예가 되는 걸 막지 못했으니, 백제가 망할 때 나도 죽었어야 한다. 계백 장군처럼, 의직 좌평처럼……

그런 말을 들을 적마다 물참도 슬픔에 빠졌다. 그러면서 한편으로는 살기가 죽기보다 더 어려울지도 모른다는 생각이 들었다. 죽음은 순간이지만, 삶은 계속되었다. 멀쩡하게

두 눈을 뜬 채 나라와 가족을 빼앗긴 괴로움을 되씹으며, 전쟁과 굶주림에 시달리는 백성들의 애달픈 모습을 날마다 겪어야 했다.

검님

부흥전쟁은 성에서 성으로 이어졌다. 숨었다 덮치기, 지키기와 뺏기를 되풀이하며 이동하느라 한 달에도 자는 곳이 여러 번 바뀌었다.

그래도 싸움이 뜸한 철이면 물참은 가끔 어머니를 뵈러 갔다.

어머니는 굿은 고사하고 가까이 있는 신당神堂에 가서 비는 일도 힘에 부쳤다. 혼자 힘으로는 뒷간 출입도 어려운 때가 많아, 영영 아랫도리를 마음대로 쓰지 못할 것 같았다. 굿은 엄두도 내지 못했고 가끔 찾아오는 사람들을 위해 빌거나 무꾸리 따위를 해줄 뿐이었다.

어머니는 자꾸 향로 이야기를 하였다. 그것은 백제 사람이라면 모두 아는 보물이었다.

난리 통에 잃어버린 모든 것을, 어머니는 온통 그 향로에 담는 성싶었다. 대대로 왕릉의 제사를 맡아 귀족이 된 예식진의 집안, 웅진성 성주로 있다가 왕을 겁박하여 항복하도록 한 그자의 집안 태생인지라 죄책감이 더 큰 듯하였다.

"내가 미욱하기 짝이 없었지. 백제가 그리 허망하게 무너질 줄도 몰랐지만, 제당이 나성 안이 아니라 바깥에 있는 것조차 잊고 있었어. 별안간 당나라 병사와 맞닥뜨렸으니…… 그렇더라도, 아무리 급했더라도, 내가 끌어안고 지켜야 했는데…… 그 애한테 시킬 일이 아니었다."

"그 애라니요? 향로를 간수하라고 누구한테 시키셨나요?"

"그랬단다. 사비성에서 죽어가던 나를 돌봐준 애, 너하고 나를 만나게 해준 바로 그 아지라는 애다. 내가 기르던 딸이라 애라고 부르지만 모량부리*에서 온, 시집갈 나이가 찬 여자다. 씨억씨억하고 무어든 잘했지."

함께 사비성을 나왔던 그 '눈 큰 사람,' 거침없이 어둠 속으로 사라졌던 그 여자가 아지였다.

"놈들이 들이닥치기에 향로라도 감추려고 내가 문을 가로

* 전북 고창군 지역.

막으며 황급히 그 애에게 시켰단다. 그러고서 어찌하다 정
신을 잃었지. 정신이 들고 나서 그 아이가 옆에 있기에 물었
더니, 잘 감췄다고만 하더라. 사비성 나올 때 제당 근처에서
뒤늦게 생각이 났는데, 내가 정신을 못 차리는 중에 헤어지
고 말지 않았더냐? 아지도 해코지를 당해 제정신이 아니더
라만, 어디다 감췄는지 물어라도 봤으면 이다지 애가 타지
는 않을걸……"

성에서 나올 때 보니, 절은 모두 불탔고 제당도 타다가 조
금밖에 남지 않았더라는 말은 하지 않았다. 낙심하여 어머
니의 몸이 더 상할까 걱정되었다.

"……그 향로는 말이다. 어쩌다 부처님 앞에 놓기도 했다
만, 휴우, 본디부터 이 땅의 검님들을 모셔온 신성한 보물이
다. 그냥 보물두 아니야. 생김새를 보면 알지 않니? 천지의
신령님들께서 이루시고 또 사시는 세상, 바로 그 세상을 보
여주는 신물神物이란다.

나라가 없어지면, 나라를 보살피는 천지신명과 왕실 조상
님께 지내는 제사가 끊긴다. 향로라도 있어야 조상님과 신령
님을 우러르며 제사를 이어갈 텐데…… 그분들 보살핌을 빌
면목이 설 텐데…… 아이구, 이 죄를 내가 어찌 씻을꼬……"

향로는 보통 작은 화로처럼 생겼으나 그것은 달랐다. 크

고 높이 솟아오른 모습인 데다 금빛 찬란했다. 함부로 가까이할 수 없는 황금빛 불꽃 같았다. 자세히 보면 향로의 다리는 용이요, 뚜껑의 꼭지는 꼬리가 긴 봉황이었다. 용은 발톱을 세우고 힘차게 몸을 틀며 머리를 곤추세워 향로를 떠받들었고, 봉황은 소원을 전하러 금세 하늘로 날아오를 듯했다.

향로의 몸은 아래 받침과 뚜껑으로 되어 있는데, 받침은 연꽃 모양에 뚜껑은 겹겹의 산 모양이다. 연꽃잎과 산봉우리 곳곳에는 하늘과 땅의 정기를 품은 진기한 숨탄것들, 신령들, 악사들이 있다. 그 속에 향을 피우면 내음과 연기가 맨 꼭대기 봉황의 가슴과 향로의 몸통 여기저기로 새어 나와 허공에 퍼지고, 숨탄것들은 악사들의 신비스러운 음악에 젖어 움직이며 향로 앞에 엎드려 비는 이들의 애달픈 마음을 어루만지는 듯하다.

어머니를 따라 제당에 갔을 때 어린 물참이 물었다.

"어머니, 향로에 계신 저 할아버지 같은 이들은 누군가요?"

"자세히도 보았구나. 신령님이시다. 신선이라고 부르는 사람도 있지만 그분들은 천지의 검님이요, 사람과 가까운 신령스런 분들이시지. 산에 계시면 산신님이구. 향로를 받치는 것도 같고 입으로 뿜어내는 것도 같은 저 용은 누군지 아느냐? 바로 물속에 사시는 용왕님이란다. 절에서는 부처님을 지킨다고 하더라만, 온갖 목숨붙이의 어버이시다."

"무섭게 생겼네. 백강에도 저런 용이 사나요?"

"저리 만들어놓았어도, 용은 신령님처럼 본디 사람 눈에는 보이지 않는단다. 세상엔 눈에 보이는 것만 있지 않아. 보인다 해도 누구나 다 볼 수도 없구. 나한테 근심을 풀러 오는 사람들의 맺힌 마음이, 아무한테나 뵈지 않는 것처럼 말이지."

제당이 거의 다 불탔으니 향로는 남아 있기 어려울 것 같았다. 물참은 아지라는 여자가 함께 성을 빠져나왔다는 이야기도 어머니께 하지 않았다. 가망이 적은 형편에 너무 기대를 품을까 걱정되었다. 어머니의 건강이 나아지면, 그때 이야기하고 찾아 나서는 게 좋을 성싶었다. 아지라는 사람이 불길 안 닿을 데 감추었다면, 그 사람이 살아 있어 천행으로 다시 만난다면, 향로를 찾을 길이 생길지도 몰랐다.

첫째 날 낮전

오합사

차돌 일행과 헤어진 물참과 모루는 오합사로 가는 산길을 탔다.

나무꾼이나 다니는 길이라 희미했으나 물참에겐 낯이 익었다. 몇 해 만에 가는 길이었다.

말수 적은 모루가 모처럼 입을 열었다.

"신라와 당나라가 싸워서 신라가 이기면, 백제는 신라 차지가 되지요? 지금은 백제가 당나라 종 같기는 해도 신라 종 같지는 않은데, 신라 혼자 주인이 되면 백제 사람은 살기가 좋아지나요, 더 나빠지나요?"

백제가 신라 종 같지는 않다⋯⋯ 모루가 생각하는 '종'이란 어떤 사람일까? 모루의 아버지는 고구려와 함께 백제를 공격하다 포로로 잡힌 말갈족이었다. 그는 물참 아버지의 종이 되어 살다가 백제인 여종 사이에서 모루를 낳았고, 말귀 알아들을 만큼 자라자 아버지는 모루를 물참이 부리도록 주었다.

모루의 질문이 물참에겐 단순하지 않았다. 도독부와 신라가 대립할수록 백제 사람들은 불안해졌다. 그래서 전부터 만일 당나라가 물러나면 신라는 백제 백성을 노예 취급할 거라며 떠는 이가 많았고, 차라리 이대로 당나라의 지배를 받는 게 낫지 않느냐는 말까지 돌았는데, 모루가 그걸 듣고 하는 소리인지 몰랐다. 지금 남쪽에서 벌어지는 싸움이 예전 백제와 신라의 싸움과 비슷하여 또 그런 말이 나올 수도 있지만, 물참의 생각은 달랐다. 신라 사람이 백제 사람을 어찌 대할지는 닥쳐봐야 알 일이나, 당인은 백제하고 말과 풍습이 달라 통하기 어렵고 차림새부터가 매우 다른, 밖에서 온 족속인 까닭이었다. 하지만 모루가 그런 사정을 이해하기 어려운 데다 둘 사이에 그런 말을 나누기도 어색하였다. 물참은 잘 모르겠다는 고갯짓으로 얼버무렸다.

산마루에 오르니 오합사가 한눈에 보였다. 일찍이 법왕法王이 전쟁터에서 죽은 원혼들을 위로하려 창건한 나라 절이었다. 백제가 망하기 전에 붉은 말이 여기 나타나 울면서 법당을 돌다 며칠 만에 죽었다는 이야기가 떠돈 적이 있었다. 나라를 걱정하는 병사들의 넋이 붉은 말로 변했는지도 모를 일이었다.

우뚝한 봉우리 아래 절집과 탑이 가지런했다. 난리 중에 타다 만 법당 한 채는 여태 그대로였다. 부흥전쟁 막바지 전투 때, 백강에서 뭍으로 도망친 적을 쫓는다고 여기까지 몰려온 당군이 숨은 부흥군이나 왜군 내놓으라며 다짜고짜 법당에 불부터 질렀을 때, 그걸 중단시킨 건 동행한 신라군이었다고 했다.

모루를 말과 함께 절로 내려보내고, 물참은 우거진 숲을 가로질러 금당 옆의 산자락으로 갔다.

커다란 팽나무 한 그루가 용틀임하듯 휘어진 모습으로 서 있었다. 그 당나무도, 그 옆에 막돌로 쌓아 올린 돌탑도 전과 같았다.

물참은 그 앞에서 예를 올렸다.

어머니는 말했다. 이 좋은 터는 애초에 산신님을 모시던 곳이다. 부처님이 들어와 그 자리를 빌렸는데, 이제 거꾸로 되었어. 부처님의 금당을 앉힌다고 산신님 모신 자리가 후미지게 변해버렸으니, 산신님께서 어찌 여기시겠느냐? 다툼도 참 여러 가지구나. 나라 바깥에서 부처님, 옥황상제님이

들어와 검님 자리를 밀어내더니, 이젠 아예 손님이 주인 노릇까지 하는구나.

어머니의 묘는 근처의 솔수펑이 언덕 너머에 있었다. 어머니가 바란 대로 오서악 쪽으로 트인 자리였다. 몇 년 동안 푸나무가 무성히 자라서 어디가 무덤인지 찾기 어려웠다.

칼집이 달린 혁대를 끌러놓고, 물참은 무덤에 절을 드렸다. 어머니는 말씀하시곤 했다. 얘야, 칼을 중하게 여기지 마라. 칼은 천지에 가득한 목숨붙이를 거역하는 물건이다. 그것들이 의지하고 사는 산천의 기운과 혼령은 말할 것 없구…… 이 에미가 누구 때문에 제명을 살지 못했다는 원망 따월랑 아예 품지 말고, 지성껏 검님을 모셔라. 나만 당한 불행이 아니고, 누구나 때가 되면 죽는다. 잊지 말아라. 신령님께서는 만물을 어여삐 여기고 돌보신다. 이런 말은 하고 싶지 않다만, 형하고 어미가 다르다 하여 너를 반쪽 귀족처럼 여기지도 않으신다. 오히려 무당의 자식인 걸 더 좋아하실 게다.

무덤가에 앉아 어머니가 늘 바라볼 산과 하늘을 올려다보았다. 산신님, 용왕님, 칠성님…… 어머니는 그 검님들의 존재를 굳게 믿었다. 아주 작은 것에서도 그분들을 보았다.

스승은 요사채 헛간에서 목재를 살피고 있었다.

"강녕하셨습니까? 오래 뵙지 못해 송구스럽습니다."

"오냐, 잘 지냈느냐? 송구할 것 없다. 몸이 살아 있으면 언젠가 볼 따름이지."

둘은 밖으로 나와 나무 그늘에 앉았다.

절을 둘러싼 여름 숲이 눈부시게 푸르렀으나, 스승은 전에 없이 지팡이를 손에 쥐고 있었다. 절에서 평생 나무로 집도 짓고 탑도 지어 몸이 튼실한 분이었는데, 대패와 자귀를 손에서 놓지 않던 예전하고는 살집이 아주 달랐다. 글을 배우며 틈틈이 나무 다루는 일을 돕던 어린 시절, 스승은 언제나 밥을 고봉으로 먹었다.

"아비 어른께서는 그만하시지요?"

"재작년에 입적하셨다. 연세도 연세지만, 나라가 망한 후엔 사는 게 지루하셨던 걸 너도 잘 알지? 서라벌 황룡사에 탑을 지어주었다고 신라 사람들은 높여서 '아비지阿非知'라 부르는 모양인데, 그 탑의 덕을 입어 전쟁에서 이겼다고 그러는 것이겠지. 왕께서 애초에 우리 미륵사 탑 세운 분을 신라로 보내는 게 아니었다. 모다 부처님 위하는 일이긴 하다만…… 예서도 제서도 저희 나라만 잘 살겠다고 호국불교護國佛敎라니, 원 부처님이 어느 나라나 왕실 편을 드신다더냐?"

스승은 갑자기 기침을 심하게 하였다. 물참이 부축하려 하자 손짓으로 막았다.

멀찍이 타다 만 법당이 보였다. 기침이 가라앉자 스승은 말을 이었다.

"'세속오계'라는 것만 해도 그렇지. 임전무퇴臨戰無退에 살생유택殺生有擇이라니, 쿨룩. 그게 중이라는 자가 중생한테 지키라고 할 말이냐?"

전에도 들은 적이 있는 말이었다―그걸 잘 실천했다는 신라 때문에, 지금 백제는 전쟁과 살생의 구렁텅이에 빠졌는데, 그 따위가 무슨 계戒라더냐?

"요새는 무얼 지으십니까?"

"이 판국에, 무얼 새로 짓겠느냐? 몸도 전 같지 않다. 이런저런 책이나 읽으며 마음속에다 짓고 허물지."

"절이 너무 적적하군요."

"난리 통에 중들도 다 없어졌다. 전에 도침이 백제를 부흥시키겠다고 나섰을 때 거기 몰려가고 난 뒤로 다시 모이지 않는다. 사람 씨가 말라서 중은커녕 부처님께 빌러 올 사람도 얼마 남지 않았을 게다. 한데 너는, 형의 죽은 몸뚱이나 챙기는구나. 섬에 들어가면서 인연은 몽땅 끊은 줄 알았는데."

모루가 형 이야기를 한 모양이었다.

"가족이란 게 가장 질긴 인연이니, 네가 땅에 묻든지 불에 태워 없애든지 해야 마음이 편하겠지. 아버지 장례도 모시지 못했으니까…… 그래, 죽은 사람이나 보러 뭍에 온 게냐?"

물참이 답을 못 하고 머뭇거리자 스승은 더 묻지 않았다.

누우런 절 마당에 여름 볕이 쏟아지고 있었다. 그 텅 빈 공간이 답답해 보였다.

"섬에서 무얼 하며 지냈느냐? 예전의 용력은 죄다 잃어버린 게냐?"

"고기잡이를 해봤지만 일머리를 몰라서…… 젊은이 몇이 청하기에 글과 무기 다루는 법이나 가르쳤습니다."

마음이 답답할 적이면 섬의 모래펄을 느릿느릿 걷곤 했다. 거세게 몰려와 산산이 부서지는 파도를 바라보고 있노라면, 형이 자기를 다그치던 말이 떠올랐다. 지금 무엇이 백제를 살리는 길이냐? 과연 누가 배신자란 말이냐? 한때는 그 말에 제법 분명히 대답할 수 있었다.

"섬에서 사니 마음이 정말 호젓하더냐? 몸이 산다고 사는 게 아니지. 혼자만 산다고 편안히 살아지지도 않구. 아비 어른을 보지 않았느냐?"

스승은 꾸짖고 있었다.

물참은 할 말을 잊었다. 여쭈어 풀고 싶은 의문이 있고, 또 아쉬운 대로 도와줄 사람도 청하고자 왔지만 어느 결에 다 사라져버렸다.

열여섯 살이 되었을 때, 아버지는 물참을 군대에 넣었다. 내가 아들이 둘뿐이지만, 모두 체격이 나를 닮아 다행이다. 이제 검술하고 말타기를 배워 군사가 되어라.

어머니는 반대했으나 아버지의 말에 꺾였다. 어려서는 당신이 키웠고, 당신 뜻에 따라 소학小學 대신 절에 보냈으나, 이제부터는 내가 키울 테요. 대학大學에 들어가기 전에 얼마간은 군사가 되게 하겠소. 삼국이 수백 년 동안 서로 집어삼킬 기회만 노리고 있는 판에, 사내가 제사를 지내거나 절집 짓는 일로 어찌 출세를 하겠소? 나라의 시조와 천지신명께 올리는 제사는 나라에서도 중히 여기는 일이지만, 불교가 성한 뒤로 그 일도 변했다오. 내가 부여씨의 피를 받았으나 갈라져서 오서씨가 된 지 오래요. 그런 일로 우리 집안을 굳건히 지켜갈 수 있겠소? 절에서 글을 배워 그나마 다행이나, 우리 집안은 크지 않으니 무엇보다 무공을 거듭 세우며 힘을 길러야 나라 안의 대성大姓이 되고 자손들도 부귀를 누릴 수 있다오.

스승은 지팡이로 타다 만 법당을 가리켰다.

"네가 보기에, 저건 수리를 해야 쓰겠느냐, 헐고 다시 지어야겠느냐?"

대답을 들으려는 물음 같지 않았다. 물참은 묵묵히 다음 말을 기다렸다.

어디서 새가 날카롭게 울었다.

또 터지는 기침을 참으며 스승이 말했다.

"힘들여 수리할 것도 없고 다시 지을 것도 없다. 본래 거기 있지 않았던 것이니, 마저 불로 태워 없애는 게 차라리 나을지 모르지. 쿨룩쿨룩. 만사가 그렇다. 성왕께서 신라의 손에 돌아가신 뒤로 백제가 신라를 원수로 여긴 지 오래지만, 그 전에는 그렇지 않았다. 고구려가 쳐들어와 한성을 포위했을 적에는 신라가 병사 1만을 보내주지 않았더냐? 너무 늦어서 결국 개로왕蓋鹵王께서 전사하고 서울까지 웅진으로 옮기게 되었지만, 도움을 받은 건 받은 게다. 만물은 이렇게 변하기 마련이고, 사람의 사정 역시 때마다 달라진다."

스승은 물참을 뚫어져라 응시하였다. 창백한 안색과 달리 이글거리는 눈빛을 물참은 마주하기 어려웠다.

"백제가 고구려와 한 핏줄이라지만, 개로왕께서 고구려 손에 돌아가신 것도 이전에 백제가 고국원왕을 죽인 복수이다. 누가 이 인과응보를 끊겠느냐? ……너, 중생을 구하러 부처님이 오신다면 극락으로 오시겠느냐, 이 지옥 같은 싸움판으로 오시겠느냐?"

모루가 말을 데려오다가 안장을 고쳐 매는 게 보였다.

"제가 나름으로 한때 애써보았으나 보람이 없었습니다. 여태 붙잡고는 있지만, 다 끝난 성싶습니다. 요새는 신라하고 당나라가 저희끼리 싸운다는데, 저 혼자 할 수 있는 일도 없구요."

스승은 잠시 허공을 응시했다.

"끝이라니, 그런 말 말아라. 나라만 생각하지 말란 뜻이다. 세상에 끝이 어디 있느냐? 그리고 시절이 허락하고 마음이 모이면 누구든 세상을 움직일 수 있다. 나는 늙고 병들어 힘이 달리니 한 가지만 말하마. 이 글귀를 아느냐? 금천하무대소국 개천지읍야 今天下無大小國, 皆天之邑也라. 인무유장귀천 개천지신야 人無幼長貴賤, 皆天之臣也라 —— 지금 천하의 나라가 크든 작든 모두 하늘의 고을이며, 사람도 아이, 어른과 귀하고 천함 가림 없이 모두 하늘의 신하라는 뜻이다. 『묵자墨子』에 나오는 구절이지. 구별이나 차별은 사람이 만든 게지, 하늘이 만든 게 아니다. 나라는 얼마든지 없어지기도 하고 새로 생기기도 한다. 백제니 신라니 하는 것도 구별일 뿐이기에 거기서 벗어나야 한다. 네 이름이 왜 물참인지 아느냐?"

"바다에 밀물이 가득 들어온 참에 태어나 그렇게 지었다
고, 어머니께서 그러셨습니다."

"그게 보름달이 휘영청 밝은 한밤의 물참이라고 들었다.
좋은 이름이야. 부모가 자식 이름 지을 때는 크나큰 희망을
품고 말을 고르는 법이다.

참으로 어두운 세상이나, 세상은 끝지는 게 아니라 변한
다. 변치 않는 건 없다. 그게 사람한테 늘 좋거나 나쁘지도
않구. 집을 쓸어 간 큰물이 저 아래 물가에 새 밭을 일구어주
기도 하지 않느냐? 더 가지려 하고 서로 지배하려 드니까 싸
우고 죽인다. 약하고 작더라도 숨탄것들을 알뜰히 보살피는
마음, 그 마음을 잃지 말아라. 잊었느냐? 메뚜기가 휩쓴 땅
에서 너와 내가 보았던 것 말이다. 지금 세상에 그 메뚜기가
얼마나 많으냐? 굶주린 끝에 미쳐버린 가련한 백성은 또 얼
마나 많더냐?…… 절에서 살도록 너를 붙잡았더라면 좋았으
련만…… 네가 알아들을 사람이라 하는 말이니, 절 밖에서
라도 닦을 건 닦아라. 물고기 잡을 사람은 너 아니라도 많다.
부디 네 이름의 뜻을 잊지 말거라.

나라 잃은 무법천지가 10년이 넘었다. 지금 백제 백성은, 그
끔찍한 세월 동안 겪은 일들에 감옥처럼 갇혀 있다. 부디 옛

날에서 벗어나라! 나는 너를 믿는다. 숨이 붙어 너를 다시 만나면, 이 말을 꼭 하고 싶었다. 네 형이 죽으면서 나를 도왔구나."

복신

정무 좌평의 고민은 길고 깊었다.

백강 하구의 전투로 부흥전쟁이 끝장나기 몇 달 전이었다. 물참은 부흥전쟁에 뛰어든 후 몇 년 동안, 그가 백제 부흥을 위해 헌신하는 모습을 늘 곁에서 지켜보았다. 그래서 언젠가부터 말이 없어도 그의 생각을 대강 짐작하게 되었다. 좌평을 그림자처럼 모셨기에, 지위가 그에 미치지 못했으나 병사들은 물참을 '부장副將'이라 높여 부르곤 했다.

부흥군은 외국에 있다 화를 피한 부여풍扶餘豐 왕자를, 당에서 숨진 의자왕을 잇는 새 왕으로 추대하였다. 패망 1년 뒤에 재건한 이 '부흥백제국'의 풍왕은, 그러나 기대에 미치지 못하였다. 백제의 실정에 어둡고 아는 이가 적은 데다 수

완이 달려서 사람을 쓰고 일을 경영함에 미숙했다.

모든 것은 실제로 귀실복신 장군이 좌우했다. 그는 명민한 작전으로 전투를 승리로 이끌어 군사들의 신망이 두터웠다. 다들 그의 이름에서 성을 떼고 '복신 장군'이라 불렀다. 백제가 망할 적에 자기보다 지위가 낮았으나, 정무 좌평은 그를 높이 평가하여 대등하게 인정하고 나중에는 상좌평으로 대접했다. 복신 장군은 일찍이 중국에 사신으로 다녀오고 거기서 숙위사를 지냈기에 외교에도 능하였다. 왜가 병력과 전쟁 물자를 지원하는 데는 그에 대한 신뢰가 컸다.

하지만 그는 너무 자기를 믿었다. 같이 부흥전쟁을 일으킨 승려 도침이 스스로를 영군장군領軍將軍이라 칭하며, 작전에 실패를 거듭하면서도 위세를 부리자 자기 독단으로 처단해버렸다.

복신 장군은 왕족으로서 의자왕과 사촌 형제여서 풍왕은 그의 오촌 조카였다. 그러나 왕은 왕이었다. 제사나 주재하며 지내자니 풍왕은 그가 곱게 보일 리 없었다. 복신 장군을 헐뜯는 이들이 점점 왕의 주위를 맴돌았다. 두릉윤성 전투를 비롯한 여러 싸움에서 승리해 '오랑캐의 손아귀에서 백제를 살려낸 어진 장수'라고 추앙하는 백성이 많아도, 조정에는 군권을 쥐고 자기 마음대로 일을 처리하는 그를 시기하고 미워하는 자가 늘어났다.

조정의 어른으로 대접받는 정무 좌평의 늙은 얼굴이 점차 어두워지고 한숨도 늘었다. 물참은 우연히 그가 복신 장군 한테 사정 조로 하는 말을 들었다.

"……장군의 판단을 넘어설 사람은 없지만, 아랫사람들이라고 항시 생각이 같진 않습니다. 자신이 옳음을 너무 믿으면, 필부라도 적이 생기게 마련이지요. 왕께서 주장을 굽히지 않으시니, 피성*으로 서울을 옮기는 데는 동의하도록 하십시오."

복신 장군은 터무니없는 노릇이라고 하면서도 좌평의 권유에 따랐다. 허나 결과는 그가 애초에 예상한 대로였다. 사비성과 웅진성 동쪽의 당군 보급로를 옥죄고 있던 부흥군의 성들이 하나씩 무너지는 상황에서 무리하게 이루어진 천도는, 단 두 달 만에 실패로 끝났다. 덕안성** 함락을 계기로 남쪽의 성들조차 부흥전쟁 초기와 달리 신라 편으로 돌아서자, 수비하기 어려운 피성은 헐벗은 아이 신세가 되었다. 서둘러 주류성***으로 돌아왔으나 거기서도 안심하기 어려운 상

* 전북 김제시 지역에 있었던 성으로 비정됨.
** 충남 논산시 지역에 있었던 성으로 비정됨.
*** 전북 부안군 상서면의 우금산성으로 비정됨.

황은 이어졌다.

머지않아 부흥전쟁이 큰 고비를 맞을 거라는 소문이 돌았다. 승전하는 기운을 타고 단번에 몰아치기 위해 당나라에서 지원군이 올 거라는 둥, 그래서 부흥군도 고구려에 도움을 청할 거라는 둥, 그뿐 아니라 복신 장군의 요청으로 왜에서도 지원군이 출발 준비를 한다는 둥 말이 많았다. 정무 좌평 곁에서 귀동냥을 하는 물참이 보기에, 그 말들이 전혀 터무니없지는 않았다.

좌평은 부쩍 더 늙은 모습이었다. 그의 한숨이 더 잦아졌다. 적과의 큰 싸움을 앞두고 왕과 복신 장군의 의견 충돌이 끊이지 않는 까닭이었다. 주류성 밖이 아니라 안에서 먼저, 당장이라도 큰일이 벌어질 성싶었다.

한밤중에 누가 어깨를 흔들었다. 날이 더워져서 웃옷을 벗고 자던 참이었다.

좌평이었다. 어떤 예감이 들어 물참은 잠이 확 달아났다.

손짓으로 옷을 걸치게 하고, 좌평은 물참을 자기 침소로 데려갔다. 사비성 함락 때 온 가족이 당으로 끌려간 좌평은 사철 내내 거처 한편에 마련한 초라한 방에서 지냈다.

"어머니가 지금도 부산에 사시지? 언제 뵈었느냐?"

"대여섯 달 되었습니다."

아무렇게나 늘어진 좌평의 허연 머리채가 어둠 속에서 흔들렸다.

"너는, 너는 언제라도 죽을 결심이 서 있느냐?"

물참은 정신을 가다듬었다. 목이 말랐다.

"좌평님과 백제를 위해서라면, 목숨을 바치겠사옵니다."

"고맙다. 내가 백제를 위한다 믿고 하는 일이니, 어쩌면 백제의 운명을 좌우하는 일이 될지도 모르지. 하여간 네 목숨을 걸어야 하는데, 시키는 대로 하겠느냐? 이건 명命이 아니니 따르지 않아도 된다."

물참은 자기가 이런 순간을 기다려왔다는 생각이 스쳤다. 헤아릴 수 없이 많은 병사가 백제를 되찾겠다는 마음 하나로 싸우다 숨져갔다. 죽어가는 옆 사람이 내뻗은 손, 황급히 부여잡은 그 손이 급작스레 식어감을 거듭 겪으면서, 언젠가 자기도 당당한 모습으로 죽을 수 있기를 다짐하곤 했다. 가난하고 힘없는 그들이 어째 그리 높아 보이는지, 물참은 스스로도 잘 알 수 없었다.

"따르겠습니다. 말씀하십시오."

"그래, 네가 그럴 줄 믿었다. 밖에 말을 준비해놓았다. 지금 곧장 북쪽으로 떠나되, 집이 아니라 가림성*으로 가서 성주 흑치상지 장군을 만나라. 아무쪼록 빨리 가야 한다. 결전을 앞두고 부근의 군사들이 죄다 거기로 모이고 있을 테니 수단껏 성에 들어가거라."

"무엇을 전해야 합니까?"

"전할 건 없다. 편지 따위는 위험하니까. 장군과 내가 전에 한 약조가 있다. 흑치 장군이 너를 잘 알지 않느냐? 그냥 가서, 지나는 길에 인사드리러 왔다고만 아뢰어라. 그러면 그가 알아채고 몰래 무슨 말을 할 터이다. 그걸 듣고 지체 없이, 말이 죽지만 않을 정도로 달려와 내게 전하면 된다. 매우 급하고 나와 너만 알아야 하는 일이다. 어디서나 다다 사람 눈을 피하며, 별스럽게 보이지 말아야 한다. 이 패는 혹시 장군이 너를 의심하는 때나 어쩔 수 없는 경우에만 쓰되, 이걸 빌미로 일이 탄로 날 것 같으면 지체 없이 없애버려라."

좌평은 저고리의 섶 안에 묶여 있던 패를 끌러 주었다. 그것은 '별패'라고 부르는, 매우 중요하고 급한 일을 맡은 자가 지니는 쇠로 만든 패였다. 물참은 좌평이 전투 중에 연락병한테 그걸 주는 걸 몇 번 본 적 있었다.

"명심해라. 너는 어머니를 뵈러 갔다 오는 게야. 어디서 누가 족쳐대든지, 목에 칼이 들어와도 아무 이름도 입에 올리

---

*   충남 부여군 임천면에 있음. 성흥산성이라고도 부름.

지 말고, 오직 편찮으신 어머니 이야기만 해야 한다.

나는 네가 자식 같다. 한때는 당군 우두머리 유인궤를 암살하러 보내려다 너무 위험하여 그만둔 적도 있지. 나와는 이게 마지막이 될지 모른다. 명심해라. 마땅한 길을 가면, 천지의 검님께서 도와주신다. 일이 그릇되더라도, 그러면 떳떳할 수 있지."

어떤 일이기에 이런 말씀을 하시는 걸까. 떠날 채비를 하는 물참의 손이 떨렸다.

"보름이 가까워 다행이다만, 밤길 조심해라. 백강은 어찌 건너려느냐?"

"가림성이 가까운 유왕산*에 오른 적이 있습니다. 그 상류에 나루가 많고 물 가운데 모랫등이 있는 것도 보았습니다. 배를 타든 헤엄을 치든, 살펴보고 정하겠습니다."

"유왕산…… 그래, 당나라로 끌려가는 이들을 백강 가 그 산에서 마지막 보았지. 우리 집 식구들도, 네 가족도, 거기서 이별을 했지……"

가림성은 백강이 휘감아 도는 넓은 벌을 내려다보는 산

---

*   충남 부여군 양화면 암수리의 금강 가에 있는 산.

위에 버티고 있었다. 사비성 외곽을 지키는 성이므로 어머니가 사는 부산에서 멀지 않았으나 주류성에서는 2백 리가 넘는 길이었다.

물참은 전투를 겪으며 숱하게 물을 건너고 무수히 많은 산과 벌판에서 쫓고 쫓겼다. 그때 얻은 경험을 모두 짜내어 길을 찾으며, 온 힘을 모아 숨 가쁘게 달렸다. 말과 함께 물을 마시고 잠시 쉬는 동안마저 몇 해가 흐른 듯 느껴졌다. 자신은 지금 사람이 아니라 중한 뜻을 지닌 다급한 편지였다. 한시바삐 몸뚱이를 움직여야 했다.

임존성부터 여러 곳에서 함께 싸워 흑치상지 장군은 낯이 익었다. 그가 자기를 보고 무엇을 알아차릴지 자세히 모르나, 말을 달리는 내내 한 가지 생각이 머리에 맴돌았다. 흑치 장군은 좌평과 뜻이 같을 터이다. 힘을 합칠 것이다…… 두 사람 모두 백제 부흥을 위해 몸 바쳐온 지도자들이요, 자신이 지극히 믿고 존경하는 만큼 당연히 그래야 했다.

무엇보다 내와 강을 건너고 에돌아가는 데 시간이 많이 걸렸다. 밤에 떠나 잠도 자지 않고 만 이틀째 되는 날 아침, 물참은 가까스로 백강 가에 이르렀다. 그러나 아득히 넓은 물을 말과 함께 건널 엄두가 나지 않았다. 마땅한 데를 찾아 거슬러 오르다 곰개 나루*에서 한낮이 되었다.

보는 눈이 많아 나루는 피하고 싶었으나 사람도 말도 너무 지쳤다. 물참은 외진 주막을 골라 요기를 하고 말의 배도 채웠다. 장돌림인 듯한 중늙은이가 옆에서 밥을 먹었다. 그에게 들으니, 가림성이 가까운 나루는 곰개 상류의 갓개 나루**였다. 가림성 쪽에서 내려오는 시내와 백강이 만나는 물 가운데 모랫등이나 풀등이 많았는데, 갓개를 지나면 거기가 나올 성싶었다. 그 근처라면 그것들을 징검다리 삼아 말과 함께 헤엄쳐 건널 수 있겠지만, 대낮인 데다 시간이 지체될수록 속이 타들어갔다.

물참은 그냥 곰개의 나룻배로 백강을 건넜다.

무리를 했는지, 배불리 먹었어도 말은 달리지 못했다. 길목에 있는 유왕산 기슭에서 쉬어봐도 마찬가지였다. 저녁 무렵 갓개에 이르러 말을 주막에 맡겼다.

거기서부터 강가를 뛰다시피 걸었다. 밤이 깊어지고 몸이 곤할수록 정신은 오히려 맑아졌다. 가림성 쪽에서 내려오는 물을 만나면 그걸 따라 강을 벗어날 작정이었다.

*　　　전북 익산시 웅포면 웅포리에 있었던 나루.
**　　충남 부여군 양화면 입포리에 있었던 나루.

밀물 때라 그런지 강물이 부풀어 올라 번질거렸다. 달빛에 빛나는 윤슬의 아름다운 광경을 보려고 고개를 돌렸을 때, 강에 이상한 배가 보였다. 당의 군선이었다. 한두 척이 아니었다. 경신년에 기벌포에서 당군과 싸운 이들의 말을 하도 들어 그 집채만 한 배들이 당의 군선임을 이내 알았으나, 차마 믿기지 않아 이게 꿈이었으면 싶었다.

크고 거무스레한 배들은 불어난 강물을 타고 사비성 쪽으로 줄지어 올라갔다. 바다를 건너온 당의 지원군이 분명했다. 물참은 배의 숫자를 헤아리다 말았다.

뿌우연 달빛 속에서 강을 타고 육중하게 움직이는 그 낯선 배들은 보면 볼수록 흉측한 괴물 떼 같았다. 백제를 쳐들어올 때 당군의 일부가 저런 것을 타고 사비성 부근까지 곧장 왔다더니, 저들이 다시 그 길을 밟는구나.

어쩐지 때가 좋지 않다. 좌평이 흑치 장군과 하려는 일이 또다시 이 땅을 짓밟는 저 오랑캐들을 물리치는 데 크게 이로우면 좋으련만.

가림성 부근 숲속에서 잠시 눈을 붙였다.

날이 밝자 과연 가림성으로 모여드는 군사의 무리가 여기저기 눈에 띄었다. 그들에 섞여 성으로 들어가는 일도 쉽지 않았다. 속절없이 반나절이 흘렀다.

성주를 만나는 일이 남아 있었다. 거처 부근을 맴돌며 엿보았으나 날이 저물도록 기회가 나지 않았다. 흑치상지 장군은 막사에 없는 것 같았다.

밤이 되어 입구 양쪽에 불이 밝혀지고 얼마 안 있어, 비로소 장군이 나타났다. 말에서 내릴 때 보니 갑옷 차림인데도 거느린 사람이 셋뿐이었다. 어디를 조용히 다녀온 모양이었다.

막사 앞은 이내 조용해졌다. 물참은 마음을 정했다.

별패를 받아 들고 들어간 병사가 잠시 후 다시 나타났다. 그는 칼을 압수하고 몸을 수색한 뒤 사람 소리가 먼 귀퉁이 방으로 안내했다. 탁자에 놓인 촛불이 너무 작아서 방 안이 매우 컴컴했다.

잠시 후 누가 방으로 들어섰다. 흑치상지 장군이었다. 영특하고 용맹하기로 소문난 젊은 장수. 장대한 키에 떡 벌어진 체구는 갑옷을 입고 있어 더욱 당당해 보였다. 그는 부리부리한 눈으로 물참의 얼굴을 자세히 보았다.

물참은 허리를 굽히며, 어머니를 뵈러 지나는 길에 인사드리러 왔다고 하였다.

"네가 왔구나, 기어코!"

장군은 물참의 별패를 손에 쥔 채 탁하고 굵은 음성으로
내뱉듯이 말했다. 물참은 그 음성을 좋아했었다.

그가 방 안을 서성였다.

들창이 열려 있었다. 창 너머 검푸른 하늘에 별이 가득
했다.

묵묵히 하늘을 보던 장군이 이윽고 입을 열었다.

"……늦었구나. ……나는, 할 말이 없다."

물참은 알아듣지 못했다.

"무슨 말씀이신지, 모르겠습니다."

아까 안내했던 병사가 촛대를 하나 더 들고 나타났다. 장
군은 손을 저어 그냥 돌려보냈다.

장군이 고개를 돌렸다. 흐린 불빛 속에서 이마의 상처 자
국이 깊었다.

"몰라도 된다. 굳이 전해야 한다면, 할 말이 없다는 게 나
의 말이니, 그리 전해라. 잊지 마라. 너는 없는 사람이다. 여
기 오지도 않았고 나와 만나지도 않았단 말이다. 자아, 패를
가지고 어서 떠나라."

그가 별패를 내밀었다. 비로소 무슨 뜻인지 짐작이 갔다.
정신이 아찔하고 눈앞이 캄캄했다.

물참은 안간힘을 짜냈다.

"감히 한 말씀, 드려도 되겠습니까?"

"네가 어떤 일을 하고 있는지 안다면, 한마디 할 자격은 있겠지."

"백제를 위하여, 백제 백성들 형편을 헤아리시어……"

장군이 말을 잘랐다.

"나는 군인이다. 충성을 다할 따름이다."

그가 별패를 던져주고 방을 나갔다.

할 말이 없다는 게 나의 말이니…… 너는 없는 사람이다……

장군의 음성이 머리 뒤꼭지에 달라붙어 떨어지지 않았다.

갓개 나루 주막에서 말을 되찾을 때 구름 사이로 달이 나타났다. 길이 보여 다행이었으나 마음은 한없이 어두웠다. 달빛에 젖은 흑백의 천지가 텅 빈 듯하였다.

당에서 적의 지원군이 온 판에 흑치상지 장군과 정무 좌평이 뜻을 달리하다니…… 백강을 헤엄쳐 건너는 중에도, 물이 두려워 헐떡대는 말을 다독이며 오직 그 생각뿐이었다. 늦었다니? 시간이 지나고 사정이 바뀌면 달라질 일이었던가?

길이 숲으로 접어들면 달빛은 사라졌다. 말을 달리기는커녕 걸어가기도 어려웠다. 그래도 물참은 멈출 수 없었다. 가슴속에서 요동치는 불안과 두려움이, 말을 줄곧 몰아대지 않고는 못 견디게 했다.

정무 좌평은 거느린 군사가 따로 없으니, 무슨 일을 도모하려면 흑치상지 장군이 없어서는 안 되었다. 모르긴 하나 분명 이 일엔 복신 장군이 관련되어 있을 텐데, 그 역시 모두를 압도하려면 흑치상지 장군의 도움이 필요했다. 그가 돕는다 해도 주류성에서 너무 멀리 있어 곤란한 형편에, 그가 협조를 거절해 일이 뻐그러진다면 좌평과 장군 모두 큰 상처를 입을 터이다. 당의 지원군이 도착한 이 위급한 상황에, 조정 역시 파가 나뉘어 부흥군을 위기에 빠뜨릴지도 모른다.

주류성에는 밤에 들어가는 게 좋고 오늘 밤이 새기 전에 거기 도착할 수 없는데도 물참은 계속 말을 다그쳤다. 지금은 그것만이 오로지 해야 할 일 같았고, 그 일밖에 할 수 없음이 한없이 답답했다. 말의 몸에서 흐르는 땀이 아랫도리를 타고 흘렀다.

가파른 산길로 접어드는 데서 갑자기 말이 넘어졌다. 순간 물참도 땅바닥에 나뒹굴었다.

정신을 차려보니 말은 도로 일어서 있었다. 미끄러졌거나 다리를 헛디뎠을 뿐인 듯했다. 그러나 물참은 왼쪽 다리가 놀려지지 않았다. 겨우 디뎌보려다 다리가 끊어질 듯 아파

주저앉고 말았다. 그런데도 정신은 이상하게 또렷했다.

흑치상지 장군이 그랬다. 너는 없는 사람이다. 여기 오지도 않았고 나와 만나지도 않았다…… 그러므로 내가 주류성에 도착하지 못해도, 난데없이 날아온 화살에 지금 여기서 거꾸러진대도, 사정은 마찬가지일지 모른다. 나는 한낱 병사일 따름이고 전하는 말도 없으니 서둘러 가야 할 이유가 없다. 내가 가지 않아도, 이 밤이 지나면 내일이 오듯이, 세상은 갈 데로 흘러갈 것이다.

아니다! 그래도 나는 가야 한다. 흑치 장군이 돕지 않으므로 좌평은 도모하려는 일을 멈춰야 한다. 내가 늦기 전에 간다면 그럴 수 있을지 모른다. 따로 말이 없더라도 그게 내가 전하는 말이기에, 나는 가야 한다. 지금 내가 살아 있는 이유가 바로 그것이다. 몸뚱이 어디가 망가졌어도, 흑치 장군이 뭐라고 했든 간에, 내가 믿는 한 그 이유는 변치 않는다.

전신이 후들후들 떨렸다. 왼쪽 다리가 부러진 성싶었다.

근처에 잎나무가 많았다. 물참은 진땀을 흘리며 기어가 줄기를 꺾고 껍질을 벗겼다. 그것을 부러진 다리에 덧대고 감치기를 되풀이했다.

가까스로 몸을 세워 도로 말에 기어오르자마자 기력이 달려 말의 목덜미에 엎어지고 말았다. 정신 줄을 붙잡으려 간신히 허리를 일으키니, 검푸른 하늘이 새벽빛에 바래어가고 있었다. 점점이 박힌 별빛이 사위어가고 있었다.

떠난 지 넷째 날이 지났다. 밤중에 떠났으니 다섯째 밤에는 도착하고 싶었으나, 말이나 사람이나 기진맥진하여 일곱째 밤이 가까운 저녁 무렵에야 주류성에 들어섰다. 너무 늦어서 가슴이 졸아붙는 심정이었다.

마구간 뒤쪽으로 들어설 때 어쩐지 부근에 군사가 많다 싶은 순간, 옆구리에 창끝이 닿았다.

"네놈이 물참이냐? 어디 갔다 지금 오느냐?"

여러 손이 사정없이 물참을 말에서 끌어내리더니 무기를 압수했다. 퉁퉁 부은 다리 때문에 걷지 못하자 질질 끌고 갔다.

좌평이 걱정하던 무슨 일이 터진 게 분명했다. 불현듯 별패가 떠올랐다. 끌려가는 마당 앞쪽에 흙구덩이가 보였다. 물참은 다리를 부여안고 비명을 지르며 뒹굴다가 별패를 몰래 거기에 버렸다.

도착한 곳은 왕궁이었다. 겹겹이 삼엄하게 둘러선 군사들을 뚫고 한참 끌려가다 멈추었을 때, 관복을 입은 이들 사이로 바닥에 무릎을 꿇은 좌평이 보였다. 물참은 진땀에 범벅된 채 간신히 엎드리는 자세를 취했다.

좌평의 목소리가 화살처럼 날아왔다.

"소신은 백번 죽어 마땅하오나, 부디 복신 장군은 살리시옵소서. 큰 싸움이 머잖아 닥칠 텐데, 전쟁을 앞두고 장수를 죽이면 적을 이롭게 하옵니다."

이미 사태를 포기한 듯한 말투였다.

"역적을 보고 자꾸 장군이라 부르니, 과연 한패다. 복신과 그대가 얼마나 역적질을 했는지, 여태 그 죄상을 낱낱이 듣고도 뉘우치는 기색조차 없구나!"

그 차갑고 날카로운 목소리는 덕집득 달솔이었다. 왕의 눈에 들어 근래에 벼슬이 갑자기 높아진 근시近侍였다.

"달솔 여자신 아뢰옵니다. 복신은 전공을 많이 세웠고 군사들의 신망도 높습니다. 역모를 고변한 자의 말만 증거 삼아, 죽이고 살리기 어렵사옵니다. 이제금 바친 충성을 보시어 부디 통촉하소서."

복신 장군은 정무 좌평 옆에 무릎을 꿇고 있었다. 좌평과 달리 그의 손은 뒤로 묶여 있었다. 손이 피로 범벅된 걸 보면, 손바닥을 뚫고 끈으로 꿰어 묶은 게 틀림없었다.

아무 대꾸도 없이, 왕은 피곤한 얼굴로 묵묵히 딴 데를 보고 있었다.

비로소 사태가 짐작되었다. 꿇어앉은 두 사람은 무슨 일을 도모하려다 먼저 붙잡혔고, 중죄인을 다루는 식으로 각자 끌려왔으며, 조정의 분위기가 이미 살기 어려운 쪽으로 기울어진 것 같았다. 내가 조금이라도 빨리 왔다면, 흑치상지 장군이 만약……

덕집득의 음성이 다시 날카롭게 울렸다.

"증거가 고변한 자의 말뿐이라니? 신료들 모두 한나절 내내 이제껏 말하고 듣지 않았소? 복신 저자가 군권을 독차지하고자 도침 장군을 자기 멋대로 죽였고, 공명심을 채우려 왜국과 제 맘대로 상대하며 외교를 한 데다, 피성 천도를 가지고 불손한 말로 전하를 욕되게 한 것, 이 셋만 가지고도 전부 알조가 아니오? 모다 알다시피, 좌평 정무는 노상 복신 옆에 붙어서 온갖 일을 모의했고! 이자들이 역모를 꾸미는 걸 굳이 눈으로 보아야 알겠소? 여자신 달솔처럼 그래야겠다는 신료가 있다면 또 나서서 말해보시오!"

아무도 입을 열지 않았다. 다들 지치고 두려운 기색이 역력했다.

복신 장군이 비칠비칠 일어서며 소리쳤다.

"덕집득아, 이 썩은 개야! 어리석은 종만도 못한 놈아! 네가 무슨 부귀영화를 탐내어 나를 죽이려고 이리도 말을 지어

내느냐! 여러분! 나는 이미 할 말을 다하고 죽기를 각오했으나, 백제를 위하여 한마디 더 하겠소. 저놈의 뱀 같은 혀에 말려들지 마시오! 저놈이 사실이라고 한 건 진실이 아니고, 저놈의 말에는 충성이 아니라 오로지 제 욕심과 어리석은 생각만 들어 있소! 백제는 저런 소인배 때문에 망할 것이오!"

백제가 망하다니, 차마 그런 말을…… 신하들이 웅성거렸다. 시립한 병사들이 그를 도로 꿇어앉히는 소란 속에서, 누가 덕집득한테 다가가 귓속말을 하였다. 물참은 숨이 멎는 것 같았다.

"마침, 증거가 하나 더 나오게 생겼소. 무엇 하느냐! 정무의 부장을 데려와라!"

물참은 약하게 보이고 싶지 않았다. 끌어가려는 손들을 뿌리치고 다리를 끌며 기어 나갔다. 목덜미로 땀이 비 오듯 흘렀다.

"네가 며칠이나 보이지 않았다는데, 어디 갔었느냐? 여기서 거짓을 고하면 죽음뿐임을 잘 알고 있겠지? 똑바로 말하렸다!"

"소부리벌 강 건너 사는 어머니를 뵈러 갔습니다."

"그 먼 길을 며칠에 다녀왔느냐? 정무의 명을 받고 딴 데 갔던 게 아니냐?"

"가다가 백강에서 당나라 군선을 무수히 보았습니다. 그걸 알리러 급히 돌아오다 말에서 떨어져 다치는 바람에 지체하였습니다."

중신衆臣들이 놀라 수군거렸다. 물참의 의도는 적중했다.

그러나 덕집득은 꿈쩍도 하지 않았다.

"그걸 모르고 있을까 봐 그랬단 말이냐? 딴소리 마라! 누구를 만나러 갔더냐고 물었다!"

"어머니께 가다가 당나라 배들을, 한밤중에 몰래 사비로 가는 엄청 많은 적을 만났습니다! 백제의 숨통을 끊으려고 당의 오랑캐가 또다시 왔습니다. 그보다 큰일이 없기에, 돌아왔을 따름이옵니다!"

터질 듯 긴장이 되어 물참은 저도 모르게 외쳤다.

그때 누가 나섰다.

"소신 규해 아뢰옵니다. 역모는 가장 큰 죄입니다. 더 이상 어지러운 논죄는 필요하지 않습니다. 결정을 내리소서."

좌평이 머리를 바닥에 짓찧으며 소리쳤다.

"적군이 또다시 몰려오는데, 복신을 제발 죽이지 마옵소서! 죄는 적을 물리친 뒤에 따져도 늦지 않습니다! 만약 이 모든 게 흉계라면, 적이 꾸며낸 흉계라면……"

왕이 느릿느릿 일어서며 말을 잘랐다.

"정무 좌평은 선왕先王을 가까이 모신 대신이니, 감옥에 가두고 다시 논죄하도록 하라. 복신은, 참형한다! 지금 당장 뒤뜰에 가서 형을 집행하라."

정무 좌평의 깨진 이마에서 피가 철철 흘러내렸다. 병사들이 복신 장군을 끌고 나가자 그는 다시금 울부짖었다.

"전하! 나라가 무너지던 때, 성충 좌평과 흥수 좌평의 일을 상기하십시오!"

그러나 다 끝났다. 내려오는 방식에 따라 복신 장군의 목은 잘리어 소금에 절여지고 여기저기로 내돌려질 것이다.

옥으로 끌려가며 정무 좌평은 몸부림을 그치지 않았다. 신하 몇이 뒤따랐다. 그들 중 누가 말했다.

"고정하십시오. 충신들의 넋이 살아 있다면, 보고만 계시겠습니까?"

아아, 신하라는 자들이 저런 소리만 하고 있다니…… 이를 악물고 절뚝이며 물참도 쫓아갔다. 복신 장군이 죽으면 이제 누가 전쟁을 지휘하며, 정무 좌평은 또 어찌 되려는가? 내가 빨리 왔다면, 조금이라도 더 지혜롭게 굴었더라면…… 온몸이 졸아붙는 것 같았다. 다 끝났구나. 영영 돌이킬 수 없구나. 정말 이렇게밖에 될 수 없단 말인가!

옥 앞에 이르러 좌평은 돌연 침묵했다. 선혈이 낭자한 얼굴을 들고, 자세를 가다듬었다. 그때 물참의 얼굴에 잠깐 시선을 멈추었다.

좌평은 주위를 둘러본 뒤 결연히 입을 열었다.

"나는 선열께 큰 죄를 지었으나, 갚을 길 없으니 원통하오. 자기를 버리고 백제 백성을 살리시오! 모다 내버리고, 부디 큰 뜻에 따르시오!"

좌평은 쏜살같이 곁에 선 옥리의 칼을 빼어 자기 가슴을 찔렀다. 찌른 채 옥의 바람벽에 몸을 던졌다. 물참은 순간 손을 뻗다가 미치지 못한 채 바닥에 엎어졌다. 깊숙이 박힌 칼에서 뿜어 나오는 좌평의 피가 물참의 얼굴에 튀었다.

좌평은 마지막 숨을 몰아쉬며, 물참을 향해 말했다.

"백제 백성을…… 아아, 큰 뜻에 따르거……"

전쟁터

오합사에서 나오며 물참은 어쩐지 스승을 이번으로 마지막 뵌 게 아닌가 싶었다. 기침이 예사롭지 않아, 형의 일이 급하지 않다면 하루 저녁이라도 모시고 싶었다. 옛날에서 벗어나라! 죽은 사람이나 보러 뭍에 온 게냐?…… 스승 앞에서는 무엇도 감추기 어려웠다.

그와 모루는 북쪽에 있는 신촌현으로 말을 몰았다.

신촌현 현령의 아들 천득은 오합사에서 스승께 글을 같이 배운 사이였다. 그와 물참은 틈틈이 스님들한테 단련법도 배우고 절 일도 도왔는데, 그의 부친은 천득에게 나무 따위 다루는 일은 절대로 하지 못하도록 했다. 천한 일이라는 게 이유였다. 그래서 스승과 물참이 나무를 다듬거나 불단 꾸

미는 일을 할 때면 혼자서 책을 읽었다. 물참은 글을 읽다 막
히면 그에게 묻곤 했다.

만나지 않은 지 여러 해가 지나 서먹할지 모르나, 도독성
싸움이 벌어지던 날 그가 형과 함께 있었다니 도움이 될 터
이다. 어려울 성싶지만 도독성에 함께 가줄 사람이 하나 늘
어나면 그도 좋은 일이다.

길이 텅 비고 마을은 적막했다.

재를 넘다가 맨발로 땡볕 속을 걷고 있는 아이 둘을 만났
다. 한 애가 머리에 인 함지에는 조개와 고둥 조금이, 다른
애가 멘 망태기에는 해초 같은 게 들어 있었다. 아이들은 두
사람을 힐끗 보고는 산골짜기로 접어들었다. 둘 다 얼굴이
돌덩이 같았다. 말 탄 사람을 만나면 어린애들이 으레 짓는
놀람과 존경의 표정 따위는 없고 허연 버짐만 가득했다. 더
구나 한 아이의 뒷목에는 큰 부스럼이 나 있어 위태로워 보
였다.

거기서 바다까지는 10리가 넘었다. 그 산골 아이들은 먹
을거리를 찾아 새벽에 길을 떠났으리라. 천지에 풀이 가득
하지만 나물로 먹을 만한 건 이제 찾기 어려운 철, 골짜기 안
어느 움집에서 누가 저 아이들이 돌아오기를 기다리고 있을
것이다. 전쟁과 굶주림에 나자빠진 주검이 길가에 널려 있

어도 아이들은 별로 놀라지 않겠지. 머지않아 견디다 못한 부모가 '자라는 것들 배라도 곯지 않게 하려고,' 아니 '식구 입 숫자를 줄이려고' 저 애들을 노비로 파는 날이 닥칠 것이다. 그러면 부모는 그게 다 오로지 기박한 팔자 탓이려니 하면서 눈물을 훔치겠지. 밥 한 끼 기름지게 먹이지 못한 죄책감에 사로잡혀, 눈감을 때까지 좋은 음식이 생겨도 입에 대지 못하며 자식을 점지한 삼신할미를 원망하리라.

저 아이들만 한 나이였을 때 물참은 스승을 따라 먼 길을 떠났었다. 어느 부자가 큰 공양을 해서 부처님 모실 금당을 짓는다 하여 자리를 보러 가는 참에, 길이 멀어 물참을 데려간 것이다. 긴 여름이 끝나가는 철이었다.

어느 덴가 이르니 오래 가물었는지 땅바닥이 쩍쩍 갈라져 있었다. 나무엔 가지만 앙상할 뿐 제대로 생긴 잎이 달려 있지 않았다. 땅에도 풀이건 곡식이건 줄기만 남아 모양을 알아보기 어려웠다. 스승이 어두운 얼굴로 말했다. 황충蝗蟲이까지 휩쓸고 갔구나. 메뚜기 떼가 그나마 모조리 먹어 치웠어.

아무리 가도 산과 들이 모두 그랬고 이상하게 사람이 눈에 띄지 않았다. 추수철이 가까운데도 들판이 텅 빈 채 불그스름하게 타들어가고 있었다. 그러다 어느 고샅에서 사람

무리를 만났다. 무엇을 굽고 있었는지 냄새가 심하게 났다.

스님이다! 누군가 짧게 외치자 무리가 슬금슬금 흩어졌다. 그들이 있던 데를 지나다가 스승이 돌연 펄썩 주저앉았다. 눈을 질끈 감고 신음을 토했다. 물참이 황급히 부축하며 고개를 돌리자, 불에 구워 먹고 있던 무슨 고깃덩이 같은 게 보였다. 그런데 주위에 흩어진 것들을 훑어보니, 그게 사람 몸뚱이 같았다.

스승은 겨우 몸을 추스르고 곧장 오합사로 되돌아왔다. 먼 길을 오는 동안, 스승은 단 한 번 입을 열어 중얼거렸다. 재물을 왜 금당 짓는 데 쓰노? 가난한 중생 지옥 보내고, 부자는 극락 가려구?

거기서 불에 굽던 게 정말 사람이었는지, 물참은 스승에게 묻지 않았다. 차마 물을 수 없었다. 스승 역시 한 번도 그 일을 입에 올리지 않았다.

그 뒤로 물참은 먹을 걸 보거나 무슨 냄새가 나면 무시로 구역질이 올라오고 구토까지 하는 때가 있었다. 그러다 보니 속이 메슥거리는 듯싶으면 지레 수저를 놓게 되고, 나중에는 몇 끼니씩 거르기도 했다.

아까 스승은 그 메뚜기가 휩쓴 땅 이야기를 처음으로 입에 담았다. 지금 세상에 그 메뚜기가 얼마나 많으냐? 굶주린 끝에 미쳐버린 가련한 백성은 또 얼마나 많더냐?…… 그 일을 겪은 지 10년하고도 한참이 지났건만, 백성의 삶은 나아진 게 없다. 스승은 그걸 잊었느냐고 물었는데, 물참은 잊은 적이 없었다. 결코 잊을 수가 없었다.

어머니는 나라 제사에 참예하는 큰무당이면서도 청이 들어오면 동네 사람의 푸닥거리까지 해주었다. 그리고 거기에 쓴 제수를 늘 조금 가져와 어린 물참한테 먹여 버릇하였다. 밤이 늦어도 물참은 눈을 비비며 어머니를 맞았다. 서늘한 바깥바람을 풍기면서 들어온 어머니는 아직 온기가 남아 있는 팥떡 조각을 입에 넣어주며 주문을 외듯 말했다. 귀한 내 새끼, 약처럼 먹어라. 가난한 백성이 정성으로 만든 음식이란다. 검님께서 맛보셨으니 소중한 것이야.

어머니가 노상 '입이 짧다'고 걱정한 물참이 그래도 잘 먹는 것은 그 팥떡뿐이었다.

신촌현 관아로 가는 길가에 돌덩어리들이 놓여 있었다. 엄청나게 크고 넓적한 돌을 밥상 모양으로 고이고 아래에 주검을 두었다 하여 고인돌이라고 부르는 무덤 자리였다. 지금은 그 속이 텅 비고 그렇게 무덤을 짓는 풍습도 없어졌으나, 물참은 거기를 지날 때마다 그게 죽은 이보다 산 이를 위해 만들어졌다는 생각이 들었다. 그렇게 큰 돌을 옮겨다 고여놓으려면 큰 권력이 있어야 하고, 옮기는 동안 그 권력은 더욱 강해진다.

고인돌 옆에 말을 탄 사람 둘이 서 있었다. 차돌과 고잔이었다.

고잔은 허우대가 여전했으나 그새 술을 많이 마셨는지 코가 빨갰다. 그가 말 위에서 꾸벅 인사하였다.

"아버지가 편찮으시다는데, 좀 어떠냐?"

"네. 더했다 덜했다 늘 그렇지요, 뭐. 시루성으로 오실 줄 알고 거기로 갔다가 차돌이 서두르는 바람에 여기 와서 기다렸습니다. 이 친구가 조바심을 치기 시작하면 없는 일도 생기는 거 아시죠? 하여튼 마누라가 그렇게 졸라도 제가 말을 팔지 않길 잘했네요. 물참님과 이렇게 모일 날이 다시 올 것 같았죠. 비루먹기는 했어도 제법 달리거든요."

곁에서 차돌이 어이없다는 듯 웃었다. 그의 말은 과연 여기저기 희치희치하고 털도 많이 빠진 모습이었다.

"내가 형님 장례를 치르러 왔지만, 쉽지 않을 성싶으니 그러는 게다. 주검이 도독성에 있는 것 같은데 모셔낼 방도가 마땅치 않구나. 사정을 자세히 알아야겠다. 거기서 싸움이 나던 날, 내 형과 현령 아들이 같이 어디로 가는 걸 봤다구?"

"예. 그날 점심 먹기 전에, 제가 사는 은개를 지나 솔섬 쪽으로 갔습죠. 병사들하고 범 같은 장정들이 함께 말을 타고 뒤따랐는데, 통틀어 서른 가까이 되었습니다. 칼하고 창으로 단단히 무장들을 해서, 쳐다만 봐도 무섭더군요. 한데 제 깜냥으로는, 그보다 먼저 아셔야 할 게 있습니다. 제법 오래됐어도, 막상 아는 사람이 적더라구요."

다들 관심을 보였다.

"현령 아드님, 바로 물참님 친구분 이야기랍니다. 우리 동네를 지나면 큰 바다가 나오는데, 마침 섬 하나가 앞에서 파도를 막아주는 기가 막힌 데가 있습죠. 그게 솔섬입니다. 워낙 후미져서 마을은 자리 잡지 않았어도, 섬과 뭍 사이가 썰물 때에도 깊고 모래밭까지 넓어 고기 잡고 배 대기 참 좋은 데지요. 현령 아들이 거기서 몇 해 전부터 사람들 데려다 배를 무었습니다. 제가 그분이 현령 아들인지 누군지 어찌 알겠어요? 오래 거기를 오가니 하는 소리들이 있어 절로 알았지요. 우리 동네 사람은 근처에 얼씬도 못 하게 하는데, 위에서 하는 일로 알고 별 상관을 안 했습죠. 뭇는 배가 아주 커서, 우리가 쓰는 거루나 야거리하곤 댈 수 없습니다. 돛대를 두 대나 박는 당두리보다 큰 거예요."

고잔은 구변이 좋았다. 그런데 자기 이야기에 스스로 빠져 딴 길로 새는 성싶었다.

"제가 고기도 잡을 겸 부근에 가끔 가보지 않았겠습니까? 배는 완성되면 곧장 어디로 사라지더군요. 그러니 산이 엉성해질 만치 근처에서 나무를 베어내도, 완성된 배는 눈에 잘 안 띄었습죠. 누가 그러는데, 커다란 통나무를 오서악에서 베어내 바다로 끌어오는 것도 봤다더군요.

요새는 아주 성처럼 망을 보며 지키는 통에 가까이 가보지 못했는데, 그 커다란 배들, 수군이 타고 싸우려고 나라에서 무은 거 맞지요? 그렇잖으면 그리 큰 배들을 쉬쉬하며 자꾸만 무을 리 없다고, 동네 사람들이 모두 그런답니다."

처음 듣는 소리였다. 하지만 문득 여러 해 전에 천득이 자기 집 노비들을 데리고 나무를 베던 광경이 생각났다. 참나무를 나르기에 쓰임새를 묻자, 배의 못이나 닻을 만드는 데 쓴다고 했었다.

"글쎄, 아닐 게다. 그런 일은 현같이 작은 데선 감당하기 어렵거든. 하여간 그건 나중에 알아보자. 내 형과 군사들이 솔섬 쪽에 갔다 어디로 향했는지 보았느냐?"

"가만히 지켜봤지요. 오래지 않아 왔던 길로 돌아갔습니다. 배 뭇는 걸 보러 온 성싶더라구요. 그냥, 제 깜냥으로 말입죠."

"금세 되돌아갔다구? 그렇다면 배를 보러 오지는 않은 것 같구…… 솔섬하고 회이포는 얼마나 떨어져 있지?"

"한 30리쯤 될 겝니다. 그쪽은 사람이 잘 안 다니는 바닷가라 길이 길답지 않습죠."

"솔섬 안쪽에 배를 몇 척이나 댈 수 있을까? 아까 말한 그 배, 돛대를 여러 대 박는 큰 배로 쳐서 말이다."

"안이 넓으니까, 큰 배라도 스무 척은 좋이 들어가지요."

그 정도라면 아주 넓은 편은 아니었다. 물참은 짚이는 게 있어 차돌을 보며 물었다.

"고구려 수군의 배 말이다. 그 배가 여태 회이포에 있더냐?"

엊그제 섬에 다녀오면서 봤고, 군사들이 도독성에 있으니 여태 머물러 있을 것 같다고 하였다.

그 군선이 회이포 밖에서 여러 날 떠돌다 들어와 도독성을 쳤으며 성을 점령한 후에도 그냥 머물러 있다면, 무엇을 노리거나 여봐란듯이 누군가 지켜보라고 일부러 그랬을 터이다. 회이포는 도독부가 다스리는 큰 포구이니 어떤 배짱이나 속셈이 없다면 그러기 어렵다. 세 척밖에 안 되지만 뒤따라 다른 배가 얼마든지 불쑥 나타날 수 있기에, 적은 숫자로도 포구를 점령하고 상대를 위협할 수 있는 게 배이다.

이미 여러 날 전부터 시작된, 어떤 전쟁의 낌새가 느껴졌다. 바다와 땅에서 아울러 벌어지는 그 전쟁과 관련된 일로, 형은 도독성과 솔섬에 왔던 것 같다. 도독성 싸움은 그 와중에 일어난 일이다.

과연 전쟁판에 들어섰구나. 물참은 무심코 숨을 몰아쉬었다. 자기는 지금 거느린 사람도 별로 없고 군사를 모을 힘도 없었다. 아니 그보다 먼저, 속한 나라도 없고 부대도 없었다. 어쩐지 모든 게 너무 빨리, 제멋대로 흘러가는 성싶었다. 하지만 별 대책도 없으면서, 무슨 일이든 벌어지기를 기다려 온 건 사실이었다. 물참은 말고삐를 감아쥐었다.

차돌이 무얼 묻고 싶은 눈치였으나 물참은 마음이 부쩍 조급해졌다.

"이 근방에서 무슨 전쟁이 벌어지고 있는 성싶은데, 잘 모르겠구나. 여기는 도독부가 직접 움켜쥐고 있는 데라 허투루 침범하기 어려운데…… 하여간 수고들 했다. 더 알아보며 궁리해보자꾸나. 아까 약속한 대로, 내일 이른 아침에 용못에서 만나자."

다들 전쟁이라는 말에 놀랐다. 차돌이 참지 못하고 걱정스레 물었다.

"가셔서 현령 아드님을 만나면 조심해야 될 성부릅니다. 주부님과 같이 돌아다녔는데, 한 사람은 죽고 한 사람은 살아 있다면, 좀 이상하지 않습니까?"

"아까도 그러더니…… 어째 그런 생각까지 하느냐?"

"현령 자제분을 두고 전부터 비밀스러운 소문이 돌아서 별별 생각이 다 듭니다."

"비밀스러운 소문이라니?"

"실수할까 봐 말씀드리기 좀 그렇군요. 예서 지금 전쟁이 벌어지고 있다고 그러셨는데, 저야 원체 갈팡질팡이지만 이 판에 물참님까지 그러시면 안 되는데……"

지난 여러 해 동안 갈팡질팡하기는 다들 마찬가지였다. 고구려가 망한 뒤로는 더욱 그랬다.

"그래도 말해보아라. 쓸 데가 있을지 모르니까."

"고잔이가 배 뭇는 이야기를 했는데, 그 일하고도 상관 있는 듯합니다. 신촌현의 현령 부자父子가 진당성에 보물을 잔뜩 감춰두었다는군요. 참말이라면 그걸 어찌 얻었을까요?"

진당성은 여기서 멀지 않은, 신촌현의 산성이었다. 가파른 산 위에 있어 보통 때는 잘 쓰지 않는 데였다.

차돌이 들은 소문을 믿는다면, 천득은 배로 돈벌이를 하여 재물을 모았을 터이다. 물참은 전에 형이 자기더러 왜국으로 가라고 했던 일이 떠올랐다. 온 가족이 당에 끌려가게 하고 재물까지 빼앗은 집안의 원수를 잡으러 가라고 했는데,

물참이 거절하자 회이포에서 감시라도 하라고 그랬었다. 나중에 천득이 그 일을 대신 맡았을지 모른다는 생각이 불쑥 들었다. 천득을 '조심하라'는 걸 보면, 차돌은 그가 한 일이 돈벌이 정도가 아니라고 짐작하는 성싶었다.

물참은 자리를 뜨며 알았다는 뜻으로 차돌을 향해 손을 흔들었다. 그가 자기를 걱정하는 만큼 자기도 그를 생각하는지 의문이 들었다.

물참은 말 위에 앉아 생각에 잠겼다.

형 일이 급하여 고잔이 한 배 이야기는 지나가는 말처럼 들었으나, 그게 아닌 것 같았다. 도독성과 오서 농장이 멀지 않은 곳에서 천득이 그런 규모로 배를 무었다면, 형이 그 일을 몰랐을 리 없었다. 도독성 싸움 직전에 거기에 간 것은 전쟁과 상관 있어 보이지만 하여간 전부터 그 사업을 알았고, 어쩌면 같이 도모했을 수도 있다.

도독부가 신라와 맞서느라 수군 따위를 양성할 경황이 없을 테니, 배 사업은 필시 다른 나라로 떠나는 이들을 상대했을 터이다. 다른 나라라면 두말할 것 없이 왜국이다. 그런 배는 물참도 잘 알았다. 백제를 떠나 왜로 가는 이들, 부유하고 세력이 커 뵈는 그런 사람들이 탄 배가 어쩌다 날씨가 궂을 때면 가끔 물참이 사는 섬으로 피했다.

며칠이나 비가 내리고 바람이 심하던 어느 날 어스름에, 섬의 포구가 발칵 뒤집혔다. 가까운 여(암초)에 배가 한 척 걸려서 점점 가라앉고 있었다. 비바람 탓에 소리는 잘 들리지 않았지만, 뱃전을 잡고 살려달라고 외치는 모습이 아득히 보였다. 섬에 있는 고기잡이 배라는 게 워낙 작은 데다 거센 파도를 거슬러 거기까지 가기 어려워 다들 발만 동동 굴렀다.

물참은 어부들이 가까운 바다에서 쓰는 뗏목배 두 척을 묶도록 했다. 그리고 고기 말리는 덕장의 말뚝을 뽑은 다음 그걸 삿대 삼아 배를 밀도록 했다. 마을 사람이 여럿 달려드니 배가 파도를 이기고 조금씩 나아갔다.

웬만큼 거리가 좁혀졌을 때, 물참은 밧줄을 몸에 동여매고 헤엄쳐 가서 거의 눕다시피 한 배에 그걸 묶었다. 추위와 공포로 사색이 된 이들이 그 줄을 붙들고 침몰 직전 배에서 빠져나올 수 있었다. 모두 물에 젖고 기운이 빠져 사람 꼴이 아니었다.

이튿날에도 바람은 계속 불었다. 어제 일로 곤하여 누워 있는데, 점심나절에 모루가 밖에 좀 나와보아야 할 것 같다고 했다.

섬사람이 거반 배 턱에 모여 있었다. 섬이 작아 모여 살긴 해도 바다에 나가 일할 때라 억지로 부르지 않았다면 그렇게 모일 리 없었다. 어제 배를 잃은 일행의 우두머리처럼 보이는 늙수그레한 남자가 목청을 높이고 있었다. 바닷물에 젖어 상하기는 했으나 입은 옷이 귀해 보였다. 차림새가 그의 아들 같은 젊은이도 옆에 있었는데, 경황 중에 어찌 챙겼는지 둘 다 허리에 칼을 차고 있었다. 그걸 보더니 모루가 도로 들어가 물참의 칼을 가져왔다.

"무슨 수단을 쓰든지, 저기 배에서 짐을 건져내라. 회이포로 새 배를 구하러 떠났으니, 돌아올 때까지 모두 끌어내야 한다."

날씨가 추워져 어제와 달리 비 대신 눈발이 날리고 있었다. 침몰한 배는 돛대만 물에 떴다 가라앉았다 하는 게 간신히 보였다.

노상 바닷가에서 갯것을 잡으며 사는 검바위집 사내가 나섰다.

"지금이 썰물 때라 그렇지, 보기보다 여기서 더 멀고 깊습니다요. 밤새 파도에 배도 망가지고 웬만한 건 다 쓸려 갔을 겝니다요. 날까지 이렇게 추운디……"

"여러 말 할 것 없다. 무슨 속셈으로 하는 소린지 다 안다.

일할 사람은 좋게 권할 때 이 앞으로 나서라."

그의 옆에는 노비가 틀림없는 장정 셋이 서 있었다. 다들 어디서 났는지 몽둥이 같은 걸 허리춤에 꽂았다.

검바위집 사내는 제법 담이 컸다. 한편에 우중우중 서 있는 사람 하나를 지목하며 거침없이 말했다.

"저기 저 사포* 사람! 아는 사인데, 뱃놈끼리 왜 모르는 척하나? 이 파도에 여에 폭삭 깨지고 하루나 지났으면 배에는 지금 보이는 저 돛대밖에 붙어 있지 않을 텐데, 그걸 자세히 아뢰지 않았구먼? 날씨도 안 가리고 배를 띄웠다가 아주 정신이 나가버렸나?"

지목당한 사람은 슬그머니 꽁무니를 빼버렸다. 아무도 나서지 않자 장정 하나가 다짜고짜 검바위집 사내를 앞으로 끌어냈다. 그러고는 모루를 꼬나보며 다가왔다.

물참이 그를 막아서니 우두머리가 거드름스레 훑어보며 말했다.

"너는 누구관데 끼어드는 거냐?"

"내가 누구라면 말을 듣겠소? 백제 땅에서 무얼 잔뜩 가지고 도망치다 낭패를 당한 모양인데, 목숨을 건져주었으면

---

*   곰내(충남 보령시의 웅천천) 하구에 있었던 포구. 현재 부사방조제로 막힘.

인사나 할 것이지, 이 무슨 행패요?"

물참은 노여움이 치밀었다. 어디를 가나, 높든지 낮든지, 망한 나라의 꼬락서니는 비슷했다. 섬이라도 똑같았다.

아들처럼 보이는 젊은이가 우두머리와 수군거리더니 일을 중단시켰다. 사달은 그것으로 끝난 듯했다. 그런데 얼마 후에 그 젊은이가 물참을 찾아왔다.

그가 차가운 얼굴로 말했다.

"우리 집 종들이 건져보려 했으나 되지 않소. 그대의 말은 잘 듣는 모양이니, 섬것들이 돕도록 나서시오. 우리가 누군지 알면 감히 이러지 못할 터이니, 나중에 후회하지 말고 따르시오."

"아까 하는 소리 못 들었소? 날까지 차져서 물에 들기 어렵고, 들어가봐야 건질 것도 남지 않았다 하니 그만 단념하오. 그렇게 짐이 소중하면 주인이 뛰어들어 어째볼 생각은 안 하고, 왜 애꿎게 이러시오?"

그가 잠시 묵묵히 노려보았다.

"아까 일로 마음이 옥은 모양인데, 어제 도와준 건 고맙소. 그대는 나를 모르겠으나 나는 그대를 안다오. 주류성 싸움에서 패해 골짜기에 갇혔을 적에 그대가 도망할 사람 모으는 걸 보았거든. 아까 우리가 왜로 도망을 친다고 하던데, 사연은 모르겠으나 그대도 이 섬으로 도망친 것 아닌가? 복신 장군 죽을 때 같이 죽을 뻔한 사람이니, 알 수 없는 일이지. 어차피 나라는 무너졌고 제각기 재주껏 살아가는 세상 아니오? 그렇게 뻣뻣이 굴지 말고 무슨 대가를 바라면 바란다고 말을 하시오. 섬의 무지렁이들 편을 들어봐야 무슨 이득이 있다고 이러는 거요?"

또다시 풍랑이 일어나는 바람에 회이포에 갔던 배는 나흘 뒤에야 돌아왔다. 배를 잃은 이들은 새로 구해 온 배를 타고 아무것도 못 건진 채 몸만 떠났다.

그 나흘 동안 모루와 마을 사람들은 물참 곁을 떠나지 않았다. 그가 해코지당할까 봐 밤에도 몇 사람씩 집을 지켰다.

마을 사람 하나가 말했다.

"이거 참, 좁아 빠진 섬에서 백제 사람끼리 무슨 전쟁을 하는 것 같구먼."

그러지 말래도 소용없어서, 물참은 며칠을 갇혀 살다시피 했다. 검바위집 사내가 조개와 물고기를 가져와 모처럼 배부르게 먹은 저녁에 산이가 조심스레 물었다.

"저기 저, 바닷가에 삼베 한 자락이 밀려왔는데, 올이 가늘기가 거미줄 같았어요. 깨진 배에서 나왔을 거래요…… 우리, 섬에서 나가 살면 안 되나요? 여기는 밭 같은 게 없어서……."

물참도 알고 있었다. 산이는 산에서 나고 자랐다. 모루까지 셋이 어쩌다 한 식구가 되어 그럭저럭 살고 있지만, 알고보면 섬사람들한테 줄곧 신세를 지고 있는 셈이었다.

"여기선 밭농사도 그렇구, 길쌈 농사를 못 짓는대요. 나라에 바치는 것두 생선이나 젓을 주고 바꿔서 바친대요."

"길쌈 농사라면, 삼이나 모시 농사 말이냐? 그럴 땅이 없다는 얘기지? 그래, 너는 길쌈을 잘하고 싶은 게로구나."

"예. 제 손으로 베를 짜서, 그걸로 옷을 지어 입고 아버지 어머니 무덤에 가서 절을 하구 싶어요. 혼자서두 잘 살고 있으니까 안심하시라구, 꼭 그러고 싶어요."

일찍부터 전쟁터를 떠돈 데다 생각을 굽히지 않다 보니 물참은 친구라고 할 사람이 드물었다. 그다지 친하진 않았지만 섬에서 지낸 몇 해 동안 천득마저 아주 멀어진 성싶었다.

그와 멀어졌든 가까워졌든, 일단 전쟁터에 들어섰으니 급하고 마땅한 쪽으로 움직이지 않을 수 없었다. 자기들만 도망자가 아니라던 그 젊은이의 말에도 옳은 데가 있었다. 자기는 왜로 가거나 왜로 가는 배를 뭇지도 않았지만, 그런 이들과 별로 다르지 않았다.

천득은 도와주지 않을 것이다. 형을 장사 지내는 일은 그의 몫일이 아니다. 배를 뭇는 일 또한 굳이 대놓고 잘잘못을 따질 일은 아니다. 적군이 몰려온 위기 상황에서도 복신 장군 죽이는 것을, 그리하여 사람들이 자기 자신은 물론 나라까지 망치는 것을 눈으로 똑똑히 보지 않았던가. 모두 정무 좌평의 길로 가기를 바랄 수 없다. 스승께서 믿는다 했으니, 나는 다만 내 몸과 마음이 택하는 쪽으로 나아가는 길밖에 없다.

소문이야 어떻든, 아버지가 도독부 벼슬아치라 천득은 듣본 게 많을 터이다. 그를 만나면 형의 일은 물론 세상 형편도 더 알 수 있을 것이다.

물참과 모루는 신촌현 관아가 있는 쪽으로 말을 몰았다.

흑치상지

백제 부흥군은 네 나라 군사가 맞붙은 계해년(663년)의 결전에서 패하였다. 나당 쪽도 당에서 지원군이 왔고, 부흥군도 왜에서 2만 7천 명의 군사와 1천 척의 배가 합류하였다. 그러나 음력 8월, 백강 하구의 바다에서 부흥군 쪽 배들은 불화살 공격에 치명상을 입었다. 강과 바다는 네 나라가 뒤엉킨 이 엄청난 싸움이 쏟아낸 피와 불길로 검붉게 물들었다.

물참은 육지의 주류성에서 싸웠다. 아직 부러진 다리가 성치 않았고, 따르던 이들이 죽은 마음의 상처도 깊어 제대로 싸우지 못했다. 명민한 장수를 잃은 주류성의 군사들은 결국 나당 연합군에 밀려 성에 갇히다시피 하고 말았다.

전세가 허망하게 기울자, 풍왕이 배를 타고 고구려로 달아났다는 소식이 주류성에 날아들었다. 독 안의 쥐 신세가 된 병사들은 싸울 기력을 잃고 손을 들었다. 백제를 되살리려던 안간힘은 그렇게 허무하게 끝장났다.

물참은 탄식했다. 수군과 육군이 합동 작전도 변변히 펼쳐보지 못하고, 흑치상지 장군의 가림성도 멀쩡하게 남아 있는데…… 군사의 수로만 보아도 우리가 결코 이토록 허망하게 패배할 싸움이 아니지 않은가?

3년 동안, 헤아릴 수 없이 많은 사상자를 내면서도 부흥군은 맹렬히 저항했다. 누가 강제로 시킨 일이 아니었다. 백제 사람들이 당에 노예로 끌려갈 때, 나라 잃은 백성의 비참한 꼴을 똑똑히 봤기 때문이었다. 망국의 수치를 씻고, 가족과 터전을 앗아간 적들한테 앙갚음하려는 마음도 응어리져 있었다.

부흥전쟁 초기, 임존성에서 당군을 물리친 뒤 다시 두릉윤성에서 신라군에게 승리하자, 나당의 기세에 눌려 숨죽이고 있던 백제 땅 곳곳의 2백여 성이 일제히 합류하여 부흥군의 기세는 하늘에 닿을 듯했다. 그때 당과 신라가 점령한 사비성, 웅진성을 포위하여 보급을 끊으며 함락 직전의 궁지까지 몰아넣자 당은 회군回軍을 논의할 지경까지 이르렀다.

신라에서는 무열왕(김춘추)이 죽고 부흥군은 풍왕을 추대하여 '부흥백제국'을 일으켰을 때, 머지않아 백제는 점령군을 물리치고 멸망한 나라를 회복시킬 것 같았다.

그러나 모든 게 허사가 되고 말았다. 무엇보다 부흥군 우두머리들 사이에서 끔찍한 내분이 일어나 도침 장군이 살해되고, 정무 좌평과 복신 장군까지 결전을 앞두고 죽자 부흥군의 사기가 땅에 떨어진 까닭이었다. 외적과 싸우는 이들이 자기들끼리 싸움을 벌였고, 그 틈을 파고든 나당 연합군의 공격에 모두 무너지고 만 것이다.

속절없이 주류성을 나오며 적의 발아래 무기를 내던질 적에, 물참은 자신이 아주 작고 힘없음을 뼈저리게 깨달았다. 지난 몇 해 동안 무엇을 이루기는커녕 패배와 실망만 맛보았을 따름이었다.

적은 맨손의 부흥군을 성 앞 골짜기에 몰아넣었다. 불안에 사로잡혀 병든 수숫대처럼 서 있는 수천의 패잔병 앞에, 그들이 다 보이는 넓적한 바위 위에, 당의 수군 옷을 입은 몇 사람이 나타났다.

그들 중 하나가 앞으로 나섰다. 장군이나 입을 갑옷을 갖추어 입은 자였다. 그가 잠시 묵묵히 백제군을 내려다보았다.

그 뒤에 서 있는 자가 큰 소리로 외쳤다.

"태자님이시다! 모두 무릎을 꿇어라!"

엄청난 소란이 일어났다. 태자라니…… 당에 잡혀간 의자왕의 아들 부여융扶餘隆이 살아 돌아왔단 말이야? 그것도 동생(부여풍, 풍왕)이 지휘하는 부흥군을 치는 당나라의 장수로? 저런 놈한테 무릎을 꿇으라니…… 그것은 배반이었다. 또 의자왕의 아들들끼리 싸우게 하여 백제를 분열시키려는 당의 책략이었다.

저놈이 원수들의 지원병과 한패가 되어 돌아왔구나! 당나라 굴레를 뒤집어쓰고, 짐승이 되어 나타났구나! 땅이 꺼져라 터지는 탄식과 아우성 속에서 물참 또한 소스라치게 놀랐다. 가림성으로 가던 달밤에, 백강에서 본 그 당의 군선에 태자가 타고 있었다! 그러자 불현듯 의문이 떠올랐다. 알았던 걸까? 흑치상지 장군은 저자가 당군과 함께 돌아왔음을 알았던 걸까? 그래서 나한테 '늦었구나, 할 말이 없다'고 하였나? 그 때문에 정무 좌평과 손잡기를 거절하고, 결국 복신 장군까지 죽임을 당한 끝에 마침내 부흥군이 패하게 한 것일까? 아니, 그렇게까지는 몰라도 그가 이번 싸움에서 복신 장군 대신 나서서 지휘를 하지 않고 가림성에만 머무른 까닭은, 태자와 무슨 약속이 있었던 까닭일까? 그가 말한 '군인으로서의 충성'이란 정말 그런 것이었을까?

포위하고 있는 병사들의 위협으로 소요가 겨우 가라앉았다.

부여융이 입을 열었다.

"우리의 소원대로, 백제는 살아난다. 황제께서, 살려주신다. 그래서 너희도 살려줄 터이니, 성은에 보답하여라. 각자 집으로 돌아가 농사를 지어……"

그는 말을 더 잇지 못했다. 악에 바친 아우성이 벌 떼처럼 일어났다. 네가 어느 나라 왕자냐? 이 당나라 허수아비야! 우리도 당나라 개가 되라는 거냐? 어서 죽여라! 너 따위 왕족이나 잘 살아라! 세상이 당나라 천지라도, 우리는 백제 백성으로 떳떳이 죽고 싶다……!

돌멩이가 빗발치듯 날아갔다.

부여융 일행이 황급히 시야에서 사라졌다.

그 일이 있고 나서, 부여융이 꺼낸 말과 달리 나당군은 부흥군 잔병을 좀처럼 놓아주지 않았다. 모두 죽일 작정이거나 부흥군이 완전히 무너질 때를 기다리는 것 같았다.

하루에 주먹밥 한 개로 연명하며 밤이면 가을 냉기가 파고드는 골짜기에 갇힌 채, 물참은 맨손으로라도 달려들어

적의 손에 죽고 싶은 심정이었다. 허나 죽음은 맨 나중에, 어쩌면 자기 선택과 상관없이 닥칠 일이었다. 병석에 누운 어머니가 줄곧 마음에 걸리기도 했다. 우물가에 물을 떠놓고 당나라의 아버지와 전쟁터를 떠도는 물참이 무사하기만을 지성으로 비손하는 모습이 자꾸 어른거렸다.

전쟁에 패하고 무기마저 빼앗겼으니 앞으로 어찌할 것인지, 물참은 다른 이들의 말을 들어보았다. 니리므는 고구려로 달아났고, 태자가 나타나 새로 니리므 행세를 하니 도무지 어째야 할지 헷갈린다, 다 때려치우고 그저 집으로 돌아가고만 싶다는 이가 많았다.

백성은 목숨 바쳐 왕을 섬겨야 하며, 그것도 하나의 왕만 섬겨야 한다는 책 속의 가르침에 따르자면 그럴 법도 하였다. 하지만 아무리 생각해도 물참은 풍왕의 자리에 당을 업고 부여융이 등장하여, 백제가 백성의 뜻과 다르게 끌려가는 걸 그냥 놓아둘 수 없었다. 그것은 굳어 빠진 가르침에 사로잡혀 적의 흉계에 넘어가는 짓이었다.

물참은 지난 세 해 동안 백제 사람의 뜻은 오직 백제국의 부활이라 여기며 살아왔는데, 따지고 보면 그 '백제'가 반드시 성이 '부여'인 왕족의 나라여야 할 까닭은 없었다. 왕이라 부르든 니리므라 부르든 백제라는 나라가 곧 왕은 아니며,

그와 함께 대대로 지위를 물려받는 귀족들만의 소유물도 아니었다. 나라가 망할 때에 당이 왕과 귀족들을 끌고 갔으나 백제가 송두리째 뿌리 뽑힌 건 아니었다. 그것은 뒤이어 불길처럼 일어난 부흥전쟁이 증명한다.

그렇지 않아도 이번 싸움에 지는 바람에 부흥군을 돕느라 마지막 피땀까지 짜낸 백성들도 지치고 말아, 저항을 포기하고 당과 신라가 지배하는 현실을 받아들이는 쪽으로 기울기 쉬운 판이다. 지금 백성의 마음이 나뉘고 돌아서면, 백제는 그걸로 끝이다. 부흥전쟁이 이 꼴이 된 것도 무엇보다 부흥군 안에서 일어난 분열 탓이 아니었던가.

왕이나 태자가 없어도 백제는 살아 있으며 또 그래야 했다. 그러려면 어떻게든 단결하고 힘으로 밀어붙여 당과 신라가 포기하고 돌아가도록 해야 했다. 어떻게든 적을 제압하여 백제 사람이 백제 땅의 주인 자리를 되찾는 길밖에 없었다.

이제까지의 노력은 모두 물거품이 되었다. 가족 역시 나라라는 바다에 뜬 가랑잎 같아서, 혼자 힘으로는 복수조차 불가능했다. 그러나 여기서 멈춘다면, 그새 목숨을 바친 동지들의 희생을 모두 흙탕물에 던져버리고 마는 짓이었다. 스스로 목숨을 끊고 마지막 숨을 몰아쉬면서도 '백제 백성을 살려라, 모다 내버리고 부디 큰 뜻에 따르라'던 정무 좌평의

'뜻'도 결코 그런 것은 아닐 터였다.

아직 몇몇 성에는 부흥군이 남아 있었다. 물참은 다시 처음으로 돌아가야 마땅하다고 생각했다. 부흥전쟁도 애초에 왕이 항복한 절망 상태에서 시작되지 않았던가. 임존성을 비롯한 몇 군데 성에서 타오른 횃불이 백제 땅 전체로 옮겨 붙지 않았던가.

그는 탈출하여 계속 싸울 사람을 은밀히 모았다. 물참은 복신 장군과 정무 좌평의 마지막을 본 사람으로 꽤 소문이 나 있었다. 복신 장군을 살리려다 죽을 뻔했다는 말까지 덧붙어 돌아다녔다. 1백 명이 넘는 사람이 그를 따랐다. …… 전에 어디 싸움에서 신라 놈들이 1천 명도 넘는 백제 병사를 목 베었다네. 항복을 안 했다구 말이지. 신라 놈들도 그런 판에, 이번에는 당나라 놈들까지 한 떼로 우리 모가지를 움켜쥐었으니 이제 살기는 틀렸어. 여기서 죽으나 도망치다 죽으나 매한가지지…… 눈물을 머금고 그런 말을 하며 따르는 이도 여럿이었다.

그중에는 천득도 있었다. 뜻밖의 장소에서 오래간만에 만난 두 사람은 격하게 끌어안았다.

그런데 포옹을 풀며 천득이 말했다.

"저번에 자네 형 못 보았나? 태자 뒤에 서 있더군."

물참은 깜짝 놀랐다. 형이, 내 형이 살아 돌아왔구나. 당나라 군인으로…… 아버지는 어찌 되셨을까?

시간이 흐를수록 형의 변심이 마음 아팠다. 형이 살아 있기를 고대했지만, 당군이 되어 돌아온 건 아무래도 받아들이기 어려웠다. 형이 무슨 어려움을 겪었는지 알지 못하나 백제 사람의 길에서 벗어났다는 생각은 떨칠 수 없었다. 패잔병들이 하릴없이 죽음의 공포에 빠져 있는 골짜기에서, 그의 변심은 점점 배신으로 다가왔다.

골짜기를 탈출하기 전에 물참은 모인 이들과 갈 곳을 상의했다. 거의가 임존성을 짚었다. 아직 부흥군이 차지하고 있는 가림성으로 가자는 이도 있었지만 물참이 반대했다. 께름칙한 점이 있는 데다 부흥전쟁의 횃불이 오른 곳, 당군을 물리쳤던 험준한 성이 바로 임존성인 까닭이었다. 부흥군이 다시 힘을 모으고 다음을 기약할 데로는 거기가 으뜸이었다. 하지만 3백 리가 넘는 먼 길이었다.

한밤에 골짜기 비탈을 기어올라 탈출했다. 그들이 임존성 쪽으로 갈 것은 추적자들도 짐작하기 어렵지 않았기에, 기병들을 피해 산길로만 도망쳤다. 사방에서 살기를 느끼며 들짐승처럼 잠시도 경계를 늦추지 못한 채 달아났다. 무기도 없고 식량도 없었으므로 산밭의 채소 따위를 닥치는 대로 뽑아 씹으며 되도록 밤에만 움직였다. 어쩌다 외딴집에서 밥을 얻어먹기도 했으나 입이 많은 데다 애꿎게 주인이 보복당할까 두려워 주먹밥에 소금을 찍어 들고 얼른 떠났다.

산이 낮아지고 들이 펼쳐지면 노상 먼 곳에 바다가 보였다. 그쪽을 피하며 몇 밤인가 죽기 살기로 내달렸을 때, 백강이 앞에 나타났다. 다들 백강 건널 걱정은 했지만, 막상 바다와 합쳐지는 아득히 넓은 물이 앞을 가로막자 기가 막혔다.

물참은 흑치상지 장군을 만나러 가림성에 다녀올 적에 이 강을 건너보았다. 상류로 옮아가며 물의 흐름을 살펴보니, 썰물이 다 진 동안은 물살이 세지 않고 수심도 얕아 뵈는 데가 눈에 띄었다. 나무를 모아 칡으로 뗏목을 엮은 다음 거기 의지하여 밤에 강을 건넜다. 물때를 맞추다가 건너편 진흙탕에서 허덕대는 중에 날이 밝아버려 모두 화살받이가 될 뻔도 하였다.

다치거나 기운이 진하여 탈락하는 사람이 늘어났다. 천득도 그 가운데 하나였다. 다리를 접질려 절룩거리다 결국 무리를 벗어났다.

"이거, 미안허이. 도무지 발을 디딜 수가 없어. 부디 성공하게나."

그가 물참한테 미안해할 일은 아니었다. 작별을 하려는 사이, 천득은 저녁 어스름 속으로 금세 사라졌다.

결국 일행의 절반쯤만 임존성에 도착했다. 다들 굶주림과 피로가 극에 달했다. 옷은 해져 너덜거렸고, 발은 피범벅에 칡넝쿨을 짚신 비슷하게 감고 있는 이마저 드물었다. 성주 지수신 장군의 환영을 받자마자 모두 그 자리에 고꾸라졌다.

그 길고 힘든 탈출 길을 회상할 때마다 물참은 무슨 이상스러운 빛 같은 게 한밤의 숲을 화살처럼 날아가는 모습이 떠오르곤 했다. 사람 머릿수대로 기어코 한곳을 향해 치닫는 그 빛은, 어머니가 사람의 정수라고 일컫은 '얼'이라는 것, 몸이 죽으면 '넋'으로 변한다는 그 얼이라는 것이 그런 게 아닌가 싶었다.

임존성에서 끼니를 제대로 먹으며 쉰 지 한 달도 채 안 되었을 무렵, 엄청나게 많은 신라군이 공격해왔다. 백강 하구와 주류성에서 싸운 지 얼마 되지 않았는데도, 그들은 부흥 전쟁 초기의 잘못을 되밟지 않기 위해 백제의 남은 뿌리까지 서둘러 뽑으려는 것이었다. 임존성은 군량과 무기는 마련돼 있었지만, 다른 성들의 지원을 기대하기 어려운 형편이었다. 병사도 부흥전쟁 초기와 견줄 수 없이 적었다.

물참을 따라온 병사들은 그의 수하가 되었다. 임존성에도 그는 소문이 나 있었다. 복신 장군이 죽을 때 어전에서 당나라의 지원군이 왔다고 외쳤다는 말은, 자꾸 과장이 되어 퍼졌다.

임존성에서 싸운 경험이 있는 만큼 성주는 물참을 중요한 데에 배치했다. 임존성은 남쪽이 가장 덜 가팔라서 성벽이 낮고 땅도 평평한 편이었다. 자연히 성의 으뜸 출입구도 거기 있으므로 적이 가장 많이 몰려드는 곳이었다. 물참의 부대는 바로 그쪽을 맡았다.

싸움이 시작되자, 사다리로 성벽을 기어오르는 병사를 보호하기 위해 적들은 먼저 화살을 비 오듯 퍼부었다. 그걸 막을 방패가 턱없이 부족했다. 나뭇가지를 얽고 짐승 가죽이나 죽은 병사들의 옷을 벗겨 씌우니, 성가퀴에서 몸을 보호하며 성벽을 기어오르는 적군의 사다리를 떼어내는 데 큰 도움이 되었다. 그러자 적들은 불화살을 쏘아댔다. 방패는 말할 것 없고 성안의 모든 것이 불덩어리가 되었다.

쏟아지는 화살 속에서 끊임없이 걸쳐지는 사다리를 두갈래창으로 밀어내다가 물참은 왼팔에 화살을 맞았다. 살을 뽑고 지혈을 하는데 한 병사가 제대로 된 갑옷을 가져왔다. 가죽과 쇠로 만든, 근처에서 어제 숨진 장수의 것이었다. 물참은 가슴만 보호하던 가리개 비슷한 것을 벗고 그것을 걸쳤다. 옆구리 쪽이 죽은 이의 피로 칠갑되어 있었지만 이내 도움이 되었다. 성문 깨는 적들을 살피러 몸을 일으키다가 날아드는 돌덩이에 비껴 맞았으나 덕분에 큰 부상을 면할 수 있었다.

그날 밤, 물참은 화살 맞은 데가 몹시 욱신거렸다. 하늘이 무너져도 맡은 자리를 떠나면 안 되기에, 도리 없이 성문 근처에 주저앉아 잠이 들었다 깨기를 되풀이하였다.

어떤 병사가 다가와 살 맞은 자리가 좀 어떠냐고 물었다. 어쩐지 그가 낯익었다. 아까 낮에 갑옷을 가져다 입혀준 병사였다. 그가 자기를 소개하기를, 오서악 동쪽 기슭에서 사냥도 하고 숯도 구우며 살던 차돌이라고, 얼마 전에 물참의 부대로 옮겨 와 줄곧 함께 움직였다고 했다. 뼈대가 당당한 체격에다 눈매가 날카로웠다. 나중에 구디가 된 차돌과의 첫 만남이었다.

차돌이 물었다.

"이 전쟁이 언제, 어떻게 끝지겠습니까?"

"글쎄다. 그걸 누가 알겠느냐? 끝이야 빠를수록 좋지만, 끝나더라도 우리 백제 사람이 종 신세가 되면 안 되지. 너도 그래서 지금 이 성안에 있는 것 아니냐?"

"그렇습죠. 사람대접은 받아야지요…… 전부터 궁금한 게 하나 있는데, 여쭈어도 되겠습니까?"

"안 될 게 무어냐? 우리는 지금 같이 죽고 사는 처지인데."

"어디서 들은 말인데요, 신라 놈들은 우리 백제 사람을 당나라 놈들하고는 다르게 다룬답니다. 잡혀도 되놈들처럼 개돼지 다루듯 모질게 굴지 않는다는데, 정말 그럴까요?"

"겁쟁이나 하는 소리다. 그런 말은 입에 올리지 않는 게 좋아. 신라가 항복한 자들을 잘 대접하여 그런 소문이 돌도록 하고 있지. 그런데 털어놓고 말해서 당나라 놈들과 견준다면, 신라가 우리 원수긴 하나 나도 어쩐지 그럴 것 같다는 생각은 든다. 그냥 마음으로 그러기를 바라는 건지도 모르지만."

"그렇군요…… 제 짐작으로, 그렇게 남들하고 다르게 말씀하실 성싶었습니다. 오서 집안의 물참님 소문을 들었거든요. 부장님께서 칼은 거침없이 쓰고 말씀은 부드럽게 하신다고."

차돌은 흡족한 웃음을 띠었다.

"부장이라니? 좌평님 모실 때에 그러는 이가 있었다만, 나는 장수 계급에 오른 적이 없으니 그리 부르지 마라."

가까운 곳에서 모닥불이 타고 있었다. 두 사람은 나무에 기대앉아 쉬었다. 어느새 한밤이 지나서 하늘엔 별들이 아득히 사위어가고, 땅바닥에는 주린 배를 달래며 불기운에 몸을 녹이는 병사들이 아무렇게나 주저앉아 있었다. 곧 먼동이 트면, 오직 뜻에 이끌려 투지로 버티는 하루가 다시 시작될 것이다.

모닥불 근처에서 병사들이 주고받는 말이 들려왔다.

품에서 작은 숫돌을 꺼내 칼날을 벼리던 병사가 말했다.

"그 얘기 들었나? 사비성에서 향로가 사라졌다네."

"향로라니? 나라에서 큰 제사 지낼 때 쓴다는 그 향로?"

"그래. 백제에서 향로라면 그거 말고 무어겠어. 그게 사비성 함락 때 없어졌다는구먼. 신라 놈들이 눈에 불을 켜고 찾았는데 여태 안 나타난다잖아."

"그게 보물인 줄은 그놈들도 아는가 보지?"

"그야 보물보다 더 중허지. 천지 검님께 제사 올릴 때 쓰니까 말이야. 게다가 그 향로는 워낙 특별해서……"

"우리 제사 때 쓰는 건데, 서라벌 놈들까지 탐낼 정도로 그렇게……"

"아, 방금 생각이 났는데, 따져보니 신라 놈들이 그걸 찾은 건, 탐나서가 아니라 없애버리려고 그랬을 것 같네그려!"

"없애다니? 왜?"

"임자는 몰라서 묻는 겐가? 그게 성왕님 넋이 어린 향로잖아. 고릿적 이야기지만, 애초에 신라 놈들이 관산성 싸움에서 돌아가신 성왕님 목은 저희 관청 계단 밑에 묻고 몸만 돌려보냈다지 않은가? 그 향로가 그렇게 주검도 제대로 수습하지 못한 성왕님 넋을 달래는 제사 때 반드시 쓰던 것이거든. 하긴, 어디 성왕님의 넋뿐이겠어? 신라 놈들한테는 그게 관산성에서 저희가 죽인 백제 군사 3만 명의 넋이 몽땅 깃든 향로라구. 쳐 죽일 놈들! 저희가 사람이라면 두렵지 않겠어? 아예 없애버리고 싶을 테지…… 지금 한 이야기는 내가 들은 걸 조금 보태서 한 건데, 사실 그 향로는 훨씬 오래전부터 써왔을 거야. 그러니 거기에 백제 사람 넋이 서렸어도 무진장 서렸겠지. 신라 놈들이 무서워하고도 잔뜩 남을 만큼 말이야. 아 글쎄, 나무도 50년이 넘으면 혼이 생긴다잖아."

"그 신령스러운 보물이, 어째 없어졌을까? 나중에 백제를 살리려고 어디 숨으셨나? 성왕님이랑 백제 땅 신령님들 진짜 다 나타나가지고 우리도 살리구 나라도 살려주셨으면 좋겠구먼. 하느님은 이럴 때 무얼 하고 계시나……"

싸움이 잦아들 때면 물참은 가끔 자신이 형과 싸우고 있는 게 아닌가 싶어 임존성 바깥의 적진을 유심히 바라보았다. 하지만 형은 눈에 띄지 않았다.

천신만고 끝에 신라군이 임존성에서 물러났다. 양식이 바닥을 드러내고 화살도 얼마 남지 않은 상태였다. 모두 지칠 대로 지쳤으나 성에는 흡사 부흥전쟁을 처음 시작할 때와 같은 흥분이 가득 찼다. 백강 하구와 주류성에서 연달아 패한 끝이기도 하지만, 신라의 왕(문무왕)과 김유신이 이끄는 신라군 주력부대를 물리쳤으므로 더욱 그럴 만했다. 겨울이 닥쳐 추워졌으니 올해 싸움은 일단 끝난 듯했다.

그러나 한 달쯤 뒤에 적은 다시 공격해왔다. 이번에는 당군이었다. 그들은 성문 앞의 산을 깎아 평평한 터를 고르고 거기에 무엇을 만들기 시작했다. 군사들이 개미처럼 달라붙어 큰 나무와 돌들을 나르더니, 처음 보는 커다란 물건이 세 개 솟았다. 말로만 듣던 포차抛車였다. 바윗덩이를 날려 성벽을 부수고 집을 무너뜨린다는 무기였다. 그것을 완성하지 못하도록 뒤늦게 활을 쏘아댔으나 화살이 미치지 못했다. 임존성 군사들의 얼굴은 차갑게 굳었다.

포차가 완성된 다음 날, 전투가 시작되기 직전의 고통스러운 정적 속에서 겨울바람을 맞으며 한 장수가 말을 타고 군사 대열 앞으로 나왔다. 커다란 몸에 당나라 갑옷을 입은 그는, 놀랍게도 흑치상지 장군이었다. 물참은 자기도 모르게 벌떡 일어섰다. 그랬구나! 내 예감이 맞았구나! 지금 가림성을 지키고 있거나, 우리 임존성을 구하러 달려와야 할 자가 당나라 군사를 이끌고 나타나다니!

군사들이 한꺼번에 요동쳤다. 흑치상지가 누구인가. 처음 부흥군이 일어날 때, 그가 깃발을 드니 열흘이 안 되어 3만 군사가 모였다는 백제국 달솔이 아닌가. 복신, 도침 장군과 힘을 모아 바로 이 성에서 소정방의 당군을 물리친 후 부흥 전쟁 내내 모든 군사가 따랐고, 두 장군이 죽은 후에는 오로지 의지했던 장군이었다. 백제가 망할 적에 황산벌에서 사로잡힌 충상 좌평과 상영 좌평이 적한테 넘어가 신라군 총관摠管이 된 뒤로 비슷한 일이 적지 않았다. 그런데 이번에는 부흥군의 주역인 흑치상지마저 당나라 군복을 입고 적군과 나타나다니! 게다가 몇 걸음 옆에는 그와 함께 부흥운동을 이끌어온 별부장 사타상여까지 서 있었다.

흑치상지가 말했다.

"백제는 운이 다했다. 하늘의 뜻이다. 이 성도 곧 무너지고 말 것이다. 백제는 성다운 성이 여기 하나밖에 안 남은 걸 아느냐? 목숨을 헛되이 버리지 말고, 지금이라도 황제의 뜻에 따르거라!"

임존성 안의 군사들은 어이가 없어 서로 얼굴만 쳐다보았다. 싸움에 지치고 못 먹어 초췌한 동지의 얼굴에 흐르는 눈물을 보며, 저도 하염없이 울었다.

물참도 슬픔과 분노를 가누지 못했다. 너의 충성이라는 게 동생(부여풍, 풍왕) 대신 형(부여융)으로 바꿔 섬기며, 결국은 외적을 이롭게 하는 거였단 말이냐? 선왕을 잡아다 돌아가시게 한 외적의 편에 붙는 게, 그렇게 강하고 이로운 세력을 좇는 게, 네가 말한 '군인의 충성'이었느냐? 나라와 백성을 배반하고 제 한 몸만 위하는 너 같은 자가 하늘의 뜻을 어찌 안다고 황제의 뜻에 따르라니, 네놈한테는 당나라 황제가 하느님이란 말이구나.

아니다! 백제의 하느님은 백제에 계신다. 백제 땅, 백제 사람의 하늘에 계신다. 그분이 보실 때 과연 누가 마땅하고 옳겠느냐? 성에 갇혀 있는 우리냐, 목숨을 구걸하고 부귀를 탐내어 적의 앞잡이가 된 자, 화려한 갑옷을 입고 성 밖에 있는 너냐?

흑치상지를 향해 욕설이 아우성치고 화살도 날아갔지만 그걸로 끝이나 마찬가지였다. 전투가 제대로 될 리 없었다. 게다가 흑치상지는 임존성의 약점을 누구보다 잘 알고 있었다. 그야말로 적을 회유하여 '적으로 적을 치는' 전술의 승리였다.

마침내 지수신 장군은 맥을 놓은 부장들을 모아놓고 묵묵히 훑어본 뒤 이렇게 말했다.

"나는 흑치상지가 아니다. 사정이 막다른 데 이르렀으나, 백제를 살리는 게 내가 갈 길이다. 너희는 각자 선택해라. 이제부터 너희는 지수신의 부하가 아니므로, 굳이 나를 따르지 않아도 된다. 나는 고구려로 가서 뒷날을 기다리겠다. 모두 검님의 보살핌으로 다시 만나기를 빈다."

그러고서 홀로 임존성을 떠났다.

신촌현

신촌현의 관아가 가까운데도 벌판에 사람이 눈에 띄지 않았다. 논과 밭에 푸성귀와 곡식은 군데군데 심어져 있는데, 이상한 일이었다.

의문은 물참과 모루가 현의 관아에 도착하여 풀렸다. 백성들이 먹을 것과 덮을 것을 싸 지고 산성으로 떠나고 있었다. 산성에서 꽤 묵을 작정인지, 닭 우리를 지고 가고 돼지도 몰고 갔다.

현의 관아는 본래 가까운 산 위의 성에 있었다. 그곳은 그릇에 테를 두르듯 봉우리를 둘러친 석성이라 의지할 만했다. 허나 산이 가팔라 오르내리기 어려워 관아를 산 아래 평지에도 두고 있었는데, 난리가 나면 여기 사람들은 진당성이라 부르는 그 산성으로 피하는 게 일이었다.

어느 곳이든 성 안팎에 몰려 살기에 고을을 가리키는 '현'을 '성'이라 부르기 마련이었다. 신촌현의 현령이자 진당성의 성주인 천득의 아버지는 관아 마루에 앉아 짐 나르는 이들을 신칙하고 있었다.

물참은 흰 수염을 가슴까지 늘어뜨린 현령에게 예를 올렸다.

"무고하셨습니까? 무슨 일이 난 모양이군요."

"으응, 자네인가? 참 오랜만이구먼. 난리가 날 성싶어 이런다네. 자네는 어쩐 일인가?"

전쟁이 생각보다 가까이 왔구나. 나당 간의 전쟁이 번진 것이라면 신라군의 움직임이 의외로 빠른 것 같았다. 고구려군이 거기 끼어들어 도독성 싸움이 났다면 도대체…… 물참은 불쑥 시간에 쫓기는 심정이 되었다.

천득의 집안은 본래 가야 사람이었다. 백제가 한창 동쪽의 작은 가야국들을 병합하며 신라를 몰아붙이던 무렵에 귀부歸附하여 백제 사람이 되었다. 현령은 백제가 망하기 전에 부친의 자리를 물려받았는데, 도독부가 들어서서 현의 이름을 '산곤현'으로 바꾼 뒤에도 줄곧 자리를 유지하고 있는 드문 벼슬아치였다. 백성들이 여전히 현을 '신촌'이라 불러도 반드시 '산곤'이라 일컬은 탓에, 그게 그의 별명처럼 되었다.

물참은 별것 아니라는 투로 용무를 밝혔다.

"천득이를 보러 왔습니다. 집에 있습니까?"

현령은 물참의 얼굴을 짯짯이 살폈다. 무언가 속을 파보는 듯한 그 눈빛은 여전했다. 부흥전쟁이 끝난 지 여덟 해나 지났건만 아직도 그는 물참을 부흥군처럼, 도독부를 따르지 않아 아들한테 해로운 인물로 여기는 눈치였다. 전에 천득이 부흥군에 잠시 나섰던 게 물참 때문이 아닌데도 그랬다. 게다가 물참은 가까운 시루성에서 백성들과 지내며 도둑들에 맞서 싸운 적이 있었다. 현령이 군사를 지휘하지는 않지만, 다스리는 현이 물참 집안의 땅과 붙어 있고 형이 도독부의 높은 자리에 있기 망정이지, 그렇지 않았다면 애초부터 대접이 달랐을 터이다.

"우리 천득이는 없구먼. 어디 다녀온다고 나가서 며칠째 들어오지 않아 걱정하는 참이라네. 도독성이 소란스럽고, 난리가 닥친다고 이렇게 어수선한 판에 말일세."

가장 궁금한 이야기가 빌밋하게 나왔다. 그런데 도독성 싸움을 알고 있고 또 물참을 몇 년 만에 만나면서도, 현령은 맨 처음 꺼낼 법한 형의 죽음 이야기는 하지 않았다. 천득이 형과 솔섬에 다녀갔다 하니 더 아는 게 있을 법한데, 일부러

피하는 성싶었다.

"난리가 닥친다면, 신라군이 오는 것입니까? 아니면 고구
려군입니까?"

"아니, 내가 신라군이나 고구려군이 온다고 했던가? 하여
간 무슨 난리가 날 성부른 고로 대비를 하라고, 아까 다른 현
에서 우리 산곤으로 전갈이 와서 이런다네."

역시 조심을 많이 하는 사람이었다.

사잇문 턱에서 누가 이쪽을 바라보고 있었다. 천득의 여
동생 고사였다. 못 본 동안 몰라보게 큰 모습이었다. 땋은 머
리를 사려 묶고 허리띠에 말채찍을 꽂은 채, 물참이 처다보
자 고개를 까닥하는 것으로 인사를 대신했다. 이목구비가
두렷하고 다부져서 매우 날쌔 보였다.

"저게 오라버니 친구한테 인사도 제대로 안 하고…… 너,
또 말 타다 왔지? 아이구, 다 큰 처녀가 한다는 짓이라니, 난
리보다 너 때문에 복장 터져 죽겠다. 아 이런, 내 정신 좀 보
게! 아까 내가 오라비 좀 알아보라고 그랬지? 그래, 무슨 소
식이라도 들었느냐?"

천득의 부친은 언제나 말이 많았다. 입담이 좋고 자기주
장이 뻣세었다. 도독성에서 벌어진 일을 입에 올리지 않는

게 줄곧 이상스러우면서도 물참은 모르는 체 듣기만 했다. 천득을 만나기는 틀렸고, 이른 저녁 밥상 앞에 앉은 물참은 밥보다 현령의 말에 정신이 팔려 있었다.

"그래, 자네도 잘 알지? 왕께서는 무릎을 꿇었어도 백제를 부흥시키겠다고 온 나라 백성이 벌 떼처럼 일어난 일 말일세. 암, 자네가 모를 리 없지. 허나 나중에는 다들 당나라 밑으로 들어가고 말았어. 부흥전쟁에서 패하고 말았으니까. 지금 생각하면, 그건 나쁘기만 한 일이 아니었다고 보네. 당나라가 도독부를 설치하여 백제의 주인 노릇 하는 것도 이득이 있거든. 신라가 백제 땅 삼키는 걸 막을 수 있으니 말이야. 대국이 워낙 멀리 있고 다스릴 데도 많아서, 기다리다 보면 백제가 도로 이 땅 주인 자리 차지할 날이 올지도 모르니까, 방심하지 말고 신라를 경계해야 하거든.

제 것 지키려면 그런 계산 정도는 해야 하는데, 아 글쎄, 요새 신라가 도독부와 싸운다니까 이번에는 우르르 신라 편으로 쏠리는 바람에 또 이 야단법석이구먼. 백제 사람들은 참, 이렇게 가볍고 생각이 짧아 탈이야. 이랬다저랬다…… 하여간 그래도 신라가 당을 어찌 이기겠나? 그래, 설령 천운을 타서 신라가 당나라를 몰아내고 도독부도 없앤다고 하세. 그게 백제한테 무슨 이득이 되겠나?"

숟갈질을 하다 보니 피난 가는 형편에 상에 놓인 음식이 꽤 푸짐했다. 평화롭던 시절 사비의 큰집에서 받아본 그런 밥상이었다. 지금 이렇게 먹어도 되는지, 마음이 편치 않았다.

물참은 거북한 표정을 다스리며 현령의 혈색 좋은 얼굴을 다시 보았다. 그 얼굴은 아까 물참을 향해 어이가 없다는 표정을 지었었다. 밥상을 들고 온 하인한테 모루가 저녁밥을 어디서 먹는지 챙겼을 때였다.

"그래, 자네도 짐작할 테지만, 신라가 시방 백제를 위해 당나라하고 싸우는 줄 아나? 천만에! 백제 땅을 몽땅 먹으려다 뜻 같지 않아 악착스레 발버둥을 치는 거지. 지금 싸움이 신라가 아니라 백제 땅에서 일어난다는 걸 잊으면 안 돼. 신라는 우선 백제 땅을 잔뜩 먹어놓고, 나중에 형세가 궁해지면 우리 백제가 대야성*까지 점령하여 저희 나라 목숨이 간당거리던 의자왕 때처럼, 또다시 당 황제한테 가서 살려달라고, 잘못했으니 살려달라고 애걸하면 돼. 그러면서 본래 자기들 땅이었노라 우기며 백제 땅은 조금만 돌려주면 된단 말이지. 신라가 벼슬 이름에 벼슬아치 복색까지 온통 당나

---

* 경남 합천군 합천읍에 있는 성.

라식으로 바꾸어 당의 손자처럼 귀여움을 받은 지 오랜지라, 자기들은 별로 겁날 게 없다니까! 그러니 천득이나 자네나 괜히 신라 놀음판에 끼어들어 다치거나 손해를 보면 안 되네. 예전 부흥전쟁 때처럼 말일세. 신라는 걸핏하면 삼한일통三韓一統을 외치는데, 희번지르르하게 일통은 무슨…… 다아 제 욕심 차리려고 그러는 거지.

그런데 왜 밥 먹는 게 그런가? 피난 가느라 밥상이 좀 그렇구먼. 자 이거, 이것 좀 들어보게. 봄에 먼바다에서 잡아 말린 조기라네."

물참은 더 듣고 싶어 조금 어깃장을 놓아보았다.

"산성으로 올라가면 백성들이 너무 살기 어려워지지 않습니까? 그냥 여기 있다가 눈치를 보며 처신하면 안 될까요?"

"그럴 수도 있지. 한데 자네가 무공을 많이 세워 이름이 높아도, 아직 젊긴 젊구먼. 아까 보니 자네도 알고 있는 성싶어 하는 말인데, 요새 신라 군사가 적잖이 백강 하구에 나타났다네. 서라벌이 예서 머니까, 전부든 일부든 배로 온 게 분명해. 그렇게 여러 길로 모여들었다면 사비성이나 임존성처럼 큰 성을 치려는 모양인데, 혹시 여기 와서 묵으면 우리 손해가 엄청날 테지. 손해는 다음이고, 자기네 편이 되어 싸움을 도우라고 하면 어쩌나? 여기까지 오는 걸 보면, 이번에 신라가 단단히 작심을 한 모양이거든. 신라가 고구려 왕이라는 안승安勝을 금마저*에 살게 한 얘기는 들었나?"

"왕이라고 하셨습니까? 고구려 니리므를 백제 땅에요? 저는 듣지 못했습니다."

물참은 놀랐다. 자기가 막연히 바랐던 연합이 백제와 고구려가 아니라 신라와 고구려 사이에 벌써 맺어졌단 말인가. 섬에 박혀 모르고 지낸 게 자꾸 튀어나와 당황스러웠다.

"작년에 그랬다네. 그 속셈이 뭐겠나? 고구려 유민을 저희가 이용하려는 거지. 그런데 당나라가 신라한테 배반당하고 가만히 있을까? 필시 엄청난 군대를 보내어 혼을 낼 테지. 신라를 혼낸 뒤엔, 신라 편 든 사람은 어쩔 것 같은가? 신라야 이번에도 황제한테 아양을 떨어 빠져나갈 테지만, 우리야 속절없이 당하고 말지 않겠나? 그렇잖아도 백성과 논밭이 줄어든 건 상관하지 않고 세곡稅穀을 적게 낸다, 특산물을 안 올린다 야단인데 말이야. 실토정을 하자면, 이런 때는 적당히 장단을 맞추며 가만히 엎드려서 돌아가는 형편이나 보는 게 상수라네. 하여간 정말 살아내기 힘든 세상이야. 좀 조용해지면, 나 혼자라도 오서악에 들어가 검님과 부처님께

---

*　　전북 익산시 지역.

제사를 올려 맺힌 걸 풀고 전생에 진 죄를 갚아야지, 원……

그런데 자네 아까, 여태 장가를 안 들었다고 그랬지? 우리 천득이는 큰애가 여덟 살인데 입때 장가도 들지 않았다니, 아무리 난리 통에 집안이 풍비박산 났더라도 사는 사람은 살아야 하네. 자손을 두어 집안의 대를 잇는 게 얼마나 중한 일인데! 아암, 가벼이 여기면 큰 불효를 저지르는 거지. 나라가 이 지경인 판에 예전처럼 이것저것 너무 따지지도 말구 말일세. 자네가 섬으로 들어갔다는 말을 듣고 여러 사람이, 물론 나도 그렇구, 참 걱정을 많이 했다네."

물참은 솔섬에서 배 뭇는 이야기를 꺼내려다 말았다. 아직 확실히 알지도 못하지만, 그건 아무래도 현령이 가장 감추고 싶은 일일 듯했다.

풀벌레가 끝없이 울었다.

물참은 관아에 딸린 객사에서 밖으로 나왔다. 눕자마자 모루는 코를 골았으나 그는 도무지 잠이 오지 않았다.

다들 산성으로 몰려간 탓에 관아가 텅 빈 듯했다. 물참은 마당을 서성였다.

풀벌레 울음이 수천수만의 사람 목소리 같았다. 그 작고 여린 울음들에 귀를 기울였다. 그들은 끊어질 듯 이어지다 파도 소리와 섞였다. 답답할 때면 무심결에 가곤 했던 섬의 그 낭떠러지에서 듣던 파도 소리.

죽지 못해 사는 백성들. 뿔뿔이 찢어져 다시 일어서기 어려운 나라…… 고개를 드니 검푸른 하늘 가득한 별들 한가운데로 미리내가 흘렀다. 물참은 그게 기울어지는 하늘 끝을 물끄러미 바라보았다.

외딴섬의 밤하늘은 너무도 크고 멀었다. 잠이 오지 않는 밤이 많았다. 겨우 잠이 들면, 같은 꿈이 되풀이되었다. 낭떠러지 아래로, 자기의 칼이 화살 맞은 새처럼 떨어져 내렸다. 칼은 물결을 따라 잎사귀마냥 흔들리다 바닷속으로 가뭇없이 사라졌다.

나라는 허공에 지은 성이었다. 땅과 거기 기대어 목숨을 잇는 백성은 여전히 있지만, 백제는 허공에 있다가 허공으로 흩어졌다. 지금 과연 '백제국'은 어디 있으며 '백제 사람'은 누구인가?

형은 어머니가 다르고 나이 차가 많아 항상 어려웠지만, 물참을 형제로 대해주었다. 글을 많이 읽어 유식한 데다 만날 때마다 좋은 물건을 주곤 하였다. 물참이 처음 군사가 되었을 때 형은 아주 값진 단검 한 자루를 주며 말했다. 잊지 마라. 네가 우리 집안사람이고, 내 동생이라는 것을. 너는 나를 도와 아버지의 명예를 지키고 집안의 재산과 권세를 늘려가야 한다. 오서악 아래 우리 땅은 손바닥만 한 변두리에 불과하지 않으냐?…… 어렸을 적에는 그런 말이 아주 고맙고 대단해 보였다.

나라가 망한 뒤로 형하고 의견이 맞은 때가 없었다. 하나뿐인 동생이 그렇게 말을 안 들었으니 형은 무척 서운했을 것이다. 늘 그게 안타깝고 마음에 걸렸다.

아버지 어머니도 돌아가셨고 형마저 죽었다면 이제 가족이라곤 없다. 게다가 백제가 고구려와 손잡기를 바랐지만 신라가 먼저 그랬다고 한다. 그들이 고구려 왕을 백제 땅에 앉힌 데다 고구려군이 어느새 가까운 도독성을 점령했으며, 신라군도 턱밑까지 온 듯하다. 어쩐지 모든 게 마지막에 가까운 성싶다.

스승은 끝이란 없다고 하였다. 한 사람이 죽는 게 끝이 아니라면, 스승은 사람의 목숨을 두고 끝을 말하지 않은 셈이다. 나 하나 죽어도 끝나지 않을 것, 그게 무엇일까? 번번이 형과 생각이 갈린 까닭은 내가 그런 것을 붙잡으려고, 어쩌면 붙잡고 놓지 않으려고 했기 때문일까?

임종이 가까웠을 때 어머니는 자꾸 그 말을 하였다. 너는 왜 남들처럼 장가를 들지 않느냐? 아내나 자식도 다 제 운수에 따라 살게 마련이다. 가족이 없고 집이 없으니까 언제나 너는 그렇게 금세 어디로 떠날 사람처럼 사는 게야…… 삶이 과연 운수소관이라면, 시시각각 닥치는 일들을 그냥 놔두지 않는 나는 잘못한 셈이다. 다른 이들처럼 만사를 형편에 따라 흘러가게 놔두지 못하고, 온갖 생각과 느낌이 뒤엉켜 무거워진 몸으로, 일일이 따지며 맞서지 말았어야 한다. 되돌리지 못할 강물에 빠져 마냥 떠내려가는 주제에, 나는 어째서……

물참이 몸을 움직이자 풀벌레 울음이 멈칫 잦아들었다가 도로 살아났다. 잠시 살다 죽더라도, 목숨이 붙어 있다는 증거였다.

"여태 안 주무시네요."

어둠 속에서 여인네 둘이 나타났다. 한 사람은 낮에 본 천득의 동생 고사였다.

다른 사람이 자신을 천득의 아내라고 소개하며 말했다.

"혹시 그이를 기다리시는지요? 저한테만 하고 간 말이 있는데, 쉬이 돌아오지 못할 듯합니다. 집의 장정들을 데리고 간 데다……"

'집의 장정'이라면 노비였다. 고잔이 말한, 형의 군사와 함께 움직였던 장정들이다.

"이 밤 안에 오면 좋겠지만, 기다리지는 않습니다. 한데, 장정들은 왜 데려갔나요?"

"저한테 무슨 말을 자세히 하나요? 싸움터 나가는 사람처럼 차리고 가기에 또 무슨 일이 났나 부다 그랬지요."

고사가 끼어들었다.

"오라버니는, 오라버니라고 불러도 되죠? 오라버니는 형님이 돌아가셔서 왔지요?"

"그걸, 어찌 아느냐?"

"제가 말 타고 돌아다니며 경치만 보는 줄 아세요? 나도 눈과 귀가 있답니다. 고구려 배가 회이포에 나타났을 적부터 유심히 살폈지요. 우리 오라버니는, 제 오라비 말인데요, 지금 집에 있대도 도와주지 못했을 거예요. 아버지가 절대 참섭하지 못하게 했을 테구, 워낙 바쁜 일이 많기도 하구…… 예전 부흥전쟁 때, 그때는 몰래 집을 뛰쳐나가 뒤늦게 주류성 싸움에 뛰어들었지만, 이제는……"

고사가 곁에 있는 언니를 흘낏 보더니 입을 다물었다.

밤이슬이 내려 한기가 느껴졌다. 물참은 처마 아래 들어 마루에 걸터앉았다. 여인들도 따라서 그렇게 했다.

어두워서 음성만 들렸다.

"오라버니! 제가 청이 있어 왔는데요, 내일 저를 데리고 가면 안 되나요?"

"내가 어디 가는 줄 알고?"

"형님 일로 도독성에 가실 작정 아닌가요?"

"맞아. 정말 아는 게 많은가 보군."

고구려군이나 솔섬에 관해서도 잘 알지 모른다는 짐작이 들었지만 꺼내지 않았다.

"그러니 데리고 가달라는 거죠. 사람을 죽이고 성까지 빼앗은 자들한테, 단둘이 가서 될까요? 우리 오라버니 대신, 저를 데리고 가주세요. 여자라는 건 감출 테니까요."

"다른 이들이 오기로 했어. 사람이 여럿 필요하지 않을지도 모르구. 나는 싸우러 오지 않았다."

"싸우지 않으려고 해도, 저편이 달려들면 별수 없죠."

"글쎄. 나는 원수를 갚으려는 게 아니고, 주검을 찾아 장례만 치르면 돼. 그걸 알면 저편에서도 구태여 나를 어쩌려고 들지는 않을 테니, 사람이 많이 필요하지 않아."

고사의 음성이 굳어졌다.

"제가 칼은 자신 없어도, 쇠뇌는 익혔죠. 잘 쏘진 못하지만 없는 것보다야 나을 거예요."

물참은 대꾸할 수 없었다. '말을 칼로 하는 세상'에서 여자가…… 본 적도, 생각한 적도 없는 일이었다. 허나 참말이라면, 쇠뇌를 다룰 줄 아는 게 신통했다.

그만 돌아가라는 뜻으로 마루에서 일어났다. 섬돌을 내려서던 천득의 아내가 다가왔다.

"아가씨는 저같이 안방이나 지키는 여자와 달라요. 허나세상을 배울 기회가 적구, 경험도 없습니다. 약은 편이라 크게 애를 먹이진 않을 거예요. 혹시 아가씨가 우리 그이 소식이라도 들었으면 하니……"

물참은 고개를 저었다. 상대방을 적이나 약자라고 여길때 사람들이 어떤 짓을 하는지, 이 험한 세상 형편을 도무지몰라서 하는 말이었다. 게다가 지금 도독성에서 어떤 일이기다리고 있을지조차 가늠이 되지 않는 판이다.

잠을 청해야 했다. 다른 사람의 답답한 사정에 마음 쓸 여유가 없었다.

그러나 새벽에 마구간에서 나오니 사내처럼 차린 고사가말을 탄 채 기다리고 있었다.

모루가 영문을 몰라 눈을 크게 떴다.

그때 고사가 뜬금없는 소리를 하였다.

"필요할 성싶어 화살을 잔뜩 가져왔지요. 도독성까지 가져다 드리겠습니다."

그녀의 말 옆구리에는 화살통이 여러 개 묶여 있었는데, 길이가 다른 쇠뇌 살통도 섞여 있었다. 안장에는 쇠뇌도 매여 있었다.

물참은 상대할 여유가 없어 그냥 함께 출발하였다.

형

부흥전쟁이 끝나고 물참이 임존성에서 부산의 집에 돌아
왔을 때, 어머니는 불편한 몸으로 그의 손을 잡고 신당으로
갔다. 거기서 자식을 살려주시어 고맙다는 말을 무수히 되
뇌며 절을 올렸다. 다시 어머니는 물참한테 업히어 부산에
올랐다. 거기서도 돌탑을 돌며 비손하고 천지신명께 절을
드렸다.

발치에 백강이 흐르는 부산에서는 건너편 사비의 소부리
벌이 한눈에 보였다. 산천은 변함없었으나 온 세상이 텅 빈
듯하였다. 나라가 망할 때보다 더 뼈아프게 백제가 세상에
없음을 느꼈다. 눈에 보이지 않아도 하늘과 땅의 검님을 믿
는, 거기서 그분들의 음성을 듣는 어머니가 부러웠다.

지난 몇 해가 꿈같았다. 부흥전쟁에서 죽은 헤아릴 수 없이 많은 이를 생각하면, 자기가 살아 돌아온 게 믿기지 않았다. 백제 백성을 살리시오! 모다 내버리고, 부디 큰 뜻에 따르시오!…… 정무 좌평의 마지막 말이 다시금 귓전에 맴돌았다. 물참은 지금 자신한테 '뜻'이라는 게 과연 있는지, 도대체 어찌해야 그게 '큰 뜻'에 가닿을지 막막했다. 세 해 동안 싸움터에서 겪은 것은 오로지 힘의 대결과 패자의 죽음이요, 아랫사람의 간절한 소망을 뭉개는 윗사람의 배신과 어리석음뿐이었다. 자기 몸뚱이 곳곳을 할퀸 상처와 함께 그것들은 마음자리 깊이 남았다.

　아들이 살아 돌아온 기쁨도 잠시, 어머니의 건강은 악화되고 있었다. 사비성이 함락될 때 얻은 병은 고질이 되었다. 몸이 휘질수록 어머니의 탄식은 더욱 향로 이야기를 맴돌고, 끝내 눈물에 젖곤 했다.

　"물은 강과 바다로 가고, 불하고 연기는 하늘로 가지. 촛불을 켜고 향을 피우면, 땅에 붙박이고 몸에 갇힌 사람의 마음이 신령과 통하고 하늘에 전해진단다. 내가 큰 죄를 지었어. 거기다 향을 피우고 그 향내 속에서 춤을 추며 왕실과 백성의 소원을 빌던 사람이 바로 난데…… 애야, 네가 제 욕심 안 차리며 살아 대견하다만, 너무 싸우는 길만 보지 말거라. 휴

우, 삼한 땅에서 흰옷 입고 살아온 사람들은 검님도 같은 검
님을 모셔왔다. 내가 배움이 적어 풀지 못한다만, 신령님은
하늘과 땅을 만드시고 만물에 깃들어 계신다. 온갖 산과 물
에 살아 계신다. 아이구, 어찌 말로 하겠노…… 천지에 애초
부터 나라가 어디 있고, 네 편 내 편이 어디 있었겠느냐?"

그런 말을 듣다 보면 물참은 또다시 낙심이 되었다. 하느
님이 만물을 내셨다면, 왜 사람의 세상은 이러합니까? 어머
니가 그 지경이 되고 적이 성벽을 타 넘으며 화살이 동지들
의 가슴에 박힐 때, 모두 함께 받들어왔다는 검님들은 어디
계셨나요? 그리고 저는, 어째 하필이면 가림성에서 돌아오
는 그 위급한 때에 말에서 떨어졌을까요? 부르는 이름이 검
님이든 신령님이든, 저도 그분들 모시며 사람 세상의 기구
한 사정을 풀어갈 수 있게끔, 어머니 저를 위해 빌어주세요.
칼을 쓰지 않고 침략자를 물리칠 길, 싸우지 않고 적과 더불
어 살아갈 그 길을 가르쳐주도록 검님께 기도해주세요.

이제 사비 땅이 싫었다. 어머니의 육신이 망가진 곳, 아버
지가 자꾸 생각나는 거기에서 더 이상 살고 싶지 않았다.

이사 이야기를 꺼내니 어머니는 반갑게 당신의 고향 회이
포로 가자고 하였다. 오서악과 오합사 근처라 좋다고 구실
을 덧붙였으나, 오서 농장이 가까우므로 그 부근에 정착하

기를 바라는 눈치였다. 이사를 준비하다가 어머니는 불쑥, 회이포에 가면 아는 이가 많으니 딸들 중에서 네 각시를 찾자며 웃기도 하였다.

이사하기 좋은 봄철을 기다렸으나, 막상 봄이 가까워지자 어머니의 병이 위중해져 엄두를 못 내고 있었다. 그러던 어느 날 옷차림이 백제군도 아니고 당군과도 다른 기병들이 물참의 집 앞에 우르르 나타났다. 어머니는 물참을 잡으러 온 줄 알고 얼굴이 하얗게 질렸다.

그들은 백제 말을 하는 백제 족속으로, 형이 보낸 병사들이었다. 언젠가 올 거라 여겼던 날이 닥친 것이다.

그들이 데리고 온 가라말의 새까만 등에는 화려한 안장이 놓여 있었다. 그 말을 타고 물참은 사비성으로 갔다.

사비성에는 신라군 옷을 입은 사람이 가끔 눈에 띄었으나 당나라 사람은 잘 보이지 않았다. 당나라 군사가 방어하기 좋은 웅진성에 머물고 있다는 말을 들었는데, 당인들은 거의가 거기 모여 사는 듯했다.

성안에서 물참은 어째 하필 기병이 자기를 데리러 왔는지 가늠이 되었다. 부흥군의 저항은 임존성에서 끝난 게 아니었다. 싸움은 계속되고 있었다. 잡힌 병사들이 줄줄이 묶여 들어왔다. 그들 중 아는 이가 있어 기병의 호위를 받으며 가는 자기를 오해할까 봐 물참은 고개가 절로 수그러졌다.

구드래 나루 쪽에서 끌려오는 부흥군을 보다가 물참은 비로소 알았다. 부흥군 포로를 끌고 가는 병사들도 물참을 데려가는 기병과 같은 옷을 입은 백제인이었다. 말로만 들었던 '도독군'이 뚜렷이 보였다. 부흥전쟁에서 승리한 후 백제 땅의 지배를 굳히려고, 도독부가 백제인 병사의 수를 늘리고 옷도 새로 지어 입힌 성싶었다. 나라가 망한 때부터 당의 '앞잡이'니 '허수아비'니 하는 말은 많이 들었어도 별로 눈에 띄지 않았는데, 이제는 왕자들뿐 아니라 백제 군사까지 둘로 쪼개진 게, 쪼개지되 한 편은 끌려가고 다른 편은 끌고 가는 게 확실히 보였다. 백제 사람끼리도 이제 당을 업고 동족을 잡아가는 자들이 힘을 쓰는 세상이 된 것이다. 당군의 점령군 노릇에 도독군의 행패까지 더해졌으니 백성들의 고초가 어떨지 눈에 선했다. 형이 어느 편에서 무슨 일을 하는지가 분명해졌다.

형은 예전에 왕궁이었던 건물에서, 당나라풍의 귀인貴人 차림을 하고 있었다. 태자가 당나라 벼슬을 받았다는데, 형도 당에서든 도독부에서든 그런 모양이었다. 턱수염을 길러 낯설었지만 여전히 체구가 당당하였다. 전보다 눈매가 더 날카로워진 성실었다.

그는 꾸지람부터 하였다.

"살아 있었으면 진작 찾아와야지, 이렇게 불러야 오느냐? 내가 당에서 돌아온 걸 모르지는 않았겠지?"

수염을 쓰다듬는 손등에 날 때부터 있는 크고 검은 반점이 보였다. 형에 대한 예전의 감정 같은 게 되살아나, 억누르느라 잠시 머뭇대지 않을 수 없었다.

"알고 있었습니다. 아버지께서는 평안하십니까? 큰어머님과 형수님도 무사하시구요?"

"아버지는 당나라에 간 지 얼마 안 돼 돌아가셨다. 의자왕께서 붕어한 지 한 달쯤 되었을 때다. 상심이 큰 데다, 낯선 땅에서 험한 꼴을 보신 탓이야."

아아, 아버지는 머나먼 당나라에 묻히셨구나. 다시 뵐 수 없구나.

"어머니는 여기가 잠잠해지면 당에서 모셔오려고 한다. 다른 식구들하고 함께. 패전한 나라의 백성이 잡혀갔다 고향에 돌아오는 건, 정말 드문 일이지."

그 말은 사실일 것 같았다. 하지만 아버지는 이미 돌아가셨다.

시중을 드는 사람이 무엇을 내왔다.

둘은 마주 앉았다. 형이 내온 것을 권하였다.

"차라는 것이다. 당나라 사람들은 위아래 없이 이걸 마신다. 그새 많이 컸구나. 이제 어른이 다 되었어."

차는 쓰고 떫었다. 형은 맞바로 말했다.

"네가 백제를 살리겠다고 잔적 틈에 끼어 싸운 걸 알고 있다. 신라에 휩쓸리지 않은 건 기특하나, 그 전쟁은 시방 다 끝났어. 지금 사비성 안에는 너와 임존성에서 지낸 사람도 여럿 있지. 너도 이제 앞으로는 나를 도와야 해."

가라말에 올라탈 때 예상했던 소리다. 하려고 작정한 말이 있었으나 입술이 떨어지지 않았다.

"흑치상지 장군이 당나라에서 높은 대우 받는 걸 아느냐? 장래 큰 공을 세워 이름이 높아질 터이다. 투항한 변방의 장수가 그런 대접을 받으니, 당은 역시 대국이야."

흑치상지 장군의 충성이라는 게 결국 무엇을 위한 것인지, 임존성에서 진작 알았으니 놀랄 게 없었다. 또 그런 일은 이 땅에서도 드물지 않았다. 백제의 장수나 벼슬아치가 항복한 뒤 신라에서 높은 자리에 앉은 사람도 여럿이었다. 형이 그런 말을 하는 속셈이 짐작되었다.

"당나라가 머지않아 또 고구려를 칠 텐데, 여기서도 준비할 게 많아. 신라도 골치다. 당이 살려준 은혜는 잊어버리고 자꾸 백제 땅을 욕심내니 말이다. 고구려를 도모하기 전부터 미리미리 신라를 제압해둬야 나중에 백제를 도로 세울 수 있어. 얼마 전에 우리 태자님과 신라의 김인문 각간이 곰재(웅령熊嶺)에서 천신과 산천 신령께 맹세를 했지. 물론 맹세문은 황제께 보낼 터이다. 나도 참여했는데, 겉으로는 서로 다투지 않겠다는 맹세지만 실은 더 이상 백제 땅을 못 먹어들게 경계를 확실히 한 것이야. 곧 황제께서 태자님을 도독으로 앉히실 텐데, 그러면 백제는 재건된다. 백제가 다시 살아난단 말이다! 그러니 너도 그 일을 도와야 해. 너무 늦지 않게 말이야.

금방 들어서 알겠지만, 백제를 되살리는 방법에 전쟁만 있는 게 아니다. 신라가 내거는 전쟁의 명분 가운데 하나가 삼한의 일통인데, 신라만 그걸 할 수 있는 게 아니지. 당의 힘을 빌리면, 백제가 재건될뿐더러 우리가 삼한의 주인이 되어 일통을 이끌 수도 있다는 걸, 너는 미처 모르고 있었겠지? 허나 지금부터는 포부를 크게 가져야 한다."

"저는 잘 모르겠습니다. 별 능력도 없습니다."

"너는 내 동생이고 어엿한 무사다. 여태까지는 어쩔 수 없이 다른 길을 걸었더라도, 앞으로는 내 말에 따라라. 태자님께서 도독이 되면 백제가 도로 살아나니 예전 귀족과 벼슬아치가 우르르 모여들 텐데, 그때는 사람들이 우리 오서 집안을 예전같이 보지 못할 게다."

말을 해야 했다. 목소리가 떨려 나왔다.

"형은, 당에서 무슨 말을 들었습니까? 고구려까지 멸망시키고 나면, 당이 백제를 살려준다고 했나요? 과연 그럴까요? 그리고 살려준다 해도 그 백제가 정말 예전과 같이 독립된 나라가 될 거라고 믿습니까? 여기에 웅진도독부 따위를 만들었듯이 서라벌에도 당이 계림대도독부를 설치했다는데, 당나라에서 도독부라는 게 결국 황제의 명을 받는 변방의 한갓 주州 따위가 아닌가요?"

형이 버럭 화를 냈다.

"제법 주워들었다만, 함부로 지껄이지 마라! 네가 덩치만 컸지 아직 애송이로구나. 세상이 겉보기하곤 다르다. 뜻만 가지고 살 수도 없구. 내가 알아듣게 말했는데, 누구 앞에서 턱을 쳐들고 따지려 드는 게냐! 내가 당나라에 끌려가서 노예 신세를 벗어나 태자님 모시기까지 어떤 일을 겪었을지 짐작이나 하느냐?

여러 말 필요 없다. 약자는 강자에게 먹히거나 의지해 살게 마련이다. 지금 세상 천지에 당만큼 강한 나라가 어디 있느냐? 백제를 돕다 패하고 나서, 저 섬나라 왜놈들까지 당이 쳐들어올까 봐 벌벌 떨고 있는 판이다. 너도 눈이 있으면 봐라. 백제는 지금 아무것도 없다. 그러니 찬밥 더운밥 가림 없이 먹어야 해. 당나라의 힘을 이용해야 한단 말이다!"

"형! 백제 사람 누구한테 물어도 당은 우리의 적이고, 우리는 결코 당인이 아닙니다. 왕도 우리 아버지도, 누구 때문에 돌아가셨습니까? 왜 분명한 걸 다르게 보시지요? 게다가 아무리 강해도 당은 멀리 있고, 신라는 가까이 있습니다. 백제를 칠 때 13만이나 왔다는 당의 군사가 지금 백제 땅에 얼마나 남아 있습니까? 이 땅의 곡식을 축내고 있는 그들마저 언제 떠날지 모릅니다. 강자에게 의지한다지만, 남을 믿다가 그들이 떠나버리면 도독군마저 하루아침에 흩어지고 말겠지요. 강자를 위해 한 일은 깡그리 강자만 이롭게 하고, 우리한텐 빈손만 남게 될 터입니다."

"함부로 지껄이지 말라는데, 말을 안 듣는구나! 그러면 너는, 당나라가 떠날 테니 가까이 있는 신라 편을 들어야 한다는 말이냐? 신라는 적하고 싸울 때는 한편이지만, 이기고 나서는 저희 잇속만 챙겨왔다. 내 말도 안 듣고 신라 편도 들지 않는다면, 그럼 너는 혼자다. 지금 백제 땅엔 문밖만 나서면 신라군이요 그들의 간자間者 천지인데, 이 판에 너 혼자 무슨 일을 하며 어찌 살아간단 말이냐? 이놈아! 네가 따랐던 부흥군 패거리의 두목들을 좀 보아라. 비렁뱅이 자루 찢듯이 서로 권력을 다투다 다 함께 몽땅 망하고 말았다. 멍청한 '풍豊'을 왕이라고 앉혀놓고 똑똑한 복신을 죽였으니, 그자들이 정녕 백제를 위했다면 그랬겠느냐? 내가 백제를 다시 살리고자 이렇게 애를 쓰고 있는데, 너는 동생이 돼가지고 여태 삼한 땅 비루한 자들의 생각에서 벗어나지 못한 채 형한테 대드는 거냐?"

형은 한참 동안 씩씩거렸다.

"오랫동안 싸움판에서 어리석은 자들과 어울리다 보니, 네가 생각이 굳고 세상 돌아가는 데 영 깜깜하구나. 당나라가 본래 우리 백제를 아주 없애고자 하지는 않았다면, 신라 때문에 이 지경까지 왔다면, 너는 어떤 생각이 드느냐? 백제의 원수는 당나라가 아니라 신라라면, 지금 무엇이 백제를 살리는 길이냐? 과연 누가 배신자란 말이냐? 아둔한 자들이 나를 헐뜯는 말에 혹한 모양이다만, 충忠을 말한다면 나도 태자를 모시고 있는 사람이다. 함부로 지껄이다간 사달이 나기 쉽다. 형 앞이라도 조심해라."

형은 태도를 바꾸어 위엄을 갖추려 하였다. 당이 애초부터 백제를 아주 없애려 하지는 않았으며, 백제를 삼키려는 신라 때문에 이 지경이 되었다는 말은 곱씹어볼 데가 없지 않았다. 허나 그리 합당해 보이지는 않았다. 그렇다면 당은 왜 여기에 도독부라는 걸 설치했단 말인가?

풍왕이 복신 장군과 정무 좌평을 단죄하는 그 자리에 있었기에, 백제 신하들의 어리석음을 비난하는 형의 말이 아프게 가슴을 찔렀다. 하지만 이런 말을 하고 싶었다──부여 융은, 이제 태자가 아닙니다. 충이나 의義를 말하지 마십시오. 자기 아버지를 잡아다 죽게 한 적의 편에 선 자를 백제 백성들은 따르고자 하지 않습니다. 따르기만 하는 게 충이고 의리라면, 태자를 따라 당나라 사람이 되어버린 흑치상지도 의로운 장수요, 맹목적으로 풍왕의 명에 복종만 하다 백제를 망친 신하들도 충신이라고 해야 합니까? 정무 좌평이 끝까지 격동시키고자 했으나 복신 장군 죽는 걸 내내 보고만 있던 비겁한 신하들까지 충성된 자로 대접해야 하는 것입니까?

그러나 형의 생각에 정면으로 맞서는 말이라 입을 열면 당장 무슨 일이 날 것 같았다. 아버지가 만약 이 자리에 있다면 무어라고 하실까…… 그러나 물참의 기억 속에서 아버지 앞의 자기는 늘 어렸고, 형을 따라야만 하는 몸이었다.

"알았다. 네가 아직 세상 물정에 어둡고 싸움터에서 돌아온 지 얼마 안 되어 정신이 없는 걸로 치고, 시간을 줄 테니 더 생각해봐라. 배짱이 없어 남의 눈에 띄는 무슨 벼슬 같은 걸 하기 싫다면 다른 일도 있다. 이건 나라가 아니라 우리 집안일인데, 어찌하겠느냐?"

물참이 가만히 있자 형은 시중드는 사람을 밖으로 내보냈다.

"내가 당에서 돌아온 데는 여러 까닭이 있다. 네가 모르는 우리 집 일도 있는데, 이야기를 들어봐라. 아버지가 당나라에서 그리 일찍 돌아가신 건, 무엇보다 울화 때문이다. 사비성이 함락되었을 적에 아버지는 수단을 써서 우리 식구가 당나라에 끌려가는 걸 막으려 하셨지. 잘되다가 별안간 막판에 뒤집혔는데, 너는 잘 모르지만, 조정에서 오랫동안 아버지와 세력을 다투던 자가 앙심을 품고 재물로 당나라 장수를 움직여 저지른 짓이다.

나는 당에서 돌아온 후 사람을 시켜 그 원수 놈 행적을 몰래 뒤쫓고 있다. 그자가 왜로 도망치지 않았다면 지금 백제 어디에 황급히 숨어 있을 테지. 내가 살아서 돌아왔으니까. 백제 땅은 내가 감시하고 뒤질 테니, 왜에는 네가 가보아라. 왜라고 해봐야 백제 사람 모여 사는 데가 다섯 손가락도 못 채울 것이야."

물참은 속으로 매우 놀랐다. 나라가 망할 때 집에 그런 일이 벌어졌다는 사실도 놀랍지만, 아까 나라의 앞날을 말할 때와 똑같이, 아니 그보다 더 심각하게 형은 집안의 원수에 대해 이야기하는 게 아닌가. 아버지가 돌아가신 이유를 '울화 때문'이라고 하면서도, 그것이 나라의 멸망보다 집안의 몰락에서 비롯된 것처럼 여기고 있지 않은가. 두 가지를 지금 그렇게 말하는 걸, 물참은 납득하기 어려웠다. 아버지와 형이 당으로 끌려간 것은, 그 원수라는 사람 이전에 당과 신라 때문이다. 왜 당나라는 받들면서 그자의 짓거리만 탓할까? 그게 지금 나라와 백성을 위한다는 사람이, 스스로 태자한테 충성을 바친다는 사람이 할 노릇인가? 형의 말마따나 이게 자신의 '애송이' 같은 소견이래도 물참은 어쩔 수 없었다.

놀라는 물참의 표정을 형은 오해한 성싶었다. 그는 한결 낮고 심각한 어투로 말을 이었다.

"이건 원수를 갚기 위해서만 하는 일이 아니야. 당나라로 끌려가게 되어 급히 우리 집 재물을 챙겼을 때, 강도들이 나타나 그걸 빼앗아 갔다. 나도 그때 함께 있었는데, 복면을 했지만 아버지는 누가 보냈는지 짐작하셨어. 그래서 그놈들한테 말도 붙이고 저항도 하면서 탐지하셨지. 아버지께서는 강도 짓도 그 원수 놈이 시킨 게 분명하다고, 우리 가족이 당에 끌려가게 하는 데 쓴 재물을 바로 우리한테 강탈해 벌충한 거라고 그러셨다."

"그러면, 형은 그 재물을 찾고자 합니까?"

물참은 형의 본심을 다 알고 싶었다.

"아주 값진 보물들이니 도로 찾고 싶다. 허나 사람을 찾는 게, 그놈을 잡아 죽이는 게 더 중하다. 개 같은 놈! 우리한테 어찌 그런 짓을 할 수 있단 말이냐?"

물참은 차라는 것을 마저 마셨다. 그리고 자기는 왜에 갈 수 없다고 하였다. 그 까닭으로 어머니의 병환을 들었다.

형은 입을 굳게 다물며 물참을 외면하였다.

침묵이 흘렀다.

"이 일은 남한테 시키기가 뭣한데…… 이렇게 믿을 사람이 드문 세상에, 다른 사람도 아닌 네가 집안일을 거절한단 말이냐?"

형은 어머니의 병세가 어떠냐고 묻지는 않고, 자리에서 일어나 방 안을 오갔다.

"난리 중에 병을 얻어, 어머니께서 얼마 못 사실 성싶습니다. 회이포로 곧 이사를 가려고 합니다."

형은 다 안다는 표정으로 물참을 쎄려보았다.

"하필이면 왜 거기로 가느냐? 농장이 궁금한 거냐?"

"아닙니다. 어머니 고향이 거기 아닙니까?"

물참은 형이 어째서 예민하게 반응하는지 짐작이 갔다. 어떤 슬픔이, 서서히 밀려왔다. 형과 자기는 겨우 그런 사이였던가.

물참도 자리에서 일어섰다.

형은 하는 수 없다는 듯, 그럼 회이포가 왜로 가는 큰 나루이니 일단 거기서라도 지켜보라며 집안의 원수라는 자의 이름을 가르쳐주고 나이, 관등에다 생김새와 살던 곳까지 알려주었다. 그 일이라면 무엇이든 도와줄 테니까 회이포는 물론 부근의 나루나 길목을 노상 훑어라, 도독군에는 징발되지 않도록 조처해주겠다고도 했다. 물참은 듣기만 했다.

형과 헤어지기 전에 물참은 준비해온 부탁을 꺼냈다. 어머니가 간절히 바라는 일이니, 나성 동문 밖의 제당에서 나라 제사 때 쓰던 향로를 찾게 도와달라고 하였다.

형은 향로를 잘 알지 못하고, 잃어버렸다는 소문을 들은 적도 없는 모양이었다. 그의 답은 차가웠다.

"거기 절과 제당은 백제의 선왕들 제사를 지내던 곳이라 신라군이 불을 질러 타버렸는데, 어디서 그걸 찾는단 말이냐? 이 난국에 내가 그런 일에 나서면 위엄이 서지 않는다."

다 타지는 않았는데, 하여간 거기 숨겼다니 잿더미나 땅

바닥, 근처 산비탈이라도 살피고 싶다, 신라군의 눈이 예사롭지 않을 테니 핑계를 대어 교섭해달라고 다시 부탁해보았다. 그러나 형은, 내 말엔 건성이면서 너는 그게 무에 그리 대단하다고 그러느냐며 손을 저었다.

"네가 어째 쓸데없는 생각이 많은가 했더니 정신 사나운 신령들을 섬기는 어미 탓이로구나. 지금이 향로 따위나 찾고 있을 때냐?"

아버지가 돌아가셨다는 말을 듣고 어머니는 부쩍 더 기력을 잃었다. 하지만 물참은 전부터 각오를 해서인지, 생각보다 견딜 만했다. 동지들의 희생을 헤아릴 수 없이 본 까닭인지도 몰랐다. 그들한테도 부모가 있었지만 그들이 자기 부모만을 위해 싸우지는 않았다. 거친 밥을 먹고 남루한 옷 한두 가지로 사철을 지냈던 그들은 모두 한 가족이나 같았다. 서로가 부모 자식이요 형제였다. 몇 달도 아니고 몇 년이나 그랬다. 비가 추적추적 내리던 어느 날 밤, 이동 중에 잠시 머문 어느 성에서 의지간에 짚 토매처럼 쓰러져 잠든 병사들을 보며 물참은 눈을 적신 적이 있었다. 얼마든지 떠날 수 있는데도, 그들은 도망치지 않았다.

형과 멀어지기 위해서라도 이사는 가야 했다.

둘째
날

둘째 날 낮전

도독성

오서악의 용못은 푹 꺼진 산마루를 넘어가는 넙티 아래에 있었다. 산에서 내리쏟는 물이 파놓은 커다란 못이었다. 신촌현의 관아부터 거기까지는 20리 길이었다.

무성한 풀밭의 이슬이 튀어 올라 아랫도리를 적셨다. 얼룩이의 더운 몸에서 이내 김이 올랐다. 고사는 조금 뒤처져 가벼이 말을 몰고 있었다.

아침 날빛에 깨어나는 산자락의 드넓은 농장이 발아래 펼쳐졌다. 물참은 오래전에 자기와 인연이 끊긴, 나라에서 쓰는 전마로 그득했던 그곳을 바라보았다. 어렸을 적 아버지와 같이 거기 왔을 때는 만나는 사람들마다 모두 굽신거렸는데, 추운 철인데도 그들의 옷이 무척 남루하여 불쌍했던 기억이 났다. 그들과 자기가 입은 옷의 차이가 노비와 주인의 차이라는 것을 아는 데는 오래 걸리지 않았다.

말들이 뛰놀던 들판에는 드문드문 곡식이 자라고 있었다. 오랜만에 보아 그런지 논밭이 매우 늘어나 있었다. 형이 도독성 쌓는 일에 깊이 관련되어 있다면, 저 들판 전체를 도독성에 주둔할 병사들 먹일 둔전屯田으로 일구려던 게 아닌가, 여기를 도독부 세력의 바다 쪽 거점으로 삼으려 했던 게 아닌가 하는 생각이 스쳤다.

용못에 도착하니 어제 본 세 사람만 와 있었다. 그들은 이 편에 사람이 하나 늘어난 줄 알고 반가워하다가 어리둥절하여 모루 쪽을 보았다. 허나 그의 천연스러운 낯색에 그냥 자기들끼리 수군거리다 말았다. 현령의 막내딸은 무슨 소문 같은 게 나 있는 모양이었다.

넙티 길을 조금 올라갔을 때 고개 위에서 햇발을 등지고 말 탄 이가 마주 달려왔다. 검게 웅어리져 구별할 수 없는 그 모습이 누구를 닮은 것 같았다. 늘 검은 옷을 입었던 젊은이, 바로 고랑달이었다. 물참은 잠시 헷갈렸다.

눈앞에 나타난 이는 모도리였다. 그는 땀을 훔치며 인사했다.

"어디 갔다가 연락을 늦게 받았습죠. 집에 붙어 있질 못하는 성미라……"

그는 차돌이 그렇듯이 오서 농장에서 살던 사람이 아니었다. 먼 산골에 집이 있어도 마을을 돌아다니며, 무슨 일터가 있으면 도와주고 끼니를 때우곤 하여 모도리라고 불렸다. 집을 짓건 부뚜막을 놓건 달려들지만, 정말 모도리라는 별명에 걸맞게 일을 잘하지는 못한다고 했다. 별로 필요할 성싶지 않은 것까지 주워서 등에 얹고 다니는, 자기처럼 나이든 말을 타고 시루성에 가끔 오곤 했다. 누가 그에게 성까지 길이 멀지 않으냐고 물었을 때, 여기 오면 어쩐지 마음이 편하다며 빙긋이 웃었었다.

물참은 모도리와 마주 인사를 나누며 죽은 이의 모습을 떨쳤다. 어제도 그러더니, 고랑달이 자꾸 떠올라 불길한 마음이 들었다.

일행은 오서악의 품으로 들어가다가 성이 있는 골짜기 초입에서 길을 버렸다. 길이라곤 성으로 이어진 한 줄기뿐인데, 초소가 있어 일단 몸을 숨기고 비탈을 타며 성이 보이는 데까지 에돌아야 했다.

도독성은 골짜기를 가로막아 품은 모양으로 크고 험준했다. 돌을 쌓은 뒤 성벽 바깥 땅을 깎아내어 가파르고 높았다.

짓던 중이라고 하나 거의 꼴이 완성되어, 물과 식량만 충분하다면 몇 달이라도 버틸 만한 형세였다. 돌을 쌓다 마무리하지 못한 곳에는 굵은 나무를 뾰족하게 다듬은 목책이 설치되었고, 요소마다 감시병이 서 있었다. 단단히 웅거하는 모양새인데다 지휘하는 이가 싸움을 많이 치러본 티가 났다.

성문 앞에는 성을 짓던 자재들이 한편에 치워져 있었다. 무얼 매달아놓은 건 눈에 띄지 않았다. 주검을 달아놓았다 하더라도 더운 날씨에 오래 두기는 어려웠을 터였다.

성안을 살피러 갔던 이들이 한참 만에 돌아왔다.

적삼 소매로 땀을 훔치며 차돌이 말했다.

"성 자리가 훌륭하군요. 들여다보기가 어렵습니다. 겨우 조금 엿보았는데, 고구려 옷을 입은 장정들이 많습니다. 사람이 줄곧 모이더니, 삽시간에 잔뜩 불어난 모양입니다."

고두쇠가 물을 입에 문 채 말을 하려다가 캑캑댔다.

"대충 150명 정도 되고, 병사 말고도 온갖 사람이 섞였습니다. 엔간히 큰 마을 같아요."

물참은 비로소 파악이 되었다. 생각보다 큰 군대지만 식구들을 거느린 무리였다. 채 완성되지 않아 방비가 허술한 도독성을 급습한 작전은 꽤 볼만해도, 단독으로 큰일을 벌이기에는 애매한 규모였다. 성은 공격하기보다 지키는 곳이

둘째 날

요, 밖의 지원이 없으면 오래 견디기 어렵다. 자기 세력이 크지 않은데도 군이 성을 차지했다면, 또 병사가 아닌 사람까지 계속 모인다면, 따로 어떤 계획이 서 있다는 뜻이다. 신라가 작년에 고구려 왕을 세웠다니, 그 백성이 여기로도 모여드는지 모른다. 저들의 도독성 공격은 신라를 믿고 하는 일일 것이다. 회이포에 배를 그냥 정박해두고 있다면 더욱 그렇다.

"일반 백성이 많다면, 허투루 뛰어들 수 없지. 어차피 우리 숫자로는 위협조차 안 되겠지만. 어쩌면 좋을까?"

물참이 돌아보며 의견을 물었다. 고사까지 넣어봐야 모두 일곱이었다.

모루는 묵묵히 고사가 가져온 화살통을 열어 살의 됨됨이를 살피고만 있었다. 이런 때 그의 침묵은, 그가 복종심이 깊기보다 죽음을 두려워하지 않는 느낌을 주었다.

모루와 달리, 항상 차돌은 의견을 내었다.

"몇을 인질로 잡고 욱대기면 말을 듣지 않겠습니까? 금덩이를 달라고 하는 것도 아니니까요. 어두워지길 기다려, 숨어들어보면 어떨까요?"

다들 그럴듯한 꾀라는 반응이었다.

모도리가 조심스레 말을 보탰다.

"이 성터는 본래 큰 화전 자리입죠. 제가 올봄에 밭 일굴 데가 있나 돌아다니다 보니, 뒤쪽 목책은 대강 시늉만 냈더라구요. 산을 타고 돌아가야 하지만, 거기를 노리면 좋을 겝니다."

성을 자세히 살핀 적이 있는 모양이었다. 일에 찌든 그의 구부정한 체격이 새삼 강단 있어 보였다.

어두워지려면 한나절은 기다려야 했다. 말한테 풀을 뜯기며 숨어 있기 좋은 데를 찾아보겠다고 푸새가 일어섰다.

물참이 그를 막았다. 그럴 일이 아니었다.

그가 입을 열려는데, 저만치 조금 돌아앉아 있던 고사가 불쑥 고개를 돌렸다.

"왜 싸움만 생각하나요? 신라나 당나라가 아니고 고구려 사람들인데?"

다들 조용했다. 푸새가 주섬주섬 대꾸했다.

"잘 모르시나 본데, 살인한 놈들이라 시치미부터 뗄 거고, 우리를 얕보고 무작정 덤비기나 하면……"

"우리가 누구라고 밝히면 될 텐데."

고사가 혼잣말처럼, 허나 또박또박 말을 받았다. 여간 당돌하지 않았다.

물참이 나섰다.

"좀처럼 믿지 않을 게야. 백제 사람도 여러 갈래가 있는 걸 알 테니까."

물참은 푸새의 말 가까이 다가갔다. 그에게 부탁한, 주검 담을 도구를 살펴보았다. 짚으로 볏섬처럼 만든 게 새끼줄 타래와 함께 말 옆구리에 비끄러매어 있었다.

물참은 마음을 정했다. 상대편을 버르집어 틈을 엿보고 싶었으나 이쪽 세력이 너무 적어 포기하는 편이 나았다. 낯선 땅에 와서 고슴도치처럼 웅크리고 있는 자들의 마음을 어떻게든 열어야 하는데, 성에 오래 머물 속셈이라면 되도록 소란은 피하려 들지도 몰랐다.

"고사의 말도 일리가 있으니, 그냥 나하고 푸새 둘만 가보는 게 좋겠다. 내가 복수하러 오지 않은 걸 알면, 말이 통할지도 몰라. 고작 죽은 시체를 달라는 거니까, 의외로 수월하게 풀릴 수도 있단 말이지. 낮이라 찾기도 쉬울 테구. 혹시 우리가 잡히기라도 하면, 밤을 기다려 아까 그 꾀를 써서 해결하거라. 꾀를 낸 차돌이 지휘를 하구."

말이 떨어지기 무섭게 차돌이 반대했다.

"저는 싫습니다. 위험하니까요. 밝을 때 맞닥뜨린다면, 그래도 모두 함께 가는 편이 낫지 않을까요?"

"그러면 오히려 자극을 하기 쉽다. 저들이 성을 점령한 목적이 무엇인지조차 모르는 판이니 조심해야 한다. 내 느낌에, 우리 두 사람을 구태여 해코지하지는 않을 성부르니 조금 손을 늦추어라. 이건 애초부터 내 일이다. 너희는 하지 않아도 되는 일이라 피해를 줄이고 싶다. 내 뜻에 따라다오."

"그렇지 않습니다. 이런 일에 목숨을 걸면, 아니 위험을 무릅쓰시면 안 됩니다."

이런 일에 목숨을 걸면 안 된다 ─ 고마운 말이다. 하지만 전에는 목숨을 걸었으나 바치지 못하였고, 이제는 목숨을 걸 데마저 희미해져가고 있다. 목숨이든 무어든 모두 다 내려놓으면, 정작 무언가 분명해질지도 모른다.

"너무 걱정하지 마라. 끝나면 시루성에서 만나자."

그윽이 바라보며 물참이 말했다. 차돌은 단념하면서 조건을 달았다.

"그러면, 가까운 데서 몰래 보고 있다가 여차하면 달려들겠습니다."

물참이 말에 오르니 푸새와 함께 모루도 따라서 말을 탔다.

물참은 그를 제지했다.

"너는 그냥 여기 있어라. 나한테 별일이야 없겠지만, 너는 섬에 돌아가야 할 것 아니냐?"

모루가 무슨 소린가 몰라 눈을 뒤룩거렸다.

"산이를 생각하란 말이다."

물참이 고사한테 다가갔다.

"네가 도움이 되었다. 화살을 놓아두고, 그만 집으로 가거라."

그녀는 스치듯 미소를 지을 뿐 가만히 있었다.

물참과 푸새가 성문으로 다가갔다.

망루에서 지켜보던 자가 웬 놈이냐고 소리쳤다. 물참이 성주를 만나러 왔다고 외쳤다.

성벽 위로 병사가 여럿 나타났다. 성문 앞마당에서 둘은 온몸을 드러낸 상태였다. 더운 날씨에도 소름이 돋았다.

잠시 후 육중한 성문이 조금 열리고, 창을 든 병사 여럿이 우르르 나와 둘을 둘러쌌다. 다들 흰옷 차림에다, 가끔 상투를 튼 자가 있어 백제 사람과 비슷해 보였다. 다만 하나같이 머리에 검은 수건을 쓰거나 두르고 있는 게 달랐다. 그것으로 자기네 편을 표시하는 성싶었다.

어디서 화살이 쏟아질 것처럼 살벌했다. 이쪽 사람이 둘뿐인데, 조금 지나친 경계였다. 고구려인들의 심사가 짐작한 바와 같아 보였다.

물참은 어제 산적과 승강이할 때처럼 몸에 긴장이 뻗치는

걸 느꼈다. 그는 손짓으로 푸새더러 말에서 내리지 말라고
지시했다.

성벽 위로 고깔을 쓴 사람이 나타났다. 그의 자줏빛 고깔
에는 새의 깃털 같은 게 꽂혀 있었다. 전쟁판에 어울리지는
않아도 벼슬아치가 쓸 법한 관모였다.

"그대가 누구인데 성주를 보자는가?"

풍채가 좋고 나이도 들어 보였지만 얼굴엔 용맹인지 사나
움인지 모를 게 가득했다. 고구려 사람과의 대화가 처음은
아닌데도 말투가 꽤 낯설었다.

"이 산 아래 사람, 오서물참이라고 하오. 며칠 전 여기서
벌어진 싸움 중에 내 형이 죽은 고로, 주검을 찾으러 왔소.
다른 뜻은 없고, 장례나 치르게 해주시오."

창을 들고 둘러선 병사들의 손에서 긴장이 풀렸다. 물참
은 예민하게 그걸 느꼈다.

하지만 성주의 얼굴은 일그러졌다.

"우스운 자로구먼! 산 사람을 찾는 게 아니라 시체를 찾는
다구? 우리는 모르는 일이니 얼쩡대지 말고 돌아가오!"

"보았다는 사람이 있으니 그렇게는 못 하겠소!"

해보자고 왔으면 어차피 여러 말이 필요했다. 물참은 언
성을 높여 계속했다.

"고구려 땅에서 예까지 오느라 고생 많았소이다. 하필 어째서 여기인지 모르겠지만, 이 성을 빼앗느라 애도 많이 썼겠구먼. 당나라 놈이 몽땅 고구려 원수이니 보자마자 죽인 건 이해가 가나, 애꿎게도 함께 죽인 내 형은 백제 사람이고, 한때 이 산 서쪽 땅의 주인이올시다. 백제는 고구려와 똑같은 신세인데, 모진 당나라 놈 옆에 있다 고구려 벼락을 맞은 셈이지."

"허어, 간이 꽤 크다만, 사람 둘이 와서 뭘 어째보겠다고, 말 속에 고약한 칼이 잔뜩 들었구먼! 시체나 찾으려는 게 아닌 것 같네."

"내 형은 대단히 억울할 것이오! 도둑놈이 자기 땅 빼앗으려 죽였다 생각할지도 모르지. 그대가 협조하여 장사라도 제대로 지내게 해주어야 넋이 한을 풀고 좋은 데로 가지 않겠소? 고구려 사람도 우리와 조상이 같은 족속이니, 원한 맺힌 넋이 얼마나 무서운지는 잘 알고 있을 텐데? 당나라 도적 떼가 아니라서, 이렇게 서로 말이 통하니 참 좋구려."

"네가 지금 백제 사람인 체하는데, 꿈도 정도껏 꾸어라! 지금 여기는 당과 신라의 땅이고, 또 언제 어떻게 주인이 바뀔지 모르는 판이다. 우리는 그런 땅을 차지한 것이니 거슬리게 자꾸 도적 어쩌구 씨부렁거리지 마라. 내 하나 물어보

자. 신라가 당나라 놈들과 우리 고구려를 칠 적에, 너는 어디서 무얼 했느냐? 형이 여기서 당나라 놈과 죽었다니까 너도 도독부 군사질을 했겠구나. 아니면 노새처럼 당나라 놈들 처먹일 군량을 날랐나? 무슨 노예 짓을 했든 간에, 그게 백제 사람이 할 짓이냐? 고구려와 피를 나눈 백제 사람이 할 짓이더냐 말이다!"

"그대는 형과 동생이 갈라서는 걸 보지 못했소? 대막리지(연개소문)의 아들들이 서로 갈려서 고구려를 망쳤는데, 백제라고 그런 일이 없을까? 나는 형과 다르오. 도독군이 되기는커녕 고구려로 가는 신라군을 공격하는 쪽이었단 말이오. 그거야 안 믿으면 그만이지만, 나는 고구려가 부디 우리 백제와 손잡고 서로 도우며 제 나라 회복하기를 간절히 바라는 사람이올시다.

그러니 괜히 책잡으려 들지 말고 주검이나 내주시오. 살인한 책임을 묻지 않겠다는데, 이 동생이 장례라도 치러주고 싶다는데, 그까짓 냄새나는 시체를 가지고 어째 노닥거리고 있소? 여기 이렇게 주검을 모셔갈 준비까지 하고 왔으니 더 의심하지 마시오. 이러다가 정말 저기 숲속에서 노려보고 있는 내 병사들이, 내가 칼을 빼 들기만 하면 살인자를 물고 내겠다고 득달같이 달려올 텐데, 그때는 어쩌려고

둘째 날

이러시나? 여기가 당신들 고향이 아님을 잊지 않는 게 좋을 거요!"

성주가 비아냥대는 표정을 거두었다. 그리고 물참이 가리키는, 푸새의 말에 매여 있는 볏섬을 눈여겨보았다.

"아까 이름이 무어라고 했소? 말이 제법 들을 만하구려."

그의 말투도 바뀌었다. 경계를 풀기에 좋은 때가 왔다는 느낌이 들었다. 그걸 먼저 보여주기 위해 물참은 최대한 자연스러운 모습을 꾸미며 말에서 내리려고 하였다.

그때 돌연 말 탄 사람 둘이 쏜살같이 달려왔다. 멈추느라 먼지를 뿌옇게 일으키고는 후딱 성안으로 들어갔다. 그들을 보더니 성주가 반색을 하며 모습을 감추었다.

이내 안에서 여러 사람의 환호성이 들렸다. 둘을 에워싸고 있던 병사들까지 창을 거둔 채 밝은 표정으로 수군거렸다.

잠시 후 칼을 차고 제법 위엄을 갖춘 자 하나가 나와서 성주의 허락을 전하며 자기를 따라오라고 하였다. 무슨 일이 벌어졌는지 몰라도 일단 다행이었다. 주검을 찾아가지고 나오다 다시 이야기 나눌 틈을 엿볼 수 있을 것이다.

푸새가 몸이 굳어 말에서 내리지 못했다. 그는 내내 떨고 있었다. 물참이 먼저 내려서 말고삐를 받아주었다.

성안은 아주 넓었다. 생각보다 훨씬 큰 성으로, 군사를 많이 주둔시킬 터를 품고 있었다.

모도리의 말처럼 본래 밭이었던 곳에 자리 잡은 것 같았다. 성을 짓던 이들이 살던 곳인 듯, 넓은 마당 주위에 집들이 여러 채 둘러서 있고, 헛간 따위를 더 짓다 만 상태였다. 병사들이 드나드는 긴 움막만 없다면 고구려의 엔간한 마을 하나를 백제 땅에 옮겨놓은 듯했다. 희한하게도 귀퉁이의 큰 바위 아래에 저절로 솟는 샘이 있었다. 성이 자리 잡기 아주 좋은 터였다. 노인과 아이가 거기서 물을 긷는 모습이 한가로워 보였다. 절구가 있었던지, 쓸수건을 머리에 두른 여인네 둘이 맞절구질을 하고 있었다. 한가위 날 모여서 강강술래 놀이를 해도 좋을 터였다.

그러나 평화로운 광경은 이내 사라졌다. 마구간과 뒷간을 지나 산자락으로 가자 전혀 딴 세상이 나왔다. 역한 냄새가 코를 찔렀다. 주검들을 거기에 모아놓고 거적이나 흙으로 대충 덮어만 놓은 모양이었다. 성을 빼앗는 싸움이 꽤 컸던지 도독군 시체가 여럿 보였고, 잡아먹은 짐승의 뼈까지 아무렇게나 뒹굴고 있었다. 전쟁터에서 그보다 더한 광경을 많이 보았지만, 여름 뙤약볕에 상해가는 주검 냄새는 고약하였다.

둘째 날

성문에 매달아놓았던 시체를 찾는다고, 푸새가 안내자한 테 말했다. 그는 코를 쥐고 멀찍이 선 채 시체를 성문에 매달 다니, 우리는 그런 적 없다며 고개를 저었다. 그럼 당나라 사 람은 어디 있느냐고 다시 묻자, 한쪽에 따로 놓인 거적을 가 리켰다. 가서 그걸 대강 걷고 보니, 당인이 분명한 주검과 그 옆에 비슷한 차림새의 주검이 두엇 더 있었다. 형은 없고, 성 쌓기를 감독하던 당나라 사람 일행 같았다. 물참은 혹시나 하여 천득이 있는지도 눈여겨보았지만 역시 없었다.

둘은 난감하여 다른 데까지 모두 살폈다. 꽤 상해서 누군 지 가리기 어려운 시체까지 덮어놓은 낙엽과 흙을 헤집으며 샅샅이 훑었다. 형이나 천득 같은 주검은 보이지 않았다. 땀 을 비 오듯 흘리면서 역겨운 냄새를 무릅쓰고 거듭 확인했 지만 마찬가지였다.

그때 속에서 무엇이 북받쳤다. 물참은 갑자기 허뚱거렸 다. 구역질이 치밀어 오르며 토할 것 같아 그 자리에 주저앉 고 말았다. 죽을 것처럼 온몸에서 기운이 빠지고 흡사 머리 를 세게 얻어맞은 성싶었다. 푸새의 부축으로 간신히 일어 나 몸을 추슬렀으나 무엇에 씐 기분은 가시지 않았다.

하는 수 없이 도로 성문으로 나오다 안내자한테 싸움에 관해 물어보았다. 그가 물참의 창백한 얼굴을 힐끗거리더니 주섬주섬 말했다.

"여기에 성 쌓는 일꾼은 많아도 군사는 적었소. 우리가 성을 덜 지은 데로 와락 달려들었더니, 그나마 한 패는 조금 싸우다 달아나버려 생각보다 쉽게 성을 차지했다오. 도독성이라고 하길래 당나라 놈이 많을 줄 알았는데, 성 쌓던 백성들 속에 섞여 도망쳤나 몰라도, 막상 주검을 보니 몇 놈 안 되더군요."

본 사람이 많았다 하니 형은 분명 거기 있었으나 앞서 피했고, 소문만 그렇게 난 것 같았다. 애초부터 산적떼나 불한당패처럼 시체를 성문 앞에 매달아놓았다는 말에 믿음이 안 갔었다.

성문에는 장정들이 잔뜩 몰려 있었다. 정렬하여 사람을 세고 깃발과 무기를 챙기는 게 흡사 행진을 준비하는 것 같았다.

성주는 사뭇 들떠 있었다.

"사포라는 데가 여기서 얼마나 되오? 신라군이 내일 거기서 만나자는구먼!"

역시 신라군이 오고 있었다.

사포는 가까웠다. 홀뫼와 이웃이니 말을 타면 반나절 거리였다.

성주는 신이 나서 떠들었다.

"약조를 하긴 했지만 꽤 기다릴 줄 알았건만 이렇게 빨리 만나다니, 원! 이날을 얼마나 고대했는지 모를 거요. 내 얘기 좀 들어보시오. 작년에 고구려 부흥군이 벌 떼처럼 일어나 검모잠 대형大兄이 앞서 이끌며 안승 님을 왕으로 모셨다오. 우리가, 고구려 수군으로 섬에 숨어 기회를 엿보던 바로 우리가, 황해의 사야도에 가서 배로 그분을 모셔내지 않았겠소? 신라는 우리 왕과 백성을 받아들여 금마저라는 데에 살게 해주었지요. 우리는 바다를 오르내리며 신라와 작전을 계속하다 회이포까지 왔소. 이거 참말이지, 서라벌 사람들과 몰래 손잡고 당나라 놈들 뒤통수를 때린 그간의 이야기를 다 하자면 몇 밤을 새워도 모자랄 거요!

하여간 이제 성까지 생겼으니 지금 우리는 신라한테 이왕 차지한 이곳을 떼어 달라고 할 참이올시다. 식구들을 여기 살게 하고 우리의 새 고향으로 삼고 싶소. 만약 그리된다면 그대와 나는 서로 이웃이 되는 셈인데, 이웃끼리 앞으로 잘 지내도록 합시다. 당나라 놈들이야 오랑캐지만, 고구려와 백제는 풍속도 비슷한 데다 본래 한 핏줄 아니오?"

고구려의 왕이라니, 그것도 백제 땅에, 신라의 도움으로…… 천득의 부친한테 이미 들었지만 '고구려 부흥군' 이야기를 고구려 사람 입으로 들으니 더욱 놀라웠다. 지금 전쟁은 백강 남쪽만이 아니라 삼한 전체에서 벌어지고 있는데다, 고구려 부흥군이 신라와 연합하여 싸우고 있었다.

물참은 모르고 있었지만, 이런 폭풍과 해일이 닥치는 걸도독부야 몰랐을 리 만무하다. 역시 도독성을 쌓은 일이나여기서 일어난 싸움은 예사롭지 않은 것이었다. 도독성 싸움은 나당전쟁이자 고구려 부흥전쟁의 일부인 셈이었다. 그부흥전쟁이야말로 물참이 정말 고대해온 바였으나 그가 바라던 모습은 아니었다. 이제 백제 부흥전쟁은 신라와 손잡고 거세게 몰아치는 고구려 부흥전쟁에 밀려, 그 이름조차가뭇없이 사라지고 말 형편이 되었다.

성주의 시선이 푸새의 말에 매여 있는 볏섬에 멎었다. 그게 비어 있는 걸 보고는 소리 내어 웃었다.

"내가 뭐랬나? 우리하곤 상관없는 일이라니까! 껄껄껄.하여간 도대체 뭣하러 예까지 온 게요? 형이라니 이해는 가지만 원수를 갚으러 왔다면 몰라두, 이 끝없는 전쟁판에 널린 게 시체인데, 굳이 장사를 지내는 것도 이상하지 않소?내 말을 뭐, 고깝게 듣지는 마시오. 세상일이란 게 허허, 모두 생각 나름이니, 이상하다 여기면 안 이상한 게 없잖소?고구려를 멸망시킨 신라가 우리를 돕는 것도 그렇구, 지금 우리가 원수였던 신라의 도움을 반기는 것도 그렇구. 집과 조상님 묘를 다 놓아두고 이 멀고 먼 땅까지 온 것도 몽땅 이상하다면 참 이상하지!"

성주는 갑자기 친절해져서 성문 앞까지 배웅을 나왔다.

"잘 가시오. 그대도 만만찮은 백제 무사 같은데, 괜히 시체나 찾으러 다니지 말고 이렇게 만난 김에 함께 움직이면 어떻겠소? 작년 봄에 우리 고구려의 고연무 태대형太大兄과 신라 설오유 장군이 연합하여, 2만이나 되는 군사로 압록강을 건너 당에 들어가 말갈족이 지키는 오골성을 공격했다 하오. 그대도 내일 사포라는 데로 오면 좋겠구려. 그러면 적으나마 삼국이 하나로 뭉쳐 외적을 물리치러 나서는 셈 아니겠소? 우리가 마른 벌판에 불을 붙여서, 이참에 당나라 놈들을 사비성과 웅진성은 말할 것 없고 저 평양성에 있는 놈들까지 깡그리 불태워 몰아내면 그 얼마나 통쾌할까!"

성주의 말에 묵묵히 웃기만 하고, 물참은 도독성을 떠났다.

성주가 쏟아놓는 소식들이 아주 많고도 놀라웠다. 아까 시체들 사이에서 겪은 구역질이 다시 나려고 했다. 물참은 이를 깨물며 정신을 가다듬었다.

그는 자기 집안의 땅과 노비에 관심이 없는 데다, 지금 형이 죽었다 해도 장차 그게 자기 차지가 되리라 기대할 수 없었다. 그런데도 성주가 오서 농장 변두리에 있는 도독성을 신라가 금방이라도 떼 줄 것처럼 말했을 때, 순간 거부감이 들었다. 하지만 그 마음은 이내 뉘우침으로 바뀌었다.

백제국은 죽었다. 부흥전쟁마저 이제는 잊히고 말 형편이다. 그러니 백제 땅에서 고구려인, 신라인, 말갈인, 가야인…… 그 누구든 살아갈 터이다. 그걸 몰랐던가?

백제 사람이 고구려 사람과 손잡기를 바란 까닭은, 둘의 적이 당과 신라였기 때문이다. 그런데 고구려 부흥군이 일어나기는 했으나 신라와 먼저 손을 잡고 말았다. 당을 물리치기 위해 적과 연합한 것이다. 나당 간의 전쟁은 지금 신라 혼자서만 싸우지도 않는 데다 백강 남쪽에 아울러 요동에서까지 벌어지고 있다. 도독부한테 도독성을 빼앗은 고구려 부흥군도 내일 신라군과 만난다고 한다. 이번 싸움은 어쩐지 나당 간에 땅을 뺏는 국경 분쟁에 그치지 않으며 두 나라만의 이해관계도 넘어서는, 이제껏 일어난 싸움들과는 다른 전쟁이 될 거라는 예감이 든다. 그렇다면 백제는, 당나라의 도독부 허울을 강제로 뒤집어쓰고 있는 백제 사람은, 지금 어찌해야 마땅한가?

형은 죽지 않았는지 모른다. 하지만 그가 이 성에서 목숨을 건졌대도, 머지않아 웅진도독부는 신라군과 충돌하지 않을 수 없다. 그러면 형은……

시루성으로 가는 길가에는 아름드리 소나무가 많았다. 대낮인데도 나무들은 깊은 잠에 빠져 있는 성싶었다. 사람만이, 세상천지에 오로지 사람만이 시름에 잠기는 듯하였다.

천둥

사비성에서 돌아와 아버지가 돌아가신 소식을 전했을 때 어머니는 상심하여 더욱 기력을 잃었다.

"내 뜻은 알아주지 않았지만, 그이는 나를 사랑했다. 눈빛도 손길도 늘 따스했지. 이제 네 아버지만 기다리면 될 줄 알았는데, 머나먼 타국에서 세상을 떴구나. 애고, 그 넋을 어디가야 찾을꼬."

어머니는 어서 고향으로 이사를 가고 싶어 하였다.

이사를 떠나기 전, 물참은 향로를 감춘 제당 터에 몰래 가보았다. 형이 청을 거절했어도 그냥 말 수는 없었다.

그러나 타다가 조금 남았던 제당은 자취도 없었다. 부흥전쟁 동안 없애버린 것이다. 사비성 함락 때 폭삭 불에 탄 절

자리까지 커다란 마당이 되었는데, 군사들이 거기에 진을 치고 있어 흔적마저 찾기 어려웠다. 제당 터나 푸나무가 무성한 그 언저리를 파보기라도 하고 싶었으나 접근조차 어려웠다.

어머니는 거동이 불편하여 먼 길을 갈 수 없었다. 들것을 만들어 눕히고 일꾼을 사 양쪽에서 들었다. 사람들은 작별 인사를 하고 돌아서며 혀를 찼다. 아이구, 그 곱던 얼굴이 볼 수 없이 되었네……

회이포에 당도해보니, 사비에서 멀리 떨어진 거기까지 형이 당에서 돌아와 도독부 벼슬아치로 크게 출세했다는 소문이 퍼져 있었다. 어떻게 알았는지 몰라도, 그가 당나라 말을 아주 잘하더라는 얘기까지 돌았다. 농장이 멀지 않은지라 '오서 집안 큰아들이 당나라에 붙었다'는 수군거림도 들렸다.

오합사의 스승께 인사를 다녀오는 길에 신촌현의 관아에 들렀다. 천득을 찾으니 마당을 쓸던 아이가 들판 건너 산 밑을 가리켰다.

들에는 보리가 무릎까지 자랐다. 물참은 말에서 내려 바람 따라 물결치는 보리밭 두렁을 걸었다.

보리밭 끝머리의 수풀에서 천득이 장정들을 데리고 나무

를 베고 있었다. 주류성 앞 골짜기를 탈출해 임존성으로 가
다 헤어진 뒤 그사이 해가 바뀌었고, 어느새 보리 이삭 팰 때
였다.

천득이 그를 보자 반가이 맞았다. 회이포로 이사를 왔다
고 하니 자네는 역시 다르다, 무사해서 다행이라는 말로 받
았다.

둘은 가까운 너럭바위에 앉았다. 맑은 하늘을 배경으로
산에 올라앉은 진당성이 보였다.

장정 몇이 숲에서 통나무를 목도질하여 나왔다. 물참이
자세히 쳐다보자 천득이 말했다.

"우리 집 일꾼들일세. 예전 가야 땅에 살다가 우리 집안하
고의 묵은 인연으로 찾아왔다네. 지금 거기는 신라 땅인데
도 살기가 여기나 한가지로 어렵다는군. 가뭄에 질병에, 아
어린것들마저 키만 웬만하면 나랏일에 데려가기 일쑤라지
뭔가? 언제 어떤 일이 생길지 모른다고, 아버지가 거두어주
고 있지."

"전쟁도 끝났는데, 걱정할 일이 무에 있나?"

"도독부가 노상 신라와 을근대는 데다, 남은 부흥군까지
날뛰니 무법천지 아닌가? 요새 어떤 놈들은 신라군 꾐에
넘어가 도독군을 공격하기도 하고, 아예 도둑질에 나서기

도 하는 모양이데. 내가 몰래 부흥군 나갔다고 아버지가 날마다 꾸짖는 바람에, 이렇게 집안일을 도우며 근신하고 있다네."

부흥군 잔당이 어쩌고 저쨌다는 소문이 끊임없이 들렸다. 도독부가 부흥군 잔병을 도독군에 끌어들인 것은, 형을 만나러 사비성에 갔을 때 들보아 아는 바였다. 도둑질한다는 소리는 믿기 어려웠으나, 이제 백제군은 백제인의 마음처럼 갈기갈기 찢겨 있었다.

"돌아갈 데 없는 병사들이 그렇게 많을 줄 몰랐네. 허긴, 식구나 집이 남아 있으면 뭘 하겠나? 땅이 없고 농사 안 되면 또 떠돌기 마련이지. 백제 백성들이 정말 딱하네."

"부흥전쟁까지 패했는데, 자네는 왜 자꾸 백제, 백제 그러나? 지금 '백제'가 어디 있고 '백제 땅'이 어디 있나? 의자왕 말년에, 마흔 명이 넘는 왕의 서자들을 좌평 자리에 앉히고 땅도 나누어 준 일을 나는 잊지 못하네. 그때로 돌아가고 싶은 건 아니겠지?"

"그야 두말할 나위 없지. 그런데 부흥군이었던 사람이 이상한 말을 하네그려. 의자왕이 곧 백제는 아니지. 우리가 되찾으려는 백제는 의자왕의 나라가 아니지 않은가?"

"모처럼 만나 입씨름하고 싶지 않으니, 어쨌든 그건 그렇다 치세. 회이포는 요새 어떤가?"

"나야 이사 온 지 얼마 안 돼 잘 모르네만, 포구라는 데가 뻔하지. 왜, 무슨 낌새라도 있나?"

"납작 엎드려서 부흥전쟁이 어찌 끝나는지 눈치만 보던 귀족이나 부자가 많거든. 그런 이들이 몰래 왜로 줄줄이 떠난다네. 아버지 말씀으로는 나라가 망하던 경신년보다 훨씬 많을 거라는데, 아 그때도 배를 구하기 어려웠다지 않은가?"

일꾼 몇은 베어낸 나무를 선자귀로 다듬고 있었다. 한편에 나무 말리는 그늘집이 여러 채였다. 어렸을 적 오합사에서 스승 모시고 나무일을 해봐서 물참한테는 낯익은 광경이었다. 무얼 지을 준비를 하는 중이었다.

"집을 지으려고 하나? 저런 참나무는 어디에 쓰지?"

"배의 못이나 닻을 만드는 데 쓴다네. 저 일꾼 중엔 예전 가야 땅에서 왜로 쇠 나르는 배를 뭇던 목수도 있어…… 참, 자네 형은 만났나?"

어쩐지 천득이 말을 돌리는 성싶었다. 주류성에서 같이 싸웠던 그가 문득 멀게 느껴졌다.

물참은 형 만난 이야기를 대강 하였다. 집안의 원수 잡는 이야기는 빼놓았다.

다 듣고 나더니 천득이 한숨을 쉬었다.

둘째 날

"왜 그러나? 내가 답답한가?"

"글쎄, 답답하기도 하고 부럽기도 하이. 맘이야 맞든 안 맞든, 내게도 그런 형이 있으면 좋겠네. 자네가 형 덕분에 높은 자리에 앉으면 그것도 나쁘지 않을 테구. 요새 도독군 징발 문제로 하도 아버지가 시달리는 바람에 골치가 아파서 말이지. 난 참말 모르겠어. 이 어지러운 세상에서 자네는 어찌 그렇게 장작 쪼개듯이 형의 주장을 부정하고 물리칠 수 있지? 세상 형편이 코앞도 알기 어렵게끔 바뀌는 판에, 자네 생각이 그렇게도 옳다고 믿나?"

"옳은지 어떤지는 몰라도, 어떻게 살다 죽을지는 얼추 정하고 살아야 할 성싶어 그런다네. 여러 해 동안 전쟁판을 헤매 다니며, 도대체 내가 무얼 위해 싸우는지 되묻다가 그리되었지."

'너는 없는 사람'이라던 흑치상지 장군의 말이 좀체 잊히지 않았다. 어떤 때는 그가 못마땅하고, 또 어떤 때는 그 말이 사실 같아 아무 일도 손에 잡히지 않았다.

너럭바위 아래 보리가 배동이 올라 있었다. 곧 이삭이 패고 누런 기가 돌면 길고 긴 보릿고개가 끝날 것이다. 천득의 목소리가 들렸다.

"자기가 살고 죽을 길을 어찌 정하느냐, 난 그걸 모르겠단 말일세. 자네 말대로라면 자네 형은 죽을 길에 들어섰는데, 딴 사람이 보면 자네가 죽을 길로 가는 것 같지 않을까? 당나라나 자네 형의 권세를 스스로 내팽개치고 말이지."

물참이 타고 온 회색 말이 물결치는 보리밭 저편에서 이쪽을 보고 있었다. 사람 세상 아닌 데 사는 짐승이 사람의 세상을 건너다보는 듯했다. 권세, 그런 게 있었다. 지금 백제 땅에서 권세라…… 자기와 말 사이가 아주 멀었다. 둘 사이에서 푸른 보리의 바다가 아득히 뒤척였다.

얼마 뒤였다. 밥을 먹다가 어머니가 숟갈을 놓치며 모로 쓰러졌다. 한참 후 정신이 돌아오자, 아까 하던 이야기를 잇듯이, 한동안 입에 올리지 않던 향로 이야기를 하였다.

"얘야, 아무래도 나는 틀렸다. 네가 향로를 찾아라. 휴우, 향로에다 향을 피우고 우러르면, 돌아가신 넋들이 돌아오신다. 누구보다 먼저 억울하게 돌아가신 넋들이…… 검님께선 그 넋을 깨끗이 씻어 좋은 데로 보내주시지. 동네마다 당산이 있고, 천지에 산신님, 칠성님, 서낭님…… 그러구 또 용왕님이 계시지 않느냐. 얘야, 검님 아니고는 사람 마음을 다스리고 합칠 수 없다. 귀가 닳도록 얘기했잖으냐? 세상엔 그릇된 게 없지 않지만, 칼로는 원한만 쌓을 뿐이라구…… 삼

한 땅 사람들은 모다 단군님 자손이요 같은 검님을 섬겨왔
다. 열심으로 치면 신라가 제일 더하면 더했지…… 저 화랑
이 누구냐. 명산대천 검님을 모시는 꽃다운 젊은이들이다.
아이구, 왕실 무너지고 나라 망해도 이 땅 천지 신령님은 우
리를 돌보신다. 후유, 천지가 있는 한, 우리 얼 속에 살아 이
끄신다. 물참아, 네가 내 대신 꼭, 향로를 찾고, 모시어야
한다……"

　어머니는 그날 밤, 물참의 손을 잡은 채 마지막 말을 하
였다.

　"너를, 내 배로 낳게 해주셔서 고맙다고, 평생 용왕님께 절
을 드리며 살았다. 지금 네 아버지 손도 잡고 싶구나…… 나
를 바라보던 눈빛, 그 따스한 손길이 그립구나……"

　평화로운 시절이 돌아와 백강 가 풀밭에서 어머니와 함께
강강술래를 다시 보고 싶었다. 그러나 그 바람은 영영 이루
어질 수 없게 되었다. 물참은 오래 울었다.

　어머니의 묘는 생전의 원대로 오합사 가까운 곳, 오서악
을 향한 자리에 모셨다. 장례를 마치고 집에 돌아와 어머니
가 늘 누워 있던 자리를 우두커니 보고 있자니, 어머니의 말
이 다시 들렸다. 검님 아니고는 사람 마음을 다스리고 합
칠 수 없다…… 천지가 있는 한, 우리 얼 속에 살아 이끄신

다…… 늘 들어온 말인데도 새롭고 절절하게 다가왔다. 그
토록 향로를 찾은 뜻이 가슴에 와닿았다. 망가진 육신에 갇
혀서도 어머니는 언제나 얼과 넋을 보고 계셨다. 얼이 통하
고 넋이 위로받는 세상을 그리셨다. 너무 멀리 있지만, 그 세
상은 물참 자신도 그리는 곳이었다. 어머니가 이승을 뜨고
나서야 생각이 거기에 미치는 자신이 부끄러웠다. 참으로
어리석고 모진 자식이었다.

　모루와 둘이 오서악에서 향목香木을 세 그루 베었다. 말로
끌어내는 걸 본 농장 사람들이 도와주어 같이 날라다 갯벌
에 묻었다. 산에서 내려오는 민물과 바닷물이 만나는 데였
다. 비록 개수는 적으나 오랜 세월이 흐른 뒤 요행히 하나라
도 발견돼 향으로 살라져서, 어머니가 미륵불이든 하느님이
든 만나 뵙고 그 세상에서 평안히 사시기를 빌었다.

　보통 절과 마을이 합심하여 하는 일이지만, 어머니의 향
로가 나타나기를 고대하며 그렇게 하였다.

　철이 몇 번 바뀐 뒤, 전에 오서 농장을 관리했던 마름이 와
서 형의 말을 전하였다.

　"이번에 제가 사비에서 부르기에 다녀왔는데, 어째 통 소
식이 없느냐며 궁금해하셨습죠. 나라 사정이 어려우니까 인

제부터 농장의 땅하고 사람을 잘 다스리라구, 그렇게 전하라구 하셨습죠. 가을에 추수가 끝나면 갈무리를 하러 사비성으로 오라고도 하셨구요. 제가 모자라서 말씀을 똑바로 전했나 어쨌나 모르지만, 아무튼 시킬 일이 있으면 소인을 부르십쇼."

물참은 알았다고만 하였다.

이사를 왔을 적부터 마름은 물론 오서 집안 땅에서 살아온 이들이 모두 물참의 눈치를 보았다. 그러나 그는 모른 체하였다. 형이 싫어할 일이라 애초부터 관심을 끊고 있었고, 이제 와 형이 웬일로 그 일을 시킨대도 마찬가지였다. 집안이 대대로 차지한 땅을 나라가 망해 잃어버렸으면 그것으로 끝이었다. 형이 도독부 권력자가 되어 도로 되찾은 듯이 군다면, 염치없고 마땅치 않은 노릇이었다.

그도 그렇지만, 사람을 강제로 부리며 남의 재물 요구하는 짓을 정말 더는 하고 싶지 않았다. 나라를 되살리기 위한 일이기는 했으나 부흥전쟁 때 너무도 많이 한 탓이었다. 도대체 전쟁과 궁핍에 시달려 목숨을 잇기도 어려운 백제 땅에서 백성들한테 어떤 걸 대가로, 더 무엇을 요구한단 말인가.

갯가 모래 바탕에서 물고기 말리는 덕장 만들기를 도와주다 쉬고 있는데, 우르르 일어나 굽신거리는 어부들 사이로 천득이 나타났다.

그는 제법 번듯하게 차려입고 있었다. 못 보던 옷감인데다 칼집이 달린 가죽 허리띠도 귀해 보였다.

둘은 회이포가 한눈에 보이는 둔덕에 앉았다. 밀물 때라 갯골에 바닷물이 차오르고 있었다.

천득이 말했다.

"고구려의 대막리지가 죽었다는데, 알고 있나?"

"들었네. 거참 큰일일세."

"그게 어째 큰일이라고 생각하나?"

정말 몰라 물을 리는 없고, 그의 말버릇인 듯했다.

"고구려가 혼란스러워질 테니 큰일 아닌가? 백제 망할 적에 고구려가 돕지 않은 건 그때 사정이 있었다손 치더라도, 앞으로 우리와 힘을 합쳐야겠다고 여길 때가 올지도 모르는데, 그러자면 고구려가 안정돼 있어야 하지 않겠나?"

천득의 눈이 휘둥그레졌다.

"설마 자네는, 고구려가 정말 그럴 거라고 여기나? 아니 그렇다 쳐도, 지금 백제가 고구려와 손을 잡을 수 있는 형편이라고, 그리 생각하는 겐가? 부흥전쟁에 패했을 때 고구려로 간 풍왕하고 왜국으로 간 부여용扶餘勇 왕자가 두 나라 군사들을 데려와서 백제 재건할 날을 기다리는 사람도 보기는 했지만, 솔직히 난 좀 어이가 없네."

"내가 굳이 그 두 분께 기대하는 건 아닐세. 아직도 백제를 포기하지 않은 동지가 많은데, 하느님이 도우셔서 우리가 다시 뭉치고 고구려나 왜가 돕는다면 부흥전쟁이 다시 일어나지 말란 법도 없다는 생각을 한다네. 그렇게만 된다면 자네와 나는 또 주류성 같은 데서 만나겠지."

예전 이야기를 하니 조금 전의 놀람이 쑥스러운지 천득은 잠시 표정을 다스렸다.

"자네가 어째 큰일이냐고 그러니 말이지, 당이 또 군사를 일으킬 테니 그것도 큰일일세. 당나라 이전부터 그들이 고구려 공략에 여러 번 실패했는데, 다시없는 기회가 온 셈이지. 그러려고 백제도 무너뜨린 게 아닌가? 도독부는 말할 것 없고 신라가 또 꼼짝 못 하고 군량까지 날라다 원정군을 먹여줄 테니, 기어이 다시 군사를 일으킬 걸세. 그러면 우리 삼한 전체가 당나라의 전쟁에 휩쓸려 전처럼 병사로 끌려가 화살받이가 되든지, 굶주린 배로 나귀처럼 전쟁 짐을 나를 테지."

"자네도 그 걱정을 하고 있구먼. 아닌 게 아니라 도독부에서 전쟁 물자 거두어들이라고 명을 자주 내리고 있다네. 한데 도독부 힘이 미치는 땅이 과연 얼마나 되나? 신라가 부흥전쟁 끝나고부터 저 남쪽에서 백제 땅을 좀벌레처럼 갉아먹다가 요새는 부쩍 더 심해졌네. 그래서 얼마 전에 유인원 칙사 지휘로 도독(부여융)께서 신라 문무왕과 함께 웅진 취리산에서 백마의 피를 마시며 화친 맹세까지 했지."

당나라가 도독부와 신라 간에 땅 싸움 안 하겠다는 맹세를 또다시 시킨 모양이었다. 장소를 바꾸면서 여러 족속이 모여, 딴 속셈으로 맹세를 되풀이하는 꼴이 새삼 우스웠다. 이번에도 어김없이 하느님과 산천의 신령님께 제사를 드리며 맹세하여, 그들도 검님 섬기는 모양새를 꾸몄을 터이다.

천득은 연방 걱정을 늘어놓았다.

"황제는 맹세만 하면 도독부가 예전 백제 땅을 모두 다스리는 줄 알지만 어림도 없네. 하긴, 신라도 딱해. 여기 주둔하는 당나라 군사를 여러 해 먹여 살린 데다 평양성에 닥칠 당군의 엄청난 군량과 전쟁 물자를 번번이 마련하자니, 이제 신라 곳간도 바닥나고 백성들은 진이 다 빠졌을 테지. 그래서 말인데, 머지않아 놈들이 반드시 이 부근까지 넘성거릴 거야. 엊그제 저 아래 사포현*과 비물현** 현령들께서 아버

* 충남 보령시 웅천읍 지역.
** 충남 서천군 비인면 지역.

둘째 날

지를 찾아오셨는데, 어른들 걱정이 태산이었네. 운수 사납게 유독 이 근방이 두 세력이 부딪치는 장소가 될 거라는 말씀일세."

천득은 잠시 말을 멈추고 물참의 눈치를 살폈다.

"실은, 그분들께서 나더러 자네를 만나 부탁 좀 해보라고 명하셨다네."

"나한테 부탁이라니, 그럴 일도 있나?"

"이거 참, 어른들 말씀이니 어쩔 수도 없구…… 사실 자네 집안 농장과 우리 현이 맞붙어 있어 전부터 거북한 게 없지 않았는데, 이젠 걷잡기 어려워지고 있다네. 조세도 철저히 받지 않고 부역負役도 별로 없으니, 자네네 농장으로 백성들이 자꾸 옮겨 가서 다른 현들이 곤란해지고 있네. 현이라는 게 죄다 손바닥만 한데, 이 판국에 백성이 줄어드니 현령들께서 왜 걱정이 안 되시겠나?"

"그런가? 내가 그걸 어찌 막겠나? 백성들 마음이 그런걸."

"오서 농장을 딴 곳과 똑같이 다스려주면 되네. 그러면 옮기는 자가 적어지고 다른 데 백성들 불만도 줄어들 테니 말일세. 그러잖아도 주부님께서 자네한테 곧 무슨 지시를 할걸세. 도독부가 어째볼 땅이 얼마 안 되니까."

"백성이 얼마나 옮기기에 그러나 몰라도, 합당한 방책 같지 않으이. 제 발로 돌아다니는 백성들을 막기도 어렵고, 막는대도 이득이 커 보이지 않네. 농장이라는 게 규모가 크지 않으니 말이지. 하여간, 자네가 알다시피 나는 형하고 생각이 다르네. 땅에 관심도 없고. 그래서 농장에 전혀 상관하지 않고 있으니, 내가 해줄 일도 없구먼."

천득은 이해 가지 않는 표정이었다.

"아니, 상관하지 않는다니, 농장을 관리하고 있지 않은가? 말도 제법 눈에 띄고, 밭이며 논도 전보다 늘어났던데?"

"그건 거기 사는 백성들 것일세. 얼마 전에 형이 갑자기 나더러 관리를 하라고는 했으나, 난 그럴 생각이 없네. 누군가 그간 주인 노릇을 했다면 그 사람을 찾아가 부탁하게."

"그 땅에 백성 것이 어디 있어? 말로야 모두 도독부 것이지만, 주부께서 주장만 하면 죄다 오서 집안 것이지. 그러면 조세는 그렇다 쳐도, 거기 백성들이 자네한테 가져오는 것도 없단 말인가? 자네는 그럼 무엇으로…… 살아가나?"

물참은 웃기만 하였다.

천득이 도무지 납득하지 못하겠다는 표정으로 연방 머리를 갸웃거렸다. 마침 갯벌에서 조개를 잡아 가지고 오던 모루가 천득을 알아보고 허리를 꾸벅하였다. 이사 비용을 마련하느라 팔지 않을 수 없었던 모루의 갈색 말이 생각났다.

갯벌을 덮어오는 밀물이 노을에 젖고 있었다. 물참이 좋아하는 광경이었다.

"천득이! 자네는 장차 어찌 될 성싶은가? 만약 고구려까지 망하면 삼한 땅에서 영영 전쟁이 끝날까? 그거야 정말 바라는 일이지만, 그러면 우리가 당나라 사람, 그것도 마냥 당에게 피를 빨리는 그 나라 하층 족속이 되고 마는 게 아닐까? 끝내 나라도 없고 제 족속 이름조차 잃어버린 채 멸시나 당하며 살게 되지 않을까?"

물참이 막막하여 물었다. 하지만 바다 쪽을 보며 천득은 중얼거리듯 대꾸했다.

"잘 모르겠네. 요새 나는 그리 거창한 걸 생각하면 골부터 아파. 어떤 세상이 되든지 간에 사람 사이에 잘 살고 못 살고, 다스리고 다스림을 받는 거야 어쩔 수 없지 않나?……까놓고 말해, 자네가 스님도 아니면서 어쩐지 오합사 스승님 비슷해지는 모습도 좀 그렇고……"

해가 수평선을 넘어갔다. 아직 어둠이 내리기 전, 만물이 노을빛을 머금은 채 그림자 없이 밝은 때였다. 너그러운 손길이 아득히 먼 곳에서 하루의 마지막 빛으로 세상을 쓰다듬는 듯하였다.

"농장 문제는, 내가 주부님을 찾아가서, 사비에 직접 가 부탁드려보는 수밖에 없군. 어찌 생각하나?"

천득은 자기 일에만 관심이 있었다. 뜻대로 하라고 하였다.

산이

어머니가 돌아가신 후 물참은 칼을 보이지 않는 데 두었다.

그는 회이포 바닷가를 마냥 돌아다니거나 하루 종일 누워만 있다가, 모루가 어찌어찌 먹을 걸 마련해놓고 흔들어야 겨우 일어나 조금 입에 대었다. 어부들의 일을 도와주다 어울려 술을 마시고 아무 데나 쓰러져 자기도 했다. 몸이 날로 야위었다.

하루는 오서 농장에 사는 푸새가 얼룩덜룩한 말을 한 마리 데리고 왔다. 재작년에 얻은 새끼가 자랐다면서, 자기가 길을 들여놓았으니 타던 말은 모루한테 주고 이 얼룩이를 타고 시루성에 가자고 하였다.

"부흥군에 나갔던 사람들이 거기서 가끔 모였습니다. 요새는 다른 사람들도 여럿 오고 있습죠. 고구려가 망한다 그러고 구실아치들이 못살게 구는 데다, 요즘엔 바닷가에 강도 놈들까지 날뜁니다. 회이포는 동네가 커서 조용한가 본데, 다들 당최 어째야 좋을지 모르겠으니 꼭 모시고 와야 한다고들 그럽니다. 차돌이가 오겠다는 걸, 말 때문에 제가 왔습니다."

딱한 노릇이었다. 자기라고 무슨 방도가 있을 리 없으나 모른 체하기 어려웠다. 물참은 칼을 꺼내어 손질하고 오랜만에 무사 차림으로 푸새를 따라나섰다. 나들이라도 가는 듯 모루의 얼굴이 펴졌다.

가을 해가 뉘엿할 때 떠났기에 푸새가 지름길로 들어섰다.

산도 험하지 않고 어디쯤인지 대강 짐작이 가서 그냥 앞으로 나아갔으나, 재를 하나 넘으면 다른 재가 나오고 가시덤불이 연이어 앞을 가로막았다. 당황한 푸새가 칼을 꺼내 덤불을 쳐내며 길을 열었다. 길을 잃은 셈이었다.

말과 사람이 덤불에 자꾸 상처를 입었다. 하는 수 없이 말에서 내리니 낙엽 더미에 발이 푹푹 빠졌다. 회이포 부근에 그리 깊은 산이 있는 줄 몰랐다.

산 그림자가 골짝을 덮기 시작했다. 오늘 저녁 시루성에서 사람들 만나기는 점점 어려워져가고 있었다.

바위 너덜이 앞에 나타났다. 나무가 없어 트인 하늘에 흰 구름이 딴 세상처럼 한가로웠다. 너덜 아래에 억새를 얹은 지붕이 보였고 사람 소리 같은 게 들렸다. 모루가 저기서 쉬어가자는 손짓을 하였다.

낯선 곳이면 언제나 그러듯이, 세 사람은 먼저 말을 숲 그늘에 묶어놓고 소리 없이 다가가 집 안을 엿보았다. 의외로 마당에 당군 옷을 입은 자 둘이 보였다. 머리가 허연 사람을 나무에 묶어놓고 당나라 말로 닦달하는 참이었다. 묶인 사람은 피투성이였다.

산속 외딴집에 어른거리는 당군이라면, 부대를 벗어나 딴 짓이나 벌이는 말종들이 틀림없었다. 그런 자들이 백제 땅에서 멋대로 날뛴 지가 벌써 여러 해였다. 모루가 떫은 표정을 지었다. 아주 못마땅하다는 표시였다.

물참은 죽어가는 사람을 살릴 방도나 궁리하고 싶었으나 모루가 벌써 활에 살을 메겨 들고 돌담을 에돌아 접근하고 있었다. 하는 수 없이 푸새와 반대쪽 추녀 밑으로 갔다. 뚫린 창 너머로 망치와 정 따위가 든 연장 망태기가 보였다. 농사만 짓는 집이 아닌 듯했다.

옆에 붙은 헛간으로 옮겨 가다 보니 마당에 당나라 군사 하나가 더 보였는데, 나무에 묶인 사람은 이미 초주검 상태였다. 세 놈이라면 모루 혼자 감당하기 어려웠다. 물참은 칼을 뽑아 들었다.

공격할 틈을 찾으려 헛간에 들어서니 그 안에 웬 떠꺼머리가 웅크리고 있었다. 그는 눈물이 범벅된 얼굴로 부들부들 떨다가 물참을 발견하고 멍하니 쳐다보았다. 이내 그의 눈길이 물참의 칼에 멎는가 싶은 찰나, 다짜고짜 제 손에 들었던 낫을 부르쥐며 마당으로 튀어 나갔다.

돌연한 그 행동에 물참과 푸새가 놀랐다. 내닫는 품새가 어설프기 짝이 없어, 도와달라는 거나 같았다. 당나라 놈들이 떠꺼머리를 흘낏 보더니 덤벼보라는 듯 낄낄거렸다. 물참이 늦기 전에 마당으로 따라나섰다.

그들은 상대가 되지 않았다. 물참이 먼저 걸린 놈의 배에서 칼을 빼며 돌아보니, 모루도 한 놈을 해치우고 숲으로 도망치는 마지막 놈을 향해 화살을 날리고 있었다.

물참에게 칼을 맞은 당군이 숨을 헐떡이며 당나라 말로 무어라 애원하였다. 지금 그자와 자기 사이, 죽는 사람과 죽이는 사람 사이는 까마득히 멀었다. 전쟁은 계속되고 있었다. 그와 자기의 처지를 나눈 것은, 이 자리에 있지 않고 눈에 보이지도 않는 무엇이었다. 당자는 잘 알지도 못하는, 혼자 힘으로 어쩌기 힘든 무엇이었다. 너와 내가 지금 여기서 이렇게 마주치지 않았더라면…… 물참은 그의 고통을 줄여주었다.

떠꺼머리가 제정신이 돌아왔는지 아버지, 아버지 외치며 달려갔다. 나무에서 풀어내는 걸 도와주던 푸새가 역정을 내었다. 개만도 못한 뙤놈들! 뭘 처먹겠다고 이 산속까지 와서…… 그의 눈길이 떠꺼머리한테 멎었다. 물참도 놀랐다. 체구가 작았지만 그는 총각이 아니라 어깨가 도톰하고 막 피기 시작하는 처녀였다.

처녀의 아비는 온몸이 짓이겨져 있었다. 얼굴의 피를 닦자 간신히 눈을 떴다.

"잘못했어요, 아버지! 끝까지 숨어 있으라구 그래서…… 제가 그랬잖아요, 놈들이 또 올 테니 여길 뜨자구……"

처녀가 흐느끼며 몸부림쳤다.

아비를 방으로 옮겼다. 삿자리가 깔린 방에서 흙내가 몹시 났다.

셋은 밖에 나와 물을 마셨다. 몸 여기저기서 피가 났다. 아까 가시덤불에 긁힌 상처였다. 부엌 아궁이에서 재를 가져다 서로 발라주었다.

아비가 무어라 웅얼거리는 소리가 났다. 세 사람은 말을 들으려고 다시 다가가 귀를 기울였다. 그가 둘러앉은 사람들을 두리번거리더니 가까스로 손을 들어 문 쪽을 가리키며 중얼거렸다. 가거라…… 가라…… 딸은 무얼 알아듣는 모양이나 대꾸하지 않았다.

두 사람을 그냥 두고 떠나기 어려웠다. 아비가 위독한 데다 아까 도망친 놈이 마음에 걸렸다. 날도 이미 저물었다.

딸이 저녁을 짓는 동안, 당나라 군사의 시체를 옮겼다. 물참은 자기 칼에 맞은 주검에서 흐르다 굳은 피를 오래 바라보았다. 그런 적은 처음이었다. 모루가 골짜기에 그냥 던져버리자는 걸 땅을 대충 파고 흙으로 덮어주었다. 배를 타고 멀고 먼 다른 족속의 나라까지 와서, 불쌍하게 죽은 목숨이었다.

어둠이 내렸다. 모루가 말을 데려다 먹인 뒤 가까이에 두고, 딸은 고콜에 관솔불을 켰다.

물참이 불을 훅 불어서 껐다. 아까 도망쳤던 놈이 불꽃을 과녁 삼아 화살을 날리거나 칼을 들고 뛰어들지도 몰랐다.

희미한 달빛에 앞마당이 물에 잠긴 듯 떠올랐다. 수수밥의 껄끄러운 감촉이, 그러나 구수한 맛에 묻혀 목으로 넘어갔다. 짜디짠 산나물 장아찌도 입에 달았다.

딸이 밥을 물에 풀어 아버지 입에 흘려 넣었다. 그러나 몇 번 삼키는 듯싶다가 고개를 툭 떨어뜨렸다. 딸은 꺼이꺼이 울었다.

주검 옆에서 칼잠을 잔 뒤 이른 아침 장사를 지냈다. 딸이 이끄는 대로, 주검을 이불에 싸서 집 뒤 등성이로 올라갔다.

거기에 작은 무덤이 있었다. 어머니의 무덤이라고 했다. 그 옆에 아비를 묻었다. 딸은 또 섧게 울었다.

무덤 둘이 나란히 솟은 걸 보며 돌아서다가 물참은 그 자리에 우뚝 서고 말았다.

건너편 산비탈에, 아침 햇살을 받으며 거대한 석상이 서 있었다. 하얀 바위 속에서 아직 나오는 중이라 얼굴이나 몸태가 또렷하지 않았으나, 손을 모으고 앞을 응시하는 자세는 부처님이었다.

가파른 기슭에 집채보다 훨씬 큰 바위가 솟아 있었던 모양이다. 그것을 조각하기 위해 오르내리는 디딤판이 어지러이 매달려 있었다.

모루와 푸새도 그 크고 장엄한 모습에 놀라 말이 없었다.

"아버지가 저 부처님을 지었느냐?"

눈이 퉁퉁 부은 얼굴로 딸이 대답했다.

"예, 아버지가 돌장이예요. 여기 눌러살며 몇 해째 저 미륵부처님을 새기셨지요. 식구들 극락 가구, 전쟁 멈추어달라구……"

"저게 미륵부처님이고…… 식구가 더 있었구나."

"오라버니 둘이 전쟁 나갔는데, 아들들 못 보고 작년에 어머니가 세상을 떴구먼유."

부처는 흰 돌에 묻힌 눈으로 먼 하늘을 응시하고 있었다. 아니, 보는 이를 마주 보며 어루만지고 있었다.

두 무덤이 있는 자리는 부처님이 잘 보이는 데였다. 이제 부부는 나란히, 밤낮으로 미륵부처님을 바라볼 것이다.

떠날 준비를 하는데, 딸이 어디서 씨앗 오쟁이를 내다 풀더니 조, 수수 따위를 자루에 쏟았다. 그 자루에 멜빵을 걸어 등에 지고, 아버지 연장 망태기를 가져다 나뭇간 구석 솔가리 속에 감추었다. 집을 나서는 채비였다. 가거라, 가라…… 어제 아비가 그랬었다.

집을 떠나며 물참은 부처를 다시 보았다. 아까와는 달리 미륵부처가 돌 속에 단단히 갇혀 있는 성싶었다. 누군가 돌장이 대신 돌 속에서 꺼내드려야 할 것 같았다. 물참은 잠시 멈추어 서서, 죽은 돌장이가 식구들과 함께 이 사바 세상을 떠나 미륵부처님의 복된 세상에 새로 태어나기를 빌었다.

산길을 벗어나 말에 오르기 전, 물참은 딸의 이름을 물었다. '산이'라고 했다. 갈 데가 있느냐고 하자 고개를 저으며 푹 수그렸다.

"어디에 일가붙이라도 없느냐?"

"이모가 하나 있었어요. 산에 들고부터는 소식이 끊어
져서……"

"그러면 무엇이든, 네가 바라는 걸 말해보거라."

"산에서 먹을 것만 찾으며 살아서, 어디 가서 길쌈이라도
배웠으면 싶은디……"

보낼 데가 나서지 않았다. 모루가 우선 회이포에 가 있으
면 어떠냐고 의견을 내었다. 그러더니 대답도 안 듣고 어디
쯤 가서 어디를 물어 찾아가라고 일러주었다. 그답지 않게
자상했다. 산이는 못 알아듣고 송아지 같은 눈을 굴리기만
했다.

모루한테 산이를 일단 집에 데려다놓은 후 시루성으로 따
라오라고 일렀다.

시루성은 후미진 냇가에 있는 작은 토성이었다. 누에처럼
생긴 산줄기가 큰 내와 만나며 깎여 나간 벼랑 위에 있었다.
마루에 둥글고 길쭉하게 올라 앉아 커다란 시루처럼 보였는
데, 앉은 자리가 그리 넓지 않아도 삼면이 가팔랐다. 시야가
트여서 골짜기 초입을 지킬 목적으로 지었을 법하나 버려진
지 오래였다. 방어하기 좋도록 문이 하나뿐이며 작았는데,
성벽 한 귀퉁이가 금 가고 기울어져 조금 위태로워 보였다.

물참은 전에 그 성을 가끔 지났지만, 들어가본 적이 없어 쓰러져가는 빈집 같을 줄 알았다. 하지만 성 주변에 못 보던 의지간이 여럿 서 있는 데다 아이들이 뛰놀아 작은 마을 같았다. 물동이를 이고 냇가에서 벼랑을 오르던 아낙이 이마로 흐르는 물을 훔치며 눈인사를 했다. 바닷가는 안심할 데가 없다더니 여기로들 피한 모양이라고 푸새가 말했다.

성안에 들어서자 마당을 가운데 두고 성벽을 따라 몇 채의 집과 짐승 우리, 헛간, 부뚜막 따위가 벌여 있었다. 모두 낡고 허술해도 살림살이가 있어 사람 사는 데 같았다.

성벽에 붙어 있는 가장 큰 집은 성과 한가지로 온통 흙으로 지었고 지붕이 평평했다. 그곳은 사다리로 올라 밖을 살피는 망대를 겸하고 있었다. 그 안에서 왁자지껄 떠드는 소리가 났다. 차돌의 목소리도 들렸다.

물참은 도착을 알리려는 푸새를 막았다. 그들이 마음대로 하는 말을 듣고 싶었다.

오는 내내 산이 아버지가 짓다가 만, 돌에 갇힌 부처가 마음에 떠나지 않았다. 부처님이나 검님이면 몰라도, 내가 무슨 도움을 줄 수 있단 말인가. 기약이 없더라도 붙잡을 그 무슨 희망인들 지금 남아 있단 말인가.

"연개소문의 아들이 당나라 앞잡이가 되어 동생들과 싸울

줄 누가 알았겠어? 그나저나 고구려가 금방 망할 리 없으니, 당나라 등쌀에 전쟁 뒷바라지하느라고 우리만 모조리 뒈지겠구먼."

"고구려가 금방 망하지 않는다구? 그 소문 못 들은 모양이네그려. 고구려에서 힘깨나 쓴다는 자들이 자기 패를 끌고 신라로 넘어오고 있다네. 그러면 알조지. 고구려는 얼마 못 갈 게야. 그거나 바라야지, 뭐."

"다스리는 놈들끼리 지랄을 떨든 말든, 난 이번엔 절대 안 끌려갈 거구먼. 지난번에 평양까지 갔다 살아 돌아온 게 열에 한둘인데, 이 나이에 하느님께서 날 도우셨지. 어머니가 그토록 위하시던 조왕님도 도왔을 테구. 한데 그분들 도움도 한 번이지 두 번이겠어? 어째서 우리가 고구려 사람들한테 칼을 들이대며, 노새처럼 되놈들 전쟁 짐을 나르다 죽어야 해? 또 영이 내리면, 이번에는 호랑이가 득실대는 깊은 산에 들어가거나 아득히 먼 섬으로 숨을 테야. 예서 죽으나 제서 죽으나 죽기는 매일반이지."

"어이, 쌍둥이 아베! 독장이가 어딜 간다구 그려? 독 굽는 가마를 지고 가려구? 독은 어디서 팔구? 그러지 말고, 동생이나 어서 도망 보내라구. 다음번에 둘 다 끌려가는 꼴 당하지 않게시리."

"그런데 고구려까지 망하고 나면 신라는 무사하려나? 범을 집안에 들이면 식구가 다 잡아먹힌다는 말이 있잖어? 당나라한테 신라 놈들 저희까지 당하면 그거 참 고소하겠구먼. 하여간 똑같이 상투 틀며 사는 것도 비슷한 세 나라가 밤낮 서로 물고 뜯다가 되놈들한테 몽땅 망하면 그 꼴 참 볼만하겠다!"

"그나저나 지금 당장 시달리고 굶어 죽는 판에, 나라 얘기는 해서 무얼 해! 우리한테 나라가 해준 게 뭐여? 농사지어 놓으면 빼앗아가고, 성을 쌓네 싸움을 합네 하고 붙들어 가기만 했지! 잠 안 올 때 가만히 생각해보면, 요새는 내가 어느 나라 백성인지두 모르겠더라구. 여보게들, 우리가 어느 나라 백성이라나? 도독부가 있구 현령이 있으니 우리가 당나라 사람이 된 건가?……"

"자네만 그런가? 나도 옛날엔 신라가 원수라며 이를 갈았는데, 인제는 그런 걸 따지는 짓거리두 실없는 노릇 같어. 누가 충신이면 뭘 허구 역적이면 뭘 헌다나?"

"그래도 신라하고 당나라가 우리 원수는 원순데, 자네 말이 옳으이. 목숨이 간당거리는 판에 뭘 따지겠어? 하여간 그래서 이렇게 물참님을 기다리는 건데…… 소문난 장수이니, 목숨이라도 이어갈 방도를 가르쳐주시겠지."

"그런데, 요새 바닷가 휩쓸고 다니는 도둑놈들은 도대체 누구여? 저 아래 남쪽에선 전부터 왜놈들이 극성이라는데, 그놈들이 인제 여기까지 오나?"

"형씨는 엊저녁에 여럿이 떠들 때 잠을 주무셨나? 으응, 아침에 온 모양이구먼! 얼굴을 가리고 밤에 몰려다녀서 분간이 안 가도, 말소리가 근처 사람은 아니라구들 그래요."

"놈들이 왜 밤에만 돌아다닐까? 하여간 어떤 놈이든 내 손에 걸리기만 해라! 모가지를 비틀어버릴 테니까. 어차피 이 판사판인디, 나더러 누가 뭐라겠어? 좌우간 살아남는 놈이 착한 놈 아녀?"

말을 들으며 물참은 마당 한쪽에 우묵하게 만들어놓은 웅덩이 비슷한 것을 물끄러미 바라보았다. 성에 갇혀 바깥의 냇물을 길어 오지 못할 때, 샘이 없으니 빗물을 받아 먹으려는 시설이었다. 다행히 비가 와준대도 몇 사람이 열흘을 버티기 어려워 보였다.

그날 점심 무렵, 시루성 안에는 나이 가림 없이 서른 가까운 사람들이 모였다. 생각보다 수가 많았지만 기운을 쓸 사람은 적었다. 거의 머리가 희끗거리거나 아직 어린애였고 여자도 여럿 섞여 있었다.

그들은 재우쳐 물었다. 도무지 먹을 게 없고 맘 놓고 붙박여 살 데마저 없으니 어째야 합죠? 물참이 도술이라도 부려주기를 바라는 얼굴들이었다.

"나는 전부터 고구려가 백제를 돕지 않은 걸 원망하며, 늦게라도 그랬으면 하고 바랐다네. 그런데 이젠 고구려까지 망하게 생겼으니 어쩌면 좋은가? 그렇지만 하늘이 무너져도 솟아날 구멍은 있다네. 밤이 깊으면 새벽이 오듯이, 싸우기만 하다간 나중에 모두 다 망할 테니, 생각을 돌이켜 같이 살 길을 찾을지도 모르지. 어떻든 좋은 날이 오긴 올 테니 서로 의지하며 견뎌보세. 나라가 망한 뒤로 백제 백성이 얼마나 불쌍하게 살았나? 우리가 가엾어서라도 검님께서 도와주실 걸세."

처음 보는 사내 하나가 퉁명스레 말했다.

"이 땅에서 검님이 어디로 떠난 지는 오래됐습죠. 우리 손으로 원수 갚고 본때를 보이는 수밖에 없어요. 안 그래요?"

몇 사람이 고개를 끄덕였다.

머리에 흰 터럭마저 거의 남지 않은 노인이 멀찍이 앉아 있다가 눈물이 그렁그렁한 눈으로 중얼거렸다.

"아암, 우리가 가엾고 불쌍허다마다…… 다들 지발, 싸움질 좀 그만해야 쓰는디……"

그날 물참은 도둑들을 막고 피할 조직을 짰다. 사는 곳과 전투 경험을 살펴서 연락 책임자 몇 사람을 지명하고, 그들을 '구디'라고 이름 지었다. 또 그들이 듣본 것을 모으고 퍼뜨리는 중심 역할을 차돌에게 맡기며, 무기로 쓸 만한 게 있으면 챙겨두거나 시루성에 모으라고 일렀다.

딴 길이 보이지 않았다. 하루하루 목숨을 연명하는 일, 이제 그마저 힘에 겨웠다.

시루성에 자주 모이던 어느 하루, 푸새 옆에 한 사람이 단정히 서 있었다. 온통 검게 입은 젊은이였다. 머리칼을 땋지 않고 풀어 헤쳤으나 금세 빗은 듯 정갈했다.

푸새가 말하기를, 오서악 깊은 데 살며 가끔 저자에 나오는 약초꾼 아들인데, 아비가 말을 구하러 왔다가 말결에 물참님 이야기를 듣더니 보냈다고 하였다. 도사 같은 분이라고 했다.

젊은이의 이름은 고랑달이었다.

"고랑달이라…… 흔한 이름이 아니구먼. 아버지께서 지었을 테니 '푸른 혼령'이라는 뜻이겠구나."

"그렇습니다. 남들은 '푸른 산'이라 여기지요."

그는 산에서 자란 사람답지 않게 육색이 흰 데다 몸집

이 홀쭉했다. 아직 어려 보여 나이를 물으니 열네 살이라고
했다.

"말값이 적지 않을 텐데, 아버지께서 너한테 왜 말을 사 주
었나 모르겠구나."

"약초만 찾아 헤맬 게 아니라 밭농사도 짓고 싶었죠. 또 제
가 산속에 살기 싫다고, 사람 사는 데 나다니며 여러 가지 배
우고 싶다고 졸랐습니다."

그가 서슴없이 말했다. 겨우 아이 티를 벗은 음성이었다.

"그러냐. 허면 네가 잘못 왔구나. 여기는 무얼 배우는 데가
아니라 도둑을 쫓으려고 모이는 곳이다."

"저도 준비를 했습니다. 칼은 부흥전쟁 나갔던 숯막지기
한테 조금 배웠지요. 등에 꽂은 이것은 제가 만든 창입니다.
짐승 잡는 데 썼습죠."

그는 과연 작은 칼을 차고 있었고, 등에 비스듬히 멘 것의
뾰족한 끝이 어깨 위에 솟아 있었다. 단창이었는데, 흔한 무
기가 아니었다.

"내 말은 그런 뜻이 아니다. 나는 가르칠 게 없고, 여기는
사는 데 필요한 걸 배울 만한 데가 아니란 말이다."

"장군님은 전쟁을 수없이 겪은 싸울아비라는데, 왜 가르
칠 게 없다 하십니까? 지금 세상에 배울 것으로 무술이 최고

둘째 날

아닙니까?"

'말을 칼로 하는 세상'에서 자란 사람다운 말이었다.

"장군이라…… 세상엔 무술 말고 중한 게 많다. 네 아버지
가 위하는 검님이 있느냐? 아버지 따라서 위하며 배우는 것
도 소중하단다."

"칠성님을 위하시는데, 사람의 복과 수명을 좌우한다지만
사는 데 별 소용이 없습니다. 밤낮으로 절 올리고 때마다 빌
어도, 먹을 것도 주지 않고 닭 잡아먹는 살쾡이 놈 붙잡을 꾀
도 주지 않습니다. 장군님은 제가 마음에 들지 않으십니까?"

그의 말에 푸새가 입이 벌어졌다.

물참은 어쩐지 고랑달이 마음에 들었다. 그러나 내색은
하지 않고, 아직 춥지 않으니 이 성에서 얼마 동안 지내보라
고 하였다.

잠시 지켜보다 스승께 보내면, 고랑달이 배울 만한 걸 찾
아주실 터였다.

둘째 날 낮후

시루성

형의 주검을 찾지 못한 채 도독성을 나설 때, 한낮이 기울고 있었다.

거기서 시루성까지는 그다지 멀지 않았다. 그러나 물참은 아주 멀게 느껴졌다. 푸새의 말에 비끄러매여 있는 볏섬, 형의 주검을 담으려던 그게 자꾸 거슬려서 버리도록 하였다. 정성 들여 만든 그것은 숲의 낙엽 더미에 떨어지자 한갓 지푸라기 뭉텅이처럼 보였다.

갑자기 바람이 일더니 해가 멀쩡한 하늘 가득히 소나기가 쏟아졌다. 수풀이 자다 놀란 듯 진저리를 쳤다.

가까운 냇가에서 비를 그었다. 말이 물을 먹는 옆에서 사람도 씻고 마셨다. 기분이 좀 나아졌다.

빗줄기가 거세지며 안개가 일었다. 빗물이 사정없이 듣는 나무 밑으로 들어서자 과녁빼기에 지붕이 몇 개 보였다. 눈여겨보지 않으면 지나치고 말, 사람이 떠난 작은 산골 마을이었다. 이엉이 삭아 내려앉은 잿빛 지붕들이 비에 젖어 주위의 바윗덩이와 비슷했다. 무너진 굴뚝이 눈에 띌 뿐, 조붓한 텃밭까지 풀이 우거져 사람 살던 자취가 희미했다. 일꾼은 전쟁 통에 죽거나 다쳐 가을걷이할 게 적고, 굶주린 끝에 병이라도 돌면 또다시 터전을 버리고 떠나지 않을 수 없다. 아기를 업은 채 솥을 머리에 이고 떠나는 아낙네의 모습이 눈에 선했다.

잠시 후 비가 그쳤다. 안개가 걷히며 젖은 숲이 햇살에 영롱하게 빛났다. 이 여름이 지나고 또 다음 여름이 오면, 숲의 기운은 저 마을의 남은 자취마저 말끔히 지워버릴 것이다. 도독성에서 본 그 썩어가는 주검들 역시 강렬한 여름 기운이 몇 차례 지나고 나면, 흙이 되어 흔적조차 사라질 터이다. 언제 그런 싸움이며 주검이 있었는지조차 까무룩 잊힐 것이다. 사람의 추레한 자취를 사정없이 없애는 이토록 왕성한 천지의 기운…… 그 속에서 신라군이 가까이 왔다. 그렇게도 오래, 헤아릴 수 없이 많은 백제 사람의 목숨을 빼앗은 신라 군사가.

물참은 도독성을 점령한 고구려군한테 기대한 게 있었다. 그런데 말이 통할 기미가 조금 보였을 때 난데없이 신라군 소식이 날아들어 끊어지고 말았다. 그러지 않았대도 별 소득은 없었을 터이다. 그들은 이미 신라군과 한편이 되어 서로 연락하며 움직이고 있었으니까.

어머니가 늘 말하던 '천지의 기운'이 자기를 돕지 않는 성싶었다. 그러면 그 기운은 신라군이나 고구려군을 돕는 걸까? 어느 쪽 편을 들기보다, 아예 사람 세상과 따로 노는 걸까? 어쩌면 방금 쏟아진 소나기까지, 모두가 그저 우연히 벌어지는 일들일까?

차돌이 비 덕분에 더 쉬어가자고 하니 다들 좋아하였다. 물참도 냇가의 돌에 걸터앉았다.

차돌이 작은 나무바가지에 물을 떠 왔다. 품에 지니고 다녀 닳아빠진 그것을 받아 몇 모금 더 마셨다.

"면목이 없습니다. 제가 확실히 알아보지도 않고……"

"괜찮다. 워낙 얽힌 데다 확실히 알기 어려운 일이었어. 형이 끝내 어찌 됐는지 모르니, 아직 매조진 일도 아니다."

"헛걸음을 시켜, 정말 죄송합니다."

"헛걸음한 것도 아니다. 자꾸 그러지 마라. 섬에서 지내기 힘들어 나오고 싶던 참이었다. 그 덕에 세상 돌아가는 형편을 많이 알지 않았느냐?"

삭고 무너진 집들에 자꾸 눈이 갔다. 백성들은 거의가 그런 곳에서 살았다. 짚이나 억새 따위로 하늘을 가린 움집이다. 기둥이 가운데 몇 개뿐이라 벽다운 벽이 없기에, 바람과 추위를 막으려고 땅바닥을 허리 높이까지 파는 수가 많았다. 짐승의 집과 다른 게 있다면 질그릇 몇 개와 농기구들, 솥을 건 부뚜막 정도이다.

부흥전쟁 중에 지낸 성안의 집들도 거의가 움집이었다. 들어서면 노상 흙내 가득하고 벌레가 들끓었다. 바닥에 깔린 거적이나 멍석에 누우면 왠지 무덤 속에 든 성싶을 때도 있었다. 다른 병사들의 잠꼬대나 신음에 잠이 깨기라도 하면, 가끔 가림성에서 돌아오다 말에서 떨어진 그날 밤이 떠올랐다. 그때 부러져서 늘 편치 않은 다리처럼, 그 기억은 떠나지 않았다. 너는 없는 사람이다…… 너는 없는 사람이다…… 잠 못 들고 뒤척이다 밖으로 나오면, 그날 밤처럼 하늘에 총총한 별들이 새벽빛에 사위어가고 있었다.

"아까 고구려군 성주가, 신라군하고 내일 사포에서 만난다고 하더라."

"오면서 저도 푸새한테 들었습니다. 죄다 고구려군이 신라 놈들과 짜고 벌인 일들이었나 봅니다. 세상이 도대체 어찌 돌아가는지……"

"성주는 내일 우리도 거기로 오면 어떠냐고 했어. 섬에서 나올 때는 고구려 사람들한테 내가 무슨 청을 하고 싶은 마음이었는데, 거꾸로 된 셈이다."

"사포로 오라니, 우리도 저희와 같이 신라 놈들과 어울리자는 겁니까? 허어 참……"

차돌이 얼굴을 찡그렸다. 허나 눈은 번뜩이고 있었다. 사정이 바뀌자 그의 머릿속이 요동치기 시작하는 모양이었다. 가끔 엉뚱한 데로 빠지기도 하지만, 새로운 상황에 거침없이 관심을 쏟는 그의 배포가 물참은 마음에 들었다.

건너편 집들에 눈을 둔 채 물참이 물었다.

"너는, 어떤 집에 사느냐?"

"뜬금없이 별걸 다 물으시네요. 그럭저럭 삽니다. 집 꼴은 갖추었어도, 온통 아궁이 연기에 까맣게 그을린 옴팡집이지요. 방이 여럿에 넓은 마루도 있는 집에 살고 싶지만, 행여 그런 날이 오겠습니까? 싸우거나 사냥을 하다 아무도 모를 데서 죽을 팔자인데. 제 집은 예서 꽤 멉니다. 한번 가보시게요?"

차돌이 조상 대대로 묶여 사는 천민 동네에서 도망친 사람이라는 말을 들은 적이 있었다. 도독군에 끌려가지 않으려고 식구들을 깊은 산속에 숨겼다는 소문도 들었지만 모두 확인해보지는 않았다. 날 때부터 신분에 묶여 살지 않는 세상, 또 식구가 볼모로 잡힐 염려가 없는 세상이 오면, 그도 큰길가 양지바른 곳에 훌륭한 집을 지을 수 있으리라. 그때까지 산다면, 아니 자기 자식이라도 살아남는다면.

스승은 어제 간곡하게 만물은 변한다고 했다. 저 지붕이 내려앉은 집들처럼, 뙤약볕 속에서 썩어 문드러지던 주검처럼. 아니 그 몸뚱이가 살았을 적의 팔팔한 움직임들처럼, 온갖 것은 변하여 다른 게 되고 또 사라진다. 변치 않는 건, 변하는 일 오직 그뿐이다. 그러니 추위가 물러가면 따듯한 봄이 오듯, 사라진 자리에는 다시 새것들이 들어찰 것이다. 때를 잘 탄다면 양지바른 자리에 좋은 집 지어 마을을 이루고, 타고난 수명대로 대를 이어 살 수도 있을 터이다. 끝나는 게 아니라, 다만 그렇게 변할 것이다. 그런 때는 언제, 어떻게 오는 것일까.

"그냥 물었다. 네 집엔 나중에 가자."

물참은 시내의 물을 움키어 얼굴을 씻었다. 차돌이 영문을 모르겠다는 표정이었다.

"어제부터 듣고 본 일들에, 인제 조금 줄거리가 서는구나. 도독성 싸움이 신라군과 상관 있다면, 신라군하고 고구려군이 짜고 점령했다면, 그 성은 도독군이나 당군한테 이 전쟁에서 생각보다 훨씬 더 중요한 곳이었던 셈이다. 뻔한 일인데, 내가 그걸 제대로 짚지 못했다. 천득이 그 친구도 도독성 싸움이 나던 무렵부터 여태까지 줄곧 집을 비운 모양이던데, 형하고 같이 도독군을 위해 무얼 하러 돌아다녔던 모양이다."

"그렇다면 둘은 사비로 갔겠군요. 중요한 데를 빼앗겼으니 대책을 세우러."

물참도 같은 생각이었다. 허나 사비성에 있는 자들이 대책을 세우기엔 어쩐지 이미 늦은 성싶었다. 전쟁은 턱밑까지 와 있었다.

늦은 기분이 드는 건, 물참 자신도 마찬가지였다. 신라군이 사포로 오고 있다. 벌써 도착했는지도 모른다. 남쪽 성을 휩쓴 병사들을 배에 태웠을 테니 숫자도 적지 않을 터이다. 가난한 백성들은 굶주림과 핍박에 헤매 다니며, 힘 있고 부유한 자들은 어떻게든 떠나려는 이 땅. 바로 신라 사람 그들이 그렇게 만든 백제 땅. 하필이면 두 차례 결전 끝에 백제한테 치욕을 안겼던 백강 부근으로, 그들이 또다시 전쟁을 하러 오는 것이다. 그것도 하필 사비성을 공격하러 가기 위해.

그런데 이번에는 당나라와 한패가 아니다. 고구려 부흥군과 연합하여 당과 싸우러 온다. 그러면 도독군이라는 허울을 쓰고 있는 백제는, 백제 사람은…… 소나기가 깨운 숲에 가득한 천지의 여름 기운이, 숨 가쁘게 변하는 이 판국을 헤쳐 나갈 마땅한 길을 가리켜주면 좋으련만. 지난 일을 허물하지 않으며, 너무 늦지 않게, 지금 해야 할 일을 잘하도록 이끌어주면 좋으련만.

"다 짓지도 않은 성이 아주 중요했던 게야. 배를 매어둔 걸 보면 회이포도 그렇고…… 새로 생각해볼 게 많다. 이젠 신라와 당나라가 한패가 아니므로 전처럼 생각하면 안 되겠구나. 시루성에 가서 이야기해보자. 그런데, 고사는 어디 있지?"

"아까 산을 내려갔습니다. 푸새한테 이것저것 묻고는, 저한테 손을 흔들며 가버리더군요."

앞서가던 고두쇠가 소리쳤다.

"시루성에서 연기가 나네! 틀림없이 밥 짓는 연기야. 늦게 온 사람들이구먼."

밥 냄새가 여기까지 난다고 설레발치며 그가 앞서 달려갔다.

시루성은 벼랑 위에 여전했다. 한쪽 성벽이 금 가서 조금 위태로워 보이는 모습도 전과 같았다. 그러나 성 주위에 많았던 집이나 의지간은 하나도 보이지 않았다. 세월이 흐르기도 했지만 작은 마을 같던 자취가 모두 사라진 걸 보자, 도둑을 피해 거기 모여들었던 이들을 자기가 잘 그느르지 못했다는 미안한 마음이 다시 고개를 들었다.

성에서 몇 사람이 맞으러 나왔다. 물참은 말에서 내려 인사를 받으며 한 사람씩 등을 도닥였다. 몰골이 아주 상한 이가 물참의 손을 와락 잡았다.

"몰라보시겠습니까? 저 수리입니다. 이렇게 다시 뵐 날을 고대했습죠. 소식을 늦게 받아 도독성에 같이 못 가 죄송합니다. 주부님께서 별일 없다니 다행이구면요."

자세히 보니 용머리 싸움에서 크게 다쳤던 수리였다. 전에 시루성에 모여 도둑들을 치러 갈 때면 누구보다 담대했었다. 도끼를 휘두르던 그의 손이 뼈만 앙상했다. 피투성이가 되어 죽는 줄 알았는데, 목숨은 건졌어도 고질을 얻은 성싶었다. 물참은 마음이 안되어 위로할 말이 떠오르지 않았다.

수리 옆에 서 있던 이가 허리를 깊이 숙여 인사했다. 구레나룻을 기른 장정이었다.

차돌이 소개를 하려니 그가 직접 말했다.

"처음 인사드립니다. 둘째라고 합니다. 제 형이 항상 말을 하여, 물참님을 잘 알고 있습니다. 우리 형제는 태어난 순서를 이름으로 삼아서 형님은 첫째라고 부릅니다."

"첫째라구? 쌍둥이 아베 말인가?"

"그렇습니다. 기억하실 줄 알았습니다."

"그래, 형은 무고한가? 못 본 지 오래구먼."

"형은 고구려 갔다가 돌아오지 못했습니다. 벌써 세 해나 되었으니, 돌아가신 거지요."

물참은 다시 할 말을 잃었다. 끌려가지 않겠다더니 결국 그렇게 된 모양이었다.

성에서 또 사람 둘이 황급히 나왔다. 이게 누구인가 싶어 다시 보아도, 섬에서 온 젊은이들이 맞았다. 물참이 틈틈이 무기 다루는 법을 가르친, 아직 장정 티가 덜 나는 또래였다.

키가 멀쑥한 발금이 말했다.

"긴한 말씀부터 드리지요. 섬을 떠나시기 전날 밤에 말린 고기 사 가는 기벌포 배가 들어왔답니다. 그 장사꾼이 우리 아버지한테, 근방에서 고구려 배처럼 생긴 배들을 얼마 전에 봤다구 그러더랍니다. 그리고 또, 백강 쪽 바다에 전부터 고기도 안 잡으면서 떠다니는 이상한 배들이 있었는데, 며칠 새 그 배들이 싹 없어졌다구두 했답니다."

당군이 진을 치고 있는 사비성과 웅진성으로 통하는 물길이 백강이다. 당과 신라가 싸우게 되자 감시 대상이 되었고, 거기서 변화가 일어난 것이다. 그러고 보니 신라와 고구려 연합군이 압록강 건너에서 오골성을 공격했다는데, 백제 땅의 당군을 고립시켜 몰아내려는, 실로 담대하고 영리한 작전이다. 그 성은 당군이 아니라 말갈군이 지키던 성이라니, 황제의 비위를 직접 건드리지 않으면서 가하는 교묘한 위협이다. 전쟁은 치밀하게 계획되어 착착 진행되고 있었다.

"매우 도움이 되는 말이구나. 한데 그걸 전하러 예까지 왔느냐?"

"그것두 그렇구…… 어제 아침에 그런 말을 듣고, 도독성이라는 곳이나 어디서 하여간 큰일이 벌어질 것 같아 이내 배를 띄웠습니다. 저희가 물참님께 없는 것보다 나을 테니까요. 사람이 적으면 아무 일도 못 한다고, 늘 그러셨잖습니까? 저희 어른들도 허락한 일이니 염려 마십시오."

"바람이 어땠는지 몰라도 노를 젓느라 힘들었겠다. 도독성 일은 일단 끝났는데 너희가 공연히 애썼구나. 시루성은 어찌 알고 왔느냐?"

"지난번에 저기 차돌이라는 분이 오셨을 때, 거기로 모이라고 하시는 말씀을 옆에서 들었습니다. 저희는 작심하고 왔으니 무슨 일이든 도울 결심입니다."

그들의 마음이 고마웠지만, 섬에서만 살아온 젊은이들한테 무슨 일이 닥칠까 걱정스러웠다. 뭍에 오르는 그길로 전쟁판에 들어섰음을 알 리 없었다.

지붕을 수리한 티가 났으나, 성 밖과 한가지로 안도 을씨년스러웠다.

점심 먹을 때가 한참 지났다. 부엌자리에서 밥이 담긴 함지가 왔다. 여러 가지 곡식이 섞인 죽 같은 밥이었다. 전에 시루성에 모일 때처럼 각자 먹을 걸 조금씩 가져온 듯했다.

여남은 사람이 먹기에는 적은 양이었다. 먼저 물참이 그릇에 밥을 덜었다. 다들 알아서 펐다. 반찬은 짠지였다.

수리가 자디잔 물고기 말린 것을 된장과 함께 물참 앞에 놓았다. 물참은 그것을 나누어 벌여놓았다.

"예전에 여기서 노루 구워 먹던 생각나나? 그때 쓰던 소금 단지를 부뚜막 근처에 묻어두었지. 여태 그대로 있을 게야."

고두쇠가 밥을 우적우적 씹으며 먹는 이야기를 꺼냈다. 자기가 올무로 잡아 왔었노라고, 공치사도 덧붙였다.

그가 차돌을 지목하며 말했다.

"이번에는 사냥꾼이 한 마리 잡아 오는 게 어떠셔? 지게가 뻐근한 암퇘지루. 평생 굶주리는 우리 팔자에 친구 덕이라도 봐야지."

차돌은 웃기만 할 뿐 대꾸하지 않았다. 그가 좋은 집을 짓
고, 그 집 넓은 마루에 모여 노루나 멧돼지를 먹으면 과연 참
좋을 것이다. 그러고 보면 너나없이 모여 넉넉히 먹는 자리
만큼 평화로운 데가 없는데, 거기서 너무 멀리 떨어져 살고
있었다. 하도 오래 궁핍하게 지내어, 이젠 그렇게 사는 꿈조
차 못 꾸며 살아가고 있었다.

대화가 이어지지 않았다. 신라군 소식에 불안한 탓이었다.

푸새가 예전 이야기를 꺼냈다.

"전에 용머리에서 싸울 때, 한밤중에 숲에서 모였던 생각
나나? 그때 왜 그리 배가 고프던지, 옆에 있는 나무껍질이라
도 씹고 싶더라니까."

물참의 기억은 푸새와 달랐다. 그날 밤의 싸움 며칠 뒤에
물참은 섬으로 떠났었다.

때 없는 밥을 먹고 나자 다들 물참의 말을 기다렸다. 물참
은 차돌을 데리고 성 밖으로 나왔다. 먼저 그의 생각을 들어
보고 싶었다.

벼랑 아래 시내에 물이 많았다. 아까 지나간 소나기가 상
류에는 오래 내린 모양이었다. 물참이 물만 보며 가만히 있

으니 차돌이 입을 열었다.

"밥 먹기 전에, 제가 다른 이들한테 작년부터 남쪽 성들이 신라에 많이 넘어간 이야기를 해주었습죠. 그랬더니 반응이 가지가지더군요. 신난다는 사람도 있구, 놈들이 사포까지 온다니 큰일 났다는 사람도 있구요. 주부님은 신라군이 예까지 오는 걸 알고 있을까요? 이러다간 사비성의 도독부가 위태롭지 않은가요?"

"글쎄. 당의 전쟁이 곧 도독부 전쟁이니까, 알고 있겠지. 그런데 너는, 이 싸움에서 어찌하고 싶으냐?"

"어제부터 전쟁 말씀을 하시는데, 실감이 안 나네요. 부흥전쟁도 아니고, 예전에 도둑놈들 혼내던 그런 싸움도 아니라서 종잡지 못하겠습니다."

"둘 다 우리 적이었던 신라와 당나라의 싸움인데, 고구려 사람처럼 신라 편을 들지, 그냥 놔두고 모르는 척 엎드려 있을지, 그걸 묻는 거다."

"그걸 저한테 물으시면…… 그런데, 엎드려 구경만 할 수 있을까요? 신라군과 단단히 붙으면, 당군이든 도독군이든 간에 우리를 그냥 놓아둘까요? 두고 봐야 알겠지만 싸움이 길어지면 온통 쑥대밭이 될 텐데, 여태까진 용케 피해왔어도 앞으로는 그리 안 될 겝니다. 저는 멍청하게 앉아서 붙들려 가긴 싫어요. 성미가 까탈스러워 거저먹기두 싫구요. 그러지 마시고, 물참님 생각을 먼저 말씀해주시면 좋겠습니다."

물참은 지금까지 자기가 도독군에 징발되는 걸 형이 막아준 생각이 났다. 이젠 그것도 끝이었다.

다리가 또 뻐근하며 아팠다. 물참은 벼랑을 내려가 냇물에 다리를 담가보았다. 그의 증상을 아는 차돌이 그가 다리 주무르는 걸 묵묵히 바라보았다.

가까이 보니 불어난 냇물이 햇살에 반뜩이며 아주 세차게 흐르고 있었다. 드넓은 백강을 말과 헤엄쳐 건너고, 그 말에서 떨어져 다리를 다쳤던 때가 생각났다. 그로부터 어언 10년 가까운 세월이 흘렀으나 세상은 냇바닥의 육중한 돌들처럼 그대로였다.

그때 징검돌 건너편에서 두 사람이 말에서 내리는 게 보였다. 하나는 고사였고, 그 옆은 천득이었다. 천득을 보더니 차돌이 자못 놀라며, 물에서 발을 빼는 물참을 얼른 부축하였다.

두 사람이 징검다리를 건너왔다.

"오라버니가 마침 돌아왔길래 제가 여기 계실 거라고 했지요. 내일 오겠다는 걸, 형님 찾으러 도독성 간 이야기를 하며 제가 우겼답니다."

천득이 집에 도착한 그길로 고사한테 이끌려 온 듯하였다. 사정이 시급함을 고사는 아는 것이다. 나이가 적어도 판단이 날카로웠다.

"어딜 그리 오래 갔었나? 내 형은 어찌 됐나?"

"으응. 주부님은 돌아가신 게 아니라 무사히 사비성으로 갔네. 내가 부근까지 모셔다드렸지. 그리고 오느라 여러 날 걸렸어."

"그랬군. 다행일세. 자네가 애를 많이 썼구먼. 도독성을 점령한 게 고구려군인 줄은 알고 있나?"

"그럼! 놈들이 타고 온 배를 회이포에서 보았네. 방심하다 허를 찔리긴 했지만."

그는 어디로 가서 따로 말을 나누고 싶은 눈치였다.

둘은 냇물을 거슬러 걸었다.

"도독성뿐 아니고, 큰 싸움이 벌어진 것 같더군. 나는 섬에서 지내어 잘 모르니, 아는 대로 좀 알려주게."

천득은 망설였다. 잠자코 걷다 입을 열었다.

"내가 오다 들러보니, 벌써 이 근방 성들까지 눈치가 달라졌더라구. 신라가 남쪽 성들을 많이 점령한 데다 얼마 전에는 가림성 앞의 논까지 짓밟았다네. 둔전에서 당군이 먹을 양식을 없앤 거지. 아무래도 부흥전쟁 때처럼, 백강에서 전쟁이 벌어질 것 같네."

"부흥전쟁뿐인가? 백제가 처음 망할 때도 거기서 싸웠지."

"그랬지. 또 거기로구먼. 이번에는 하구일지, 그 위가 될지 모르겠네. 낭군의 배가 백강으로 들어갔을 테니까."

"당군 배가 강으로 들어가다니? 그럼, 당나라에서 군사가 왔단 말인가?"

"그렇다네. 신라가 당을 등지는 바람에 사비성과 웅진성의 당군이 그물 안 고기 꼴이 되지 않았나? 구원군이 온 걸세."

그랬구나! 가림성으로 가다가 밤중에 보았던 그 당군이, 또다시 이 땅에 왔구나. 온몸에 전율이 흘렀다. 강자는 끝내 힘으로 밀어붙이는구나. 번번이 이런 꼴을 당하다니, 강을 타고 침입하는 당나라 놈들과 자꾸 부딪치는 게 무슨 수치스러운 운명 같아 몸서리가 났다.

당의 구원병을 실은 배들이 시시각각 다가오고 있었다. 며칠 전부터 일어난 일들은 모두 그와 관련된 것이었다.

"가림성 앞의 논을 짓밟은 효과가 금세 나타났군. 이번에도 덕물도를 거쳐 해안을 따라 내려왔겠구먼. 회이포나 솔섬에 정박하여 육지에서 작전을 펴려다 포기했고."

"솔섬이라니…… 자세한 건, 난 모르네. 자네 형님이 여기 저기 살피며 사비성으로 거듭 연락병을 보내더군. 대충 주워들었는데, 땅 길로 당군을 빼내려 했던 모양이야. 웅진성에 주둔하던 군사만이라도 따로 움직이려 꾀를 냈던 것 같기도 하고. 먼바다로 연락선을 띄우기도 했는데 다른 배들이 있어서…… 하여튼, 나중에 이야기하세.

그런데 주부께서 도독성을 뺏긴 데다 구원병 실은 배가 바다에서 며칠 맴돈 일 때문에 아주 괴로워하더군. 계획이 어긋나는 바람에, 나도 눈으로 본 건 아니지만, 배가 백강 안으로 들어가지 않을 수 없었거든. 진당성에 올라가 계셔서 아버지께 그 이야기는 아직 드리지 못했는데, 들으면 또 무슨 걱정을 하실지…… 자네야 형하고 가는 길이 다르지만, 아버지는 도독부 벼슬을 사시니까."

"알려주어 고맙네. 이 시국에 괴롭고 심란하지 않은 사람이 어디 있겠나?"

천득은 말을 더 하고 싶지 않은 듯했다. 둘은 되돌아 징검다리로 향했다.

불쑥 천득이 거친 말투로 물었다.

"이 심란한 시국에, 그럼 자네는 어째 이곳에 왔나? 전처럼 이 성에 부하들이 또 모인 것 같은데, 다시 무슨 일을 꾸미려는 겐가? 용케들 피한 모양이지만, 앞으로는 당군이 직접 나서서 사정없이 몽땅 도독군으로 끌어갈 걸세. 그러면 이젠 싸움 상대가 허접스런 도둑놈들이 아니라 신라군이 될 테지."

"글쎄. 지금 이 판에 끌어갈 정신이 있을까 모르겠으나, 끌려갈 사람은 또 어디 있나? 숨지 않고 제 발로 간다면, 싸움 상대가 신라군이 아니라 당군이 될 수도 있지."

"당군을 상대로 싸운다…… 그럼 도독군하고도 싸우겠다는 말인데…… 하긴 그럴 수 있겠군. 복신이 죽을 때 요행히 살아난 사람이니까, 신라 놈들하고도 합칠 수 있겠지. 자네는 여태까지 꿈이 크구먼. 섬에서 지내보니, 자기가 꿈속에서 산다는 생각은 안 들던가?"

"왜 안 들었겠나? 그런데 당나라 군사가 또다시 백제 땅에 침입했다는 얘길 들으니, 도로 꿈이 커지는구먼. 자네가 아직 모를 성싶어 나도 한 가지 알려주겠네. 내일 신라군이 사포에 온다네. 벌써 도착했는지도 모르겠군."

천득은 그다지 놀라지 않았다.

"그래? 그럴 줄 알았네. 신라 수군이 작년부터 백강 하구 부근에 진을 치고 먼바다까지 감시해왔거든. 사포는 진작부터 앞마당처럼 살폈을 걸세."

둘째 날

"자네가 신라 수군의 움직임까지 알고 있었네그려. 배를 뭇다 보니 그런 모양인데, 자네 배는 전쟁에는 쓰지 않는가? 도독군이 아니라 말 그대로 진짜 백제군 병사들을 태우는 데 말일세. 자네가 무슨 뜻으로 복신 장군과 나를 싸잡아 비웃는지 종잡기 어렵지만, 지금 그런 일쯤은 하면서 비난을 하더라도 해야 할 걸세."

천득의 얼굴이 확 굳어졌다.

"그냥 고구려군이 배를 쓰는 게 좋아 보여서, 혹시나 하여 물어보았네. 배도 그렇고, 재물도 모았으면 어딘가 값지게 써야 할 것 아닌가? 지금 이 판국은, 가만히 있어도 결국 누구 편을 들기 마련이니까 좌우간 선택을 해야겠지. 하여튼 여기까지 와서 여러 가지 알려주어 고맙네. 잊지 않겠네."

물참이 작별하였다. 천득은 인사도 받지 않은 채 징검다리를 건너갔다.

건너편 말을 매둔 곳에서 입씨름을 하는 듯하더니, 천득 혼자 돌아가고 고사만 말을 데리고 다리를 건너왔다. 물참과 눈길이 마주치자 그녀는 멋쩍은 듯 웃으며 말했다.

"세상이 어지러우니, 집집마다 형제가 제각각이네요."

냇물이 흘러가는 쪽으로, 물참은 혼자 걸었다.

냇가의 죽은 나무들이 물살에 둥글어진 돌덩이들과 구별이 안 될 만치 희었다. 굳고 질겨서 잘 썩지 않은 것이었다. 아주 오랫동안 죽은 채 거기 그냥 있는 물건이었다.

'두내'에 닿았다. 시루성 아래의 벼랑을 깎은 냇물이 다른 골짜기에서 내려온 냇물과 만나는 데였다. 물이 넓고 거세져서 더 나아가기 어려웠다. 풀이나 모래 따위가 모두 휩쓸려버려 디딜 데도 없었다.

두 내가 파놓은 커다란 못에서 물살이 휘돌고 있었다. 시퍼런 물 위로 저녁 빛이 돌았다. 물길 합치는 소리가 끝없이 골짜기에 울렸다. 휘도는 물살에 뜬 이파리들이 강강술래를 하는 아가씨들 같았다…… 향로에다 향을 피우고 우러르면, 돌아가신 넋들이 돌아오신다. 누구보다 먼저 억울하게 돌아가신 넋들이…… 어머니였다.

물참은 대답처럼 말이 떠올랐다.

지금입니다. 애달파서 더 망설이지 못합니다. 이런 때를 바란 건 아니나, 기회로 삼을 수는 있습니다.

……억울하게 돌아가신 넋들이, 한을 풀러 돌아오신다…… 어머니의 음성은 거듭 어루만지며 위로하는 듯했다.

땅거미가 앉을 때까지 물참은 물가를 서성였다.

망대를 빼고는 창구멍이 작아서 시루성은 어둠이 일찍 찾아왔다. 전에 여기서 자주 모이던 때에는 저녁이 되면 화톳불부터 피웠다.

때맞추어 푸새가 불을 지피고 있었다.

물참이 들어서자 다들 말을 그치고 그의 입만 쳐다보았다. 그는 우선 형의 행방을 전하려 했다. 허나 고사가 알려주어 벌써 다 알고 있었다.

모도리가 물었다.

"도독성을 빼앗은 고구려 군사들이 신라 놈들과 한패라는 말이 맞나요?"

물참은 그렇다, 고구려 부흥군이 일어나서 신라와 손을 잡고 작년부터 당나라와 싸우고 있다고 했다. 고구려 부흥군이라구요? 다들 놀랐다.

둘째가 머뭇거리며 말했다.

"신라와 당나라가 싸우면 백제는, 아니 백제가 아니라 우리는 어찌 됩니까?"

"내가 처음 하는 말인데, 백제는 이제 없다. 꺼풀이라도 남아 있다고 믿어왔지만, 더 이상 그러기 어렵구나. 앞으로는 '백제 부흥'이라는 말조차 듣기 어려울 게다. 그러니 우리는, 앞으로 우리가 어찌 될까보다 어찌해야 할까를 생각해야 한다. 신라와 당나라는 백제를 눈곱만치도 쳐주지 않을 테니까, 인제 우리가 바라는 걸 얻으려면 어미 잃은 새끼처럼 스스로 찾는 길밖엔 없단 말이지."

뒤편에 있던 차돌이 참기 어려운 듯 일어서며 말했다.

"잃을 것도 없으면서, 지금 당장 어찌해야 옳은가, 저는 노상 그게 어렵습니다. 고구려군과 신라군이 내일 사포에서 만난다는데, 어찌하시렵니까?"

"내가 말을 내놓으니, 그 말이 나한테 돌아오는구나. 전에 여기서 자주 만났던 사람은 짐작할 텐데, 나도 갈피를 못 잡고 실수한 적이 많다. 그렇다고 앞에 닥친 일을 피하지는 않겠다.

지금 큰 전쟁이 벌어지고 있다. 당나라에서 군사가 왔다. 백제 땅에 갇힌 저희 군사를 구하러 또다시 우리 땅에 침입한 것이야. 놈들의 배가 요 며칠 새 백강으로 들어갔을 거라고 한다. 저들이 제 힘만 믿고 자꾸 저러는데, 본때를 보여주기 아주 좋은 기회지. 여긴 당나라에서 멀고, 강은 들어가긴 쉬워도 나오긴 어려우니까."

당나라 군사가 왔다는 말에 다들 잠시 멍하니 있더니, 남의 말 들을 새도 없이 일제히 목청껏 떠들어댔다. 누가 자리를 박차고 일어서다 건드리는 바람에 화톳불 불꽃이 공중으로 치솟았다. 불꽃은 성의 둥그런 하늘에서 총총히 빛나는 별들 사이로 아득히 사위어갔다.

소란이 가라앉자 물참이 말을 맺었다.

"잘라 말하마. 나는 내일 사포에 가려고 한다. 신라군과 고구려군이 모이는 데에 가서, 나도 함께 당나라 무찌를 길을 찾겠다. 빈번이 당하는 수치를 씻고 평화를 얻으려면 싸움은 피할 수 없다. 그리고 싸움은 힘을 모아야 한다."

푸새가 물었다.

"뜻이 맞으면 신라하고도 손을 잡겠다는 말씀입니까? 그런다고 과연 이길 수 있을까요?"

"어차피 싸우는 방법밖에 없으니, 뜻이 조금 맞지 않아도 손을 잡으려 한다. 그래야 마땅하여 하는 일이니, 지고 이기고는 나중이지. 10년쯤 전에, 우리 부흥군이 사비성과 웅진성의 당군을 고립시켜서, 놈들이 저희 나라로 돌아갈 걸 고민한 적이 있었다. 그때 신라가 구해주었는데, 이젠 신라가 우리와 한편이 될 수 있구나. 이 기회를 놓칠 수 없다."

누군가 큰 소리로 말했다.

"그래도 왜 원수 놈들과 손을 잡습니까? 그러면 신라에 붙는 거 아닙니까?"

"신라에 붙어 이익을 챙긴 자들이 전부터 많았지. 나는 내 목숨이나 부귀를 챙기려는 것도 아니요, 신라에 항복하여 복종하려는 것도 아니다. 지금 백제 사람 사정이 그래야 마땅하다고 여겨 힘을 합치고자 할 따름이지. 얼마 전에 신라군이 가림성 둔전의 볏논을 짓밟았다고 하는구나. 당나라 놈들더러 더 이상 먹여주지 않을 테니 너희 나라로 돌아가라고, 마구 대어든 거야. 신라도 오랜 전쟁으로 힘이 달릴 텐데, 싸우자고 막 대드니까 당나라에서 놀라고 또 화가 나서 금세 군사를 보낸 것이다.

백제 사람한테는 지금이 나설 기회다. 작년부터 신라가 남쪽 성들을 점령하고 사비성으로 진격하는 건, 이 땅에서 당을 내몰고 지난 10년 동안 우리를 억눌러온 웅진도독부를 없애겠다는 뜻이지. 거기에 참여하여 우리의 뜻을 보여줄 필요가 있어. 이참에 고구려와 함께 우리의 적은 신라가 아니라 당나라라고 선언하는 것이다. 이건 땅을 차지하거나 누구를 니리므로 모시는 일하고는 성질이 다른, 매우 중요한 일이다. 이 기나긴 전쟁을 끝내고 우리와 우리 후손들이 서로 통하는 족속끼리 사람대접받으며 살아가려면, 지금 그 길 말고 다른 길이 없다고 생각한다. 뜻이 통한다면, 피가 다르면 어떻고 원수 간이면 어떠냐? 세월은 빠르고 무심하게 지나간다. 억울해도 이미 죽은 사람은 살릴 수 없고, 싫더라도 인정하면 마음 놓고 더불어 살 수 있다."

다들 조용하였다.

"나는 여기서 묵고 내일 사포로 갈 참이야. 전쟁이란 시작되면 숨 가쁘게 돌아가기에 그다음은 나도 모르겠다. 신라 수군은 백강 입구를 틀어막을 텐데, 나는 노상 땅에서 싸웠으니 이번에도 그래야겠지.

임존성이 함락될 때, 흑치상지의 선택을 거부하고 고구려로 간 지수신 장군이 한 말이 생각나는구나. 각자 자기의 길을 택해라. 너희는 내 명에 따라야 하는 부하도 아니고, 누구나 제 목숨과 피붙이는 중하니까, 굳이 나의 길을 따르지 않아도 된다.

우리 처지가 정말 묘하구나! 이번 싸움에 이긴다면 신라군에 섞여 사비성으로 들어갈 텐데, 그러면 우리는 나라가 망할 때하고 완전히 뒤바뀐 자리에 서게 될 것이다. 참으로 그때 옛날을 생각하면, 백제 사람 그 누군들 마음이 아프지 않겠느냐?"

밤이 깊어갔다.

서너 사람씩 모여 상의하다가 몇은 가고 몇은 남아서 눈 붙일 채비를 하였다.

푸새가 다가왔다.

"섬에서 온 젊은이들이 그냥 돌아가지 않겠답니다."

"아직 어리지 않느냐?"

"어리긴요. 병사로 나갈 나이지요. 그런데 탈 게 없으니 같이 움직이기 어렵습니다."

말을 타본 적은 있다 하니, 집에 갔다가 내일 수레 끌던 놈이라도 구해 오겠다는 것이었다.

당의 군선이 백강으로 들어갔다면, 전투는 결국 사비성이나 그 아래 백강 언저리에서 벌어질 터이다. 시간이 촉박하고 함께 걸어갈 무리도 없으니 말이 필요하기는 했다.

"그러겠느냐? 허면 잘됐다. 가는 길에 고사를, 진당성은 어려울 테니 평지의 관아에라도 데려다주어라. 자꾸 마음이 쓰인다. 그런데 너는 내일 사포에 오려느냐? 나와 함께 싸우러 가겠느냐는 말이다."

"그럼요. 왜 그걸 새삼스레 물으십니까?"

"오랫동안 오서 농장에 살았으니 자기를 거기 딸린 사람처럼, 그래서 나를 꼭 따라야 하는 것처럼 여길까 봐 그런다."

"그러지 않은 지 오래되었습니다. 다 물참님 덕분이지요. 저는 말만 기르며 살고 싶지만, 이 전쟁은 남의 일이 아니지 않습니까?"

둘째 날

"그건 그렇다. 알았다. 내일 사포에서 길이 어긋나면 시루성으로 오너라."

고사는 화톳불 앞에 앉아 있었다.

물참이 그녀한테 다가갔다. 불빛에 젖어 얼굴이 발갰다.

"나 좀 보아라. 지금 밤이 늦었으니 집에 가거라. 데려다줄 사람이 있다."

"왜 저한테 자꾸 신경을 쓰시죠? 제 일은 제가 알아서 하게 놔두세요."

밤에 보아 그런지 고사는 더 야무져 보였다.

"네 마음하고 너는 다르다. 같다 해도 네가 사는 세상이 네 마음과 같지 않아. 그러니 지금은 내 말에 따라라."

"남자들은 그냥 두면서, 여자라고 또 그러는 거죠? 나는 내가 여자인 게 싫어요. 나도 남정네처럼 살게 내버려 두세요."

"네가 바라는 남정네는 전쟁 통에 거의 다 생으로 죽었다. 남자처럼 사는 게 다가 아니란 말이다. 내가 집에 가라는 건, 네가 여자이기 때문이 아니다. 굳이 말을 해야 알겠느냐? 밤길이 멀고 여기 있는 걸 아니까, 네 오라비가 찾으러 올 것이다. 네가 이러는 걸 아버지가 알았다면 가만히 계실 분이냐? 게다가 아까 네 오라비는 나와 좋지 않은 낯으로 헤어졌어.

내가 내일 신라군과 만날 걸 눈치챘다면, 너를 두고 무슨 오해를 할지도 모르지. 그렇게 외곬로만 생각하지 말고, 나를 위해서라도 오라비가 당도하기 전에 떠나거라."

고랑달

도둑들을 피해 시루성으로 오는 사람들이 자꾸 늘었다.

그들은 고랑달을 매우 다른 사람으로 여겼다. 우선 그는 생식을 하였다. 밥때가 되면 부뚜막 앞에서 수선거리는 다른 사람들과 달리, 작은 자루에서 곡식을 쥐어 내어 천천히 오래 씹곤 했다. 가끔 산에서 솔잎을 따다가 함께 씹기도 했다. 아이들한테는 그게 구경거리였는데, 고랑달은 둘러선 아이들을 가만히 웃으며 바라볼 뿐이었다.

그는 아침저녁으로 북두칠성이 있는 쪽을 향해 여러 차례 정성껏 절도 드렸다. 말로는 칠성님을 위해 봐야 소용이 없다고 하였으나, 아버지를 따르던 습관이 몸에 밴 것 같았다.

고랑달은 또 밤마다 성 밑 차가운 냇물에서 몸을 씻고 머리를 감았다. 닿지 않아 흩어진 머리칼이 검은 옷 위에서 날리면, 희고 길쑴한 그의 얼굴은 여느 사람과 달라 보였다.

당집이나 절집에는 가끔 신령스러운 노인과 동자童子의 그림이 있었다. 고랑달의 아버지는 그 노인이요, 그는 데리고 다니던 아이였는지도 몰랐다. 사람을 찾아 산에서 나왔다고 했지만, 사람 세상에 살기 위해 하필이면 무술을 배우고 싶다고 했지만, 어쩐지 산이 어울리는 듯하였다.

물참이 섬으로 떠나기 며칠 전이었다.

가을걷이가 끝나자 도둑들이 부쩍 늘었다. 그들은 육지 깊숙이까지 들어와 날뛰었다. 가축을 쓸어 가는가 하면, 수틀리면 집에 불도 지른다는 말이 들렸다. 돌림병까지 퍼져 아기가 몇 죽어 나가자 다들 눈빛이 달라졌다.

도둑 떼가 나타났다는 소식이 들리면 때는 이미 늦었다. 뒤늦게 가봐야 족쳐대느라 사람 상하게 하는 짓이나 조금 줄일 따름이었다. 얼굴을 가리고 다녀 누군지도 모르는 그놈들이 다시는 못 오게 하려면, 붙잡아 단단히 혼내는 길밖에 없다고 입을 모았다.

몇 차례 뒤쫓다 허탕을 친 뒤, 물참은 구디들더러 바닷가를 돌며 무슨 낌새든 찾아내어 미리 작전을 짜라고 일렀다.

사포현 쪽 넓은 갯벌 가운데로 길게 뻗은 산줄기가 있었다. 그 끝이 '용머리'라고 부르는 외딴곳으로, 바닷물이 뚫어놓은 커다란 굴이 있었다. 도둑들이 거기다 배를 숨겨놓고 여러 날 동안 근처를 휩쓴다고 했다. 신라 놈들이야! 놈들 아니면 그토록 악착스러울 리 없지. 당나라 군사 처먹이느라 저희도 양식이 모자랄 테니, 신라군까지 나선 게 틀림없어…… 다들 그렇게 맞장구를 쳤다. 시루성에 모아놓은 무기를 제대로 쓸 날이 왔다며 하나같이 흥분했다.

마침 모루의 허벅지에 났던 종기가 터졌는데, 뿌리가 깊어 위험해 조섭하러 회이포에 와 있던 참이었다. 우물가에 느릅나무가 있다고 하니 고랑달이 같이 와 그 뿌리껍질을 찧어 붙여주었다. 약초꾼 아들답게 치료법도 알고 손끝이 야무졌다.

초저녁잠에 들려고 할 때 고두쇠가 왔다. 마침 그믐사리가 조금밖에 안 지나서 바닷물이 써면 용머리 굴 앞에 물이 적어 배가 도망치기 어렵다, 물때를 보면 오늘 밤 자정 무렵이 좋으니 그때 덮치자, 갑작스레 그렇게 의견이 모였다는 것이다.

산이가 관솔불에 의지하여 옆집에서 가져온 삼을 삼느라 미간을 잔뜩 찌푸리고 있다가, 그 말을 듣고는 벌써 잠에 빠진 모루를 걱정스레 바라보았다. 모루는 그냥 자게 놓아두고, 고랑달과 떠날 채비를 하였다.

산이가 울타리에 나와 두 사람을 향해 합장했다. 무슨 때마다 그러는 산이의 모습을 보면, 물참은 그녀 아버지가 산비탈에 짓다 만 미륵부처가 생각나곤 했다.

모이기로 한 곳에 도착해보니, 어두워서 잘 보이지 않으나 나선 사람이 꽤 되었다.

차돌이 다가왔다.

"너도나도 따라가겠다고 자꾸 모여들어 막지 못했습죠. 놈들한테 험한 꼴 당한 이들은 아주 악이 받쳤습니다."

시간이 늦은 데다 뒤늦게 돌려보낼 구실도 마땅치 않았다. 밤에 맞부딪치면 누가 누군지 알아보기 어려워 홰를 준비시켰는데, 그걸 많이 가져왔느냐고 묻기만 하였다. 이편 사람이 많아 일이 의외로 더 수월할지도 몰랐다.

산마루를 타고 용머리 끝에 이르렀다. 달이 없는 한밤인 데다 바다 안개까지 끼어 사방이 무척 침침하였다.

가만히 보니, 굴에 숨겨놓은 것 말고도 갯벌 물골에 배가 한 척 더 있었다. 그 배의 이물이 바다 쪽을 향하고 있는 게, 허술한 놈들은 아닌 성싶었다.

굴 안에서 짐을 내다 바깥 배에 싣고 있었다. 도둑들을 뒤
쫓을 적이면 누구보다 몸이 날렸던 수리가 중얼거렸다. 저
놈들이 빼앗은 걸 옮기고 있네! 늦을 뻔했구먼! 누군가 맞장
구쳤다. 쳐 죽일 날강도들, 저희만 살겠다구! 밀물 전에 빨리
박살 내야 해!

물참이 낮은 목소리로 지시했다. 모두 홰를 나누어 들고,
산을 내려가면 곧장 배와 배 사이로 가라. 놈들을 둘로 나누
어 겁을 주려는 거다. 차돌이 앞장서서 홰를 밝혀라. 빼앗은
걸 되찾고 다시는 얼씬 못 하게 만들면 되니까, 혼구멍만 내
고 얼른 항복받도록 하자. 바깥에 있는 배는 내가 수리와 따
로 챙기마. 수리는 두어 사람 데리고 바깥 배로 가고, 고랑달
은 홰를 챙겨 들고 내 옆에 붙어라.

그러나 산에서 모래펄로 내려서는 순간, 물참의 말은 모
두 헛소리가 되고 말았다. 다짜고짜 다들 목이 터져라 고함
을 지르며 무기를 꼬나들고 굴 쪽으로 내달렸다. 닥치는 대
로 작살을 낼 기세였다.

물참은 아차 하였다. 그들은 군사가 아니었다. 그저 앙갚
음을 하고자 벼르고 별러온 사람들이었다. 물참은 급히 차
돌을 찾았다. 타오르는 횃불들 사이로 당황하여 허둥대는
차돌과 푸새가 굴 쪽에서 얼핏 보였다. 엎질러진 물이었다.

수리가 몇 사람과 바깥 배 쪽으로 뛰고 있었다. 하는 수 없이 물참도 칼을 빼 들었다. 고랑달에게 횃불을 잡도록 하고 그들을 뒤따랐다.

바깥 배 옆구리에서 검은 몸뚱이가 뒤얽히며 비명이 터졌다. 누가 누군지 몰라 머뭇대는 사이, 배가 움쩍거렸다. 거기에 도둑이 의외로 많은 모양이었다. 배가 이내 물골로 미끄러지려 했다. 물참이 뱃전을 잡고 버티는데 귓전에서 칼바람 소리가 났다. 몸을 휙 돌리니 고랑달이 방금 물참을 공격하던 자를 뒤에서 단창으로 찌른 것 같았다. 그자는 등에 창이 박힌 채 몸을 돌이켜 고랑달을 덮쳤다. 한 손에 회를 든 고랑달이 그자와 갯벌에 나뒹굴었다.

배가 물골에 떠서 나아가기 시작했다. 어둠 속으로 사라지기 전에 그걸 멈춰야 했지만, 물참은 깔려 있는 고랑달의 손에서 횃불을 잡아챈 뒤 창이 꽂힌 도둑을 떠넘기고 그의 몸을 꺼냈다. 그는 배에 칼을 맞았다. 눈에서 눈물이 한 줄기 흐르고는 이내 감겼다. 무얼 어째볼 틈이 없었다.

으아! 저걸 잡아! 저 배를 얼른…… 수리의 목소리였다. 그도 펄에 처박혀 운신이 어려운 데다 어깨 어디를 다쳤는지 윗몸이 피투성이였다. 시루성 길 주막의 말 못하는 사내가 그를 부축하려고 쩔쩔맸다.

물참은 횃불을 든 채 우두커니 서 있었다. 배가 사라진 갯골 기슭에 사람 하나가 자빠져 있었다. 그의 머리에 수리가 들고 다니던 도끼가 박힌 게 보였다.

고랑달을 갯벌에서 끌어내놓고, 물참은 굴 쪽으로 옮아갔다. 이것이었나? 이 길밖에 없었던가?

그쳐라! 죽이지 마라! 물참이 사태를 돌이키고자 악썼으나 그의 고함이 먹힐 리 없었다. 이편이나 저편이나 정신없이 뒤엉켜 나뒹굴었다. 차돌과 함께 양쪽을 떼어놓으려 애써보았으나 모두 무기를 든 데다 흥분하여 접근이 어려웠다. 형편을 알아챈 고두쇠가 상처 입은 팔을 움켜쥔 채 고래고래 멈추라고 소리쳐도 소용없었다. 다들 눈을 홉뜨고 무기를 휘두르며 욕설만 퍼부어댔다.

간신히 소란이 가라앉았다. 몸뚱이 셋이 모래펄에 뒹굴고 있었다. 그제야 그들이 눈에 들어왔는지 몇 사람이 와락 달려들었다. 이게 누구여? 이 사람, 정신 차리게! 외침 속에 둘이 업혀 나갔다.

남은 하나는 도둑인 모양이었다. 벌써 상한 사람이 여럿이었다.

굴속에 몇이 남아 있는지 몰랐다. 배의 이물만 보이는 굴을 향해 물참이 안팎 모두 알아듣게끔 소리쳤다.

"나와라! 목숨은 살려줄 것이니 다 나오너라!"

기척이 없었다. 배를 의지 삼아, 바닥에 차오르기 시작하는 밀물이 깊어질 때를 기다리는 성싶었다.

창인지 작살인지 모를 것을 든 고잔이 굴 앞에 나섰다. 지금 나오지 않으면 배에 불을 지르고, 들어가서 보이는 대로 찔러 죽이겠다! 살기가 뻗치는 게, 평소에 조금 어수룩해 보이던 그 사람이 아니었다. 얼른 반응이 없자 그가 불붙은 홰를 배로 던졌다. 몇이 덩달아 던졌다.

그러자 도둑들이 슬금슬금 굴의 어둠 속에서 나와 무기를 바닥에 버렸다. 모두 다섯이었다. 다 중늙은이요, 하나는 몸집이 큰 여자였다. 군사 같아 뵈는 사람은 없었다.

하지만 이편 누구도 그들을 눈여겨보지 않았다. 우르르 안으로 들이닥치더니 볏섬 두 개를 메고 나왔다. 광주리에 담긴 마도 나왔다.

등거리만 걸친 이편 사람이 닥치는 대로 도둑들을 후려패며 다그쳤다. 어째 저것뿐이냐? 우리한테 빼앗은 걸 죄다 어디 감췄어? 맞은 자의 민머리에서 피가 흘렀다.

물참이 가로막고 물었다.

"내게 맡겨라. 너희들은 누구냐? 다른 데 감춘 게 있느냐?"

민머리가 물참의 가랑이를 부여잡으며 울먹였다.

"우리도 백제 사람입죠. 정말입니다. 살려주십시오. 남쪽서 돌다가 더 갈 데가 없어 여기까지 왔어요. 백제 사람끼리, 제발 목숨만 살려주십시오!"

거짓말 마! 등거리가 물참한테서 그를 떼어내 바닥에 패대기쳤다. 신라 놈이지? 신라에서 왔지?

그때 여자의 새된 목소리가 났다.

"신라 배는 바깥에 있다우, 저 바깥에!"

몇이 그쪽 어둠으로 고개를 돌렸다.

흥분을 가라앉히려고 물참이 말했다.

"그 배는 놓쳤다. 고랑달이 게서 죽었고, 수리도 많이 다쳤다."

"아이구, 이런! 그 배에 다 실었는데……"

새빨간 거짓부렁! 발길질이 그녀를 쓰러뜨렸다. 백제 놈이 신라 놈하고 동아리 쳐서 도둑질을 한다구? 정신 나간 입 닥치고 숨긴 거나 내놔! 다른 이들도 달려들어 마구 때렸다. 너희가 한 짓 너희도 당해봐라! 비명이 자지러졌다. 여자의 치맛단이 뜯겨 나갔다. 아무래도 칼로 위협하여 진정을 시키는 수밖에 없다는 생각이 스쳤을 때, 누군가 몽둥이로 그녀의 뒷덜미를 후려쳤다. 피가 튀며 여자가 나무둥치처럼 자빠졌다. 아악! 비명이 진동했다. 그리고 금세 씻은 듯이 적막해졌다.

물참이 피가 낭자한 바닥에 주저앉았다. 그녀는 이미 처참한 모습으로 숨져 있었다. 이게 아니다! 이럴 수 없다!

물참이 일어나서 부들부들 떨고 있는 남은 도둑들 곁으로 갔다. 그들을 등지고 칼로 이편 사람들을 겨누었다. 잠시 후 몇이 물참 옆에 와서 따랐다.

횃불이 하나둘 사위자 어둠이 와락 짙어졌다.

캄캄한 바다에서 안개가 몰려왔다.

밤이 길었다.

자꾸 속이 메슥거려 물참은 토할 게 없을 때까지 토했다.

그는 기진맥진한 채 밤새 남은 도둑들 옆에 있었다. 살아 있는 몸이 거추장스러웠고, 자기가 혼자라고 느꼈다.

모래펄에 던져놓았던 칼을 다시 칼집에 넣으며, 어머니가 늘 하던 말을 생각했다. 사람의 목숨을 다스린다는 북두칠성이 여전히 북쪽 하늘에 있었지만 너무 멀었다. 칠성님이 고랑달의 넋을 보살펴주기를 빌었다.

하늘이 훤해지자 도둑들이 한패의 시체를 배에 싣고 갈 길로 갔다. 고랑달의 주검을 짚자리로 싼 뒤 오서악의 제 아버지한테 데려다주도록 하였다.

그 뒤로 물참은 며칠 동안 아무것도 입에 대지 못하다가
섬으로 떠났다.

모루와 산이가 같이 갔다.

셋
째

날

사포

시루성에서 하룻밤을 자고, 일행은 사포가 한눈에 보이는 홀뫼 기슭으로 갔다. 물참이 섬에서 나온 지 사흘째였다.

사포는 신라의 군선으로 그득하였다. 다들 눈이 휘둥그레 졌다. 수없이 솟은 돛대와 거기 매달려 펄럭이는 색색 깃발들이 수평선을 가렸다. 대강 헤아려보니 마흔 척이 넘었다.

지난 전쟁 때 이 부근 바다에서 숨진 백제 군사들이 저 광경을 본다면 어떨까. 물참은 어쩔 수 없이 그런 생각이 떠올랐다. 신라가 기어이 백제 땅을 삼키러 또다시 왔다고 그들의 넋이 아우성칠는지 모르나, 자기는 그 신라와 손을 잡으러 온 참이었다.

한 귀퉁이에 모양이 다른 배 세 척이 보였다. 차돌이 고구려군의 배라고 하였다. 그들은 회이포에서 자기네 배를 타고 바닷길로 온 것이었다.

똑같은 옷차림을 한 신라 수군이 포구의 마당과 배 위에 가득했다. 마당에는 흰 장막 옆에 조금 높은 단이 있고 그 위에 음식이 차려져 있었는데, 자세히 보니 그 앞에 신라군 장수와 나란히 서 있는 이가 도독성의 고구려군 성주였다. 그가 고깔을 벗고 신라 장수가 잡은 잔에 술병을 기울였다. 술잔은 높이 쳐들렸다가 음식 앞에 놓였다. 이어서 둘이 절을 하니, 모든 군사가 따라서 바닥에 엎드려 절을 올렸다. 그러기를 몇 차례 되풀이하였다. 드넓은 포구를 고스란히 뒤덮은, 거창하고 숙연한 광경이었다.

누가 중얼거렸다. 전쟁을 하러 온 자들이 제사를 지내네? 신라는 본디 저러나?

물참도 싸움터에서 본 적 없는 행사였다. 제사도 제사지만, 고구려인과 신라인이 함께 지내는 제사는 무슨 제사인가 싶었다.

제사가 끝나자 물참은 차돌한테 그 자리에 있도록 당부하고 혼자 산기슭을 내려갔다.

물참이 다가가니 도독성 성주가 알아보고 기쁜 낯으로 신라 장수한테 무어라 이야기했다. 상대가 놀라며 함께 단을

셋째 날

내려와 맞았다.

물참이 예를 갖춘 후 자신을 밝혔다.

"백제 사람, 오서물참이라고 합니다."

나이 지긋한 신라 장수가 마주 인사하며 말했다.

"나는 신라 사람 아찬阿湌 우듬지라고 하오. 이번 출정에 죽지 대장군을 보좌하는 좌장군을 맡고 있소. 참으로 반갑소. 전쟁을 하다 보면 별별 일을 다 겪지만, 정말 놀라운 일이군요. 말로는 우리와 백제 간에 전쟁이 끝났다고 하나 부흥군하고는 오래 싸웠고, 백제 병사가 많은 도독군과는 작년부터 내놓고 맞붙었습니다. 그런데 듣기로는 부흥군 무사가 분명한데, 이렇게 초면에 칼을 잡지 않고 만나다니 참 드문 일이올시다."

물참도 동의하는 뜻으로 웃어 보이며 물었다.

"좋이 여겨주시니, 무례를 무릅쓰고 여쭙겠습니다. 지금 지낸 제사는 무슨 제사입니까?"

"그야 산천의 검님께 올리는 제사지요. 멀지 않은 곳에 오서악이 있지 않소? 가까운 오합사도 영검한 곳에 있다고 들었소."

물참은 고개를 끄덕였다. 무심결에 큰 숨이 나왔다.

"나와 우리 부대는 백제 땅을 여러 곳 다녔지만, 이곳은 처음이라오. 게다가 이번 싸움은 강한 외적을 치는 전쟁이 아니오? 삼한의 신령님들께서 모두 도와주시지 않으면 희생이 클 수 있습니다. 자세한 내력은 몰라도 하여간 그대가 좋은 뜻으로 왔을 테니, 여기서 이러지 말고 들어가 이야기를 나눕시다."

그가 장막 안으로 이끌었다.

도독성 성주는 어제 물참이 형의 주검 찾던 이야기를 장황하게 늘어놓았다. 우듬지 장군이 물참한테 의심을 품지 않게 하려는 뜻 같았다.

물참이 곧바로 물었다.

"자기네 군사를 구하러 당에서 원군이 온 게 사실입니까?"

"그렇습니다. 얼마 안 되었는데, 알고 있군요."

"나는 그대들과 함께 당군과 싸우러 왔소. 몇이 될지 모르나, 동료들도 함께 갈 것이오."

장군이 함박웃음을 지으며 물참의 손을 잡아 흔들었다.

"반가운 말씀이오! 놀라운 결심입니다!"

그는 자리에 앉으며 허리에서 칼을 풀어 탁자에 놓고 물참을 똑바로 바라보았다. 그의 눈빛은 물참의 마음을 헤아리는 듯하였다.

"아까도 한 소리지만, 오늘 우리의 만남은 참말 기이하오. 예전으로 치면 삼국이 만난 셈 아닙니까? 세 나라에 당을 합쳐 네 나라였다가 지금은 당과 신라가 맞서고 있는데, 당은 오직 신라를 지배하려고만 덤비고 있소. 악착스레 삼한을 몽땅 집어삼키려 한단 말이오. 우리가 지금 힘을 합쳐 저 외적을 물리치지 않으면 다 함께 다른 족속의 종 신세가 되고 말 형편입니다."

물참이 퉁기듯이 말을 받았다.

"당의 신하가 되어 그들을 끌어들인 신라 책임이 크지요."

"이젠 그 말에 입이 있어도 대꾸하기 어려운 지경이 되고 말았소. 나라 사이의 교섭은 이해에 따라 달라지는 것이니 여기서 따질 게 없고, 다만 애초부터 신라는 삼한을 일통하려는 뜻이 컸음을 강조하고 싶습니다. 우리의 그 뜻을 존중하기로 약속해놓고, 당이 그걸 깨는 바람에 여기까지 온 것입니다. 생김새가 같고 말과 풍습이 비슷하면서 세 나라가 그토록 오랜 세월 싸운 게 어리석은 짓이라는 건 어린애도 아는 일 아니오? 한 나라가 위급하면 딴 나라가 도와주기도 했지만, 그건 해결책이 못 되었소. 그런데도 다른 나라들은 삼한을 일통하려는 신라의 뜻이 저희 이익만 차리려는 술책일 따름이라고 노상 의심하며 헐뜯어왔지요. 그러는 까닭이야 물론 차고 넘치지만, 우리는 나름대로 우리 뜻에 따르는 사람들을 신라인으로 대접하여 말 그대로 일통을 하고자 힘써왔다오. 그 증거를 들라면 한이 없으니 낱낱이 말하지 않겠소."

"일찍이 우리 무왕께서는 신라가 황룡사 9층탑을 세우기 10여 년 전에 미륵사에 9층탑을 세웠습니다. 부처님께 삼한의 일통과 평화를 비는 마음은 백제도 신라 못지않았다는 말입니다. 지금 웅진도독부는 당의 황제 아래 하나가 되는 일통을 주장하지요. 오랫동안 전쟁과 굶주림에 시달려온 백제 사람은 당의 황제와 신라의 왕 중에서 누가 나은지 알 수 없게 되었습니다. 그걸 모르시진 않겠지요?"

"물론 잘 알지요. 그러나 황제가 하려는 것은 일통이 아니라 지배입니다. 고구려를 멸망시킨 뒤 삼한을 지배하고자 평양에 안동도호부를 설치한 걸 보면 훤히 알 수 있지 않습니까? 본래 큰 나라는 작은 나라를 맹수가 먹잇감 다루듯 하며, 족속과 풍습이 다르면 지극한 애정이 있어도 틈이 벌어지게 마련입니다. 신라 백성들도 고구려, 백제와 다름없이 오랜 전쟁에 시달려 기진맥진한 처지이나, 이렇게 다시 당과의 전쟁에 떨쳐나서는 건 제 땅에서 제가 주인 노릇 하며 살고자 하기 때문이지요. 백제와 고구려 또한 애초부터 신라와 똑같이 삼한 땅의 주인이니 뜻이 다를 리 없습니다.

　사실 우리는 당이 신라를 배반할 걸 애초부터 짐작하였소. 그래서 전쟁을 하면서도 삼한의 백성만큼은 동족으로 대하며 되도록 모진 행동을 피해왔다오. 그뿐 아니라 웅진도독부의 당나라 놈들이나 그 앞잡이들하고도 줄곧 싸우며 백제 백성들의 굴레를 벗겨주고자 힘써왔소. 뒤얽혀 다투다 보니 그런 새빨간 거짓말 말라며 들이댈 사건들이 잔뜩 일어났음을 모르지 않으나, 우리가 오로지 땅 욕심으로만 도독부와 맞섰던 게 아니라는 말이오.

　이름이 오서물참이라고 하였소? 오서악의 '오서'인가 보군요. 지금 이토록 중요한 때, 도독군에 휘둘려 그편에서 허덕대는 백제인도 많은 이때에, 그대가 여기에 온 건 참으로 옳은 일이오. 삼한의 백성끼리 모여서 잘 살아가라고, 오서악 산신께서 도우셨소. 시간이 촉박하여 더 회포를 풀지 못하겠으나, 만나서 정말 기쁩니다. 내가 장담하건대, 세 나라 사람 모두 우리처럼 묵은 원한을 버리고 새로운 뜻으로 뭉치면, 저 당나라가 아무리 대국이라도 반드시 삼한에서 손을 떼고 말 터이오. 그런 날이 오면, 이번 전쟁에서 고구려군이 함께 싸웠으며, 백제 군사가 도독군만 있지 않았음을 내가 똑똑히 증언하겠소!"

성주와 장군은 작전 협의를 이미 마친 듯했다. 그러지 않았다 해도 물참이 듣는 데서 함부로 누설할 리 없었다.

물참이 물었다.

"당의 군선이 백강으로 들어갔습니까?"

"들어갔지요. 우리 수군이 사포 아래를 철저히 대비하고, 또 고구려군이 회이포와 도독성을 재빨리 차지하여 그리 몰아넣을 수 있었소. 나는 땅 길로 움직이는 죽지 장군님의 지휘를 받으며 곧 백강으로 들어갈 것이오."

"땅 길을 밟는 신라군은 예전처럼 황산벌 쪽으로 올 테니, 그러면 사비성 못 미쳐 석성*쯤에서 격돌하겠군요. 아니, 당군이 그러도록 유도하겠군요."

도독성 성주가 무릎을 쳤다.

"석성이라고 하였소? 대단하구려! 내가 무어라 말은 못하나, 전술에 참 능하십니다."

"짐작하겠습니다. 나는 동료들과 같이 땅 길로 석성 쪽에 가서 죽지 장군의 부대를 찾아 작은 힘이나마 보태겠습니다. 거기서 다시 뵈면 좋겠군요. 이 전쟁이 이번 싸움으로 끝나진 않을 테니, 언젠가 다시 만나겠지만 말입니다."

---

*   충남 부여군 석성면에 있는 성.

장막을 나설 때 도독성 성주가 자기네 이야기를 덧붙였다.

"이거 참 잘됐소이다. 우리 수군은 우듬지 장군과 같이 움직일 테고, 땅 길로 모이는 고구려군이 따로 있다오. 서로 만날지 모르니 그대에 관해 알려두겠소. 당나라 놈들을 송두리째 몰아내고 우리 모두 사비성에서 만납시다. 거기서 다 같이 승리를 축하합시다!"

물참이 홀뫼 기슭으로 돌아왔다. 그저께 새벽에 안개를 벗어나 구디들과 만났던 곳에서 멀지 않았다.

"신라 수군은 고구려군과 백강으로 들어간다고 한다. 우리는 땅 길로 가서 신라의 죽지 장군 부대와 만나야겠다. 이번에 온 당군은 강이 얕아지니까 사비성 못 미쳐 석성쯤에서 진을 칠 것이야. 거기는 한때 우리 부흥군이 사비성을 포위할 때 주둔했던 곳이라 내가 잘 안다. 당군이든 도독군이든 놈들하고는 그 석성 부근에서 맞붙을 텐데, 한발 먼저 거기 가자면 시간이 없구나. 각자 집에 가서 하직하고 봇짐을 싸서 해 질 무렵까지 시루성으로 오거라. 마침 보름 때이니 달이 밝으면 밤을 도와 떠나려 한다. 어느 길이 빠를까?"

차돌이 답했다.

"여기서 떠난다면 비득재를 넘는 게 좋습지요. 시루성에

선, 산이 가로놓여 잘 모르겠습니다."

"나도 자신이 없다만, 아무래도 사비성 남쪽으로 가자면 비득재가 나을 성싶구나. 비득재는 여기 사포로 내려오는 곰내를 거스르다가 두물머리에서 오른쪽 골짜기로 곧장 끝까지 가면 된다. 그 고개를 넘으면 물이 동쪽으로 흐르다 소부리벌을 휘감는 백강과 만나지. 거기서 강을 따라 얼마 내려가면 건너편에 석성이 있다. 혹시 늦는 사람은 그 길을 따라오너라."

그 길은 큰길이 아니라 인적이 드물어 좋았다. 때가 때인지라 혹시 다른 군사들과 만난다면 서로가 누구이며 어디를 왜 가는지, 대거리하기 어려운 상황이 벌어질 수 있었다.

흩어지려는데 푸새가 말을 데리고 나타났다.

그가 말을 넘기고 물참을 한쪽으로 이끌었다.

"고잔이 사정이 궁금하여 오는 길에 들러보니 아버지께서 어젯밤에 돌아가셨더군요. 오늘 장사를 지내고 있었는데, 사포 이야기를 듣고는 자기도 물참님을 따르겠다고 했습니다. 그런데 오다가 또 무슨 일이 있었는지 아십니까? 제가 주부님을 보았습니다. 이번에는 제 두 눈으로 똑똑히 보았습죠."

"내 형이? 사비성으로 돌아갔다고 그랬는데?"

"갔다가 고대 되돌아왔나 보죠. 일행이 사람은 많지 않고 짐바리가 여럿이더군요. 몰래 조금 뒤쫓아보니 갈림길에서 고잔이가 사는 은개 쪽으로 빠지던데, 어째 그리 갔을까요?"

"왜국으로 떠나려나 보구나."

"그러면 회이포로 가야 하지 않나요?"

"아니, 그리로 갈 수도 있다. 형을 본 지 얼마나 됐지?"

"오다가 보았으니 오래 지나지 않았습죠."

죽은 줄 알았던 사람을 마지막으로 한 번 보고 싶었다. 형을 만나고 올 테니 이따 시루성에서 합치자고 했다.

모루가 서둘러 말을 끌고 왔다.

솔섬

물참과 모루는 솔섬으로 말을 달렸다. 형이 천득의 배를 타는 게 분명했다.

은개 마을을 지나는데 집 하나가 눈에 들어왔다. 마당에 차일이 쳐진 게, 장사를 치르는 고잔의 집 같았다. 초상집의 쓸쓸함이 돌담을 두른 그 집에 감도는 성싶었다.

사람들이 뒷산에서 내려오는 걸 보니 장례가 끝나가는 듯했다. 나는 왜, 형을 만나려고 하나? 그의 장례는 끝났다. 그가 이 땅에 살아간대도, 예전 임존성에서처럼 그와 맞서는 게 꺼림직한 심정조차 들지 않을 터이다.

은개를 지나니 솔이 우거진 섬이 나타나고, 그 너머로 난바다가 끝없이 펼쳐졌다.

말을 숲에 들여 매고 산비탈을 탔다.

배 뭇는 데가 보였다. 의지간에 나무들과 용골이 앙상한 배 따위가 있었으나 사람은 보이지 않았다. 일이 중단된 것 같았다.

조금 더 가니 바닷가에 배가 한 척 보였다. 새로 지은 배 같지는 않았다. 배 앞에 사내 몇이 서 있었다. 모두 허리에 칼을 찬 모습이, 여느 뱃사람 같지 않았다.

산 밑의 집 근처에서 무슨 소리가 났다. 둘은 비탈을 조금 내려갔다.

마당에 짐바리들 사이로 두 사람이 보였다. 멀리서 보아도 형과 천득이었다. 형은 백제 옷을 입고 있었는데, 화가 잔뜩 나서 천득과 다투는 중이었다. 말소리가 높았지만 또렷이 들리지는 않았다.

모루가 물참의 표정을 살폈다. 물참은 잠자코 한참을 더 지켜보았다.

이윽고 포기한 듯이 형이 짐에서 고리짝 같은 걸 열고 무얼 꺼냈다. 그는 어색한 몸짓으로 천득에게 그걸 건넸다. 천득이 받아 들더니 잠시 가늠을 하다 그냥 품에 넣었다.

형은 짐을 수습한 후 뒤도 돌아보지 않고 배로 올라갔다. 둘이 뱃삯 따위로 다툰 성싶었다. 형은 도독부 벼슬아치의

힘으로 천득을 많이 도왔겠으나, 이제는 그에게 되몰린 것이
리라.

형이 배 위에서 무어라 소리치자 집에서 사람들이 우르르
나와 배로 향했다. 큰집 식구들이었다. 큰어머니와 형수를
멀리서도 알아볼 수 있었다. 두려움에 쫓기는 기색이 역력
했다.

천득의 지시를 받고 칼 찬 사내들이 형네 짐을 배에 싣더
니 떠날 준비를 했다.

형이 지금 왜국으로 달아나면서도 놓지 않고 있을 일, 집
안의 원수를 잡고 재물도 되찾는 그 일이 다시 생각났다. 그
일을 자기 대신 천득한테 맡겼다면, 그리고 천득이 회이포
나 어디에서 그자를 이미 붙잡았다면, 아무도 모르게 해치
우고 재물만 차지했을 것 같았다.

바다 쪽으로 바람이 불었다. 배를 띄우기 좋은 날씨였다.

형은 배 위에 서 있었다. 백제 땅을 바라보며 비석처럼 움
직이지 않았다.

배가 바다로 멀어졌다.

돌아오는 길에 고잔의 집에 들렀다.

고잔은 아버지를 산에 모시는 데 도와준 이들과 인사를

나누는 중이었다. 담 밖에서 죽은 이의 물건 같은 게 불타며 연기가 났다. 몸은 산에 묻히고, 쓰던 물건은 그렇게 사라지고 있었다.

물참을 본 사람들이 모두 허리를 굽혔다.

그가 고잔의 손을 잡았다.

"급히 솔섬에 왔다 가는 길이다. 마음이 얼마나 아프냐?"

그는 손을 빼더니 말없이 안에 들어가 평복으로 갈아입고 나왔다. 준비해두었던 것처럼 아내가 봇짐을 내다 건네고 뒤꼍으로 갔다. 울음을 보이지 않으려는 듯했다.

고잔이 어려서부터 편치 않았다는 다리로 용케 훌쩍 말에 올랐다. 그리고 아이가 내미는 창을 잡았다.

사람들이 마을 어귀까지 따라 나왔다. 한 노인네가 등자에 걸린 물참의 발을 어루만지며 주문을 외듯 말했다. 세상이 나아질 테니, 꼭 좋아질 테니, 부디 무사하소서.

회이포로 갈라지는 삼거리에서 물참은 말을 멈추었다.

그가 모루한테 말했다.

"여기서 너는 섬으로 가거라. 가서 산이와 살아라. 섬에서든 산에서든."

모루가 멍하니 쳐다보았다.

"산이와 그런 걸, 알고 있었지요?"

"몸이 예전과 다른데, 모르면 이상하지. 산이가 길쌈을 잘하게 되어 아이와 네 옷을 지어 입히면 아주 보기 좋겠구나."

"허지만 갑자기…… 제가 뭘 잘못했나요?"

"네가 무얼 잘못해서 이러는 게 아니다. 너는 오랫동안 정말 나를 많이 도와주었어. 형제도 그런 형제가 없었지. 진작이래야 했는데, 너무 늦었다. 지금부터 네 마음대로 살아라. 되도록이면 전쟁터에서 멀찌감치 떨어져서."

물참은 늘 품에 지니고 다니던, 형이 준 단검을 꺼내어 내밀었다.

"내가 지금 줄 거라곤 이것뿐이다. 정표라 생각하고 받아라. 나중 이야기를 하고 싶지만 지금은 그럴 수가 없구나."

검을 받아 든 채 모루가 우두커니 있었다.

물참과 고잔은 시루성으로 향했다.

셋째 날 한밤

달빛

산마루 위로 보름달이 솟았다. 시루성 골짜기의 어둠이
걷혔다.

스물 가까운 사람이 모였다. 물참과 처음 인사를 나눈 이
도 있었다. 말이 없는 사람은 한 마리에 둘씩 탔다.

일행은 시루성을 나섰다.

산을 넘고 물을 건넜다.

비득재 아래 골짜기에서 차돌이 말했다.

"고사가 따라오는 걸 아십니까?"

아까부터 알고 있었다. 물참은 골똘히 궁리해왔다.

비득재 위에 올라섰을 때, 차돌더러 일행을 이끌고 앞서
가라고 하였다.

고사가 숨을 몰아쉬며 재를 올라왔다.

달빛에 드러난 얼굴이 희고 고왔다.

"더 가지 마라. 전쟁터는 끔찍한 곳이야."

"저한테만 끔찍할까요?"

"다 같을 테지. 허나 너에게는 더 힘들다. 아직 배겨낼 힘도 모자랄 성싶고."

고사가 말의 갈기를 쓰다듬으며 눈길을 피했다.

"오라버니는, 제 마음을 압니까?"

"네가 너의 집 사람들과 매우 다르다는 걸 알았다. 거슬리는 일을 여러 가지 보았겠지. 견디기가 힘이 드느냐?"

"네…… 힘듭니다."

고사가 줄곧 말의 갈기를 쓰다듬었다.

"집이 싫어졌구나. 그렇다면, 내 부탁 하나 들어주겠느냐? 이건 싸우는 일이 아니다."

고사가 얼굴을 들며 관심을 보였다.

일행과 거리가 너무 멀어질 것 같아 이야기를 간추렸다.

"사비성 함락 때, 동문 밖 제당에서 나라 제사에 쓰던 향로를 잃어버렸다. 내 어머니 소관이라 자나 깨나 그 걱정을 하다 돌아가셨다. 모량부리라는 데를 아느냐? 백강 남쪽에 있

는 곳이지. 거기가 고향인 아지라는 여자가 어머니의 딸 노
릇을 했는데, 마지막에 그 사람이 향로를 어디에 감추었단
다. 사비성 함락 뒤 내가 어머니를 구출할 때 같이 성에서 나
왔고, 살았으면 지금 서른 살 가까이 됐을 게야. 헤엄을 칠
줄 안다고 했으니 물가에서 살았던 사람일지 모른다."

"그 여자를 찾아 어찌하면 됩니까?"

고사가 웃음을 띠며 말했다. 금방이라도 찾아갈 태세였다.

"당장 가라는 얘기가 아니다. 적어도 한두 해 후에, 못 찾
으면 몇 번이고 다시 떠날 맘을 먹고 가거라. 그 여자를 만나
서 향로 숨긴 데를 알아내면 된다. 내가 살아서 돌아오면, 아
니 돌아오지 못하더라도 그걸 찾아내어 영원토록 보관하며
향을 피울 데다 맡겨라. 그게 내 부탁이다. 향로가 무사하면,
네 공이 매우 클 것이야."

물참이 고삐를 당겨 말머리를 돌렸다.

"부탁을 들어드리겠어요. 그럼 제 부탁도 들어주세요. 부
디, 살아서 돌아오세요."

고사의 목소리가 가늘게 떨렸다. 그녀의 눈이 새삼 커 보
였다.

"고맙다. 아지라는 여자도 담대하고 눈이 크더라. 너처럼
말이다."

물참이 말의 뱃구레를 찼다.

얼룩이가 뛰기 시작했다.

달빛이 천지에 가득했다.

물참은 물살을 가르듯 나아갔다.

세상을 떠난 사람과 지나간 일들의 자취가 모두 자기 속에 남아 있고, 강물처럼 흐르는 성싶었다. 흐르다가 달빛에 녹는 성싶었다.

지금은 지금 사정이 있으며, 자기한테는 해야 마땅한 일이 있었다.

전쟁터로 가는 일행이 멀리 보였다.

후기

나흘 뒤, 신라군은 석성에서 군사 5천3백 명의 목을 베고 도독부의 백제인 장군 두 명, 당인 부관 여섯 명을 사로잡았다. 곧바로 사비성으로 진격하여 웅진도독부를 무너뜨린 신라는 백제의 옛 서울에 '소부리주'를 설치하고 도독을 임명하였다. 이로써 백제의 옛 땅을 모두 차지했다(671년 음력 7월).

그 전해 시작된 나당전쟁은 7년을 끌다가 676년 기벌포에서 끝났다. 또다시 백강 하구에 침입한 당군을 신라군은 스물두 번의 전투 끝에 물리쳐서, 백제가 망한 지 16년, 고구려 멸망 8년 만에 평양 이남의 땅을 차지했다. 이로써 마침내 평화가 찾아왔다.

작가의 말

나라는 소중하면서 무섭다. 나라가 주는 안락은 차가운 통치 질서와 무력에서 나온다. 7세기의 삼국 통일은 극한의 폭력과 혼란을 동반했다. 멸망한 백제의 무사 물참은 온몸으로 그것을 겪으며 '나라'를 찾아 헤맨다.

나라 역시 변한다. 세계화의 물결이 거센 오늘날, 나라 혹은 국가는 국경과 공동체 의식이 흐렸던 고대古代의 어느 시기와 비슷해져가고 있다. 지금 한국인은 또다시 나뉜 나라의 통일을 위해, 예전처럼 칼과 활을 들 것인가?

역사는 승자의 기록이라고 한다. 역사가 지운 패자의 삶을, 소설은 그려낼 수 있다.

나당전쟁 둘째 해인 671년 여름, 마침내 물참은 어제의 적 신라와 손잡고 옛 수도 사비성으로 진격하여 '남의 전쟁'을 '나의 전쟁'으로 삼으려 한다.

한국사에서 잊힌 시간, 당의 웅진도독부가 백제 땅을 지배한 10년을 되살렸다. 지나간 생명의 자취는 후손의 얼에 살아 있다. 이 과거 이야기가 미래를 위한 모색의 마당이 되기 바란다.

'별빛 사월 때'는 어둠이 잦아들고 먼동이 트는 때이다.

강미 씨와 함께 '역사'에 가까운 분단 이야기 『조강의 노래 — 한강 하구의 역사문화 이야기』(문학과지성사, 2019)를 펴낸 바 있다. 그리고 '역사소설'을 쓴 게 바로 이것이다.

섞이어 몰아치는 걸 명징한 언어로 표현하고 싶었다. 그리고 노상 발을 적시는 삶의 냇물에서 한 줄기 '마땅한' 흐름을 찾아, 대륙을 적시는 큰 가람에 이르고자 했다.

도움 준 이에게 감사드린다.

2022년,
구름 아래 작은 꽃들이 피는 여름
최시한

* 다음 자료들을 주로 참고하여 당대의 삶과 흐름을 짐작하였다.

김용운 외 5인.『한국의 기층문화』. 한길사. 1987.

노중국.『백제부흥운동사』. 일조각. 2003.

─── .『백제사회사상사』. 지식산업사. 2010.

─── .『백제정치사』. 일조각. 2018.

도수희.『백제의 언어와 문화』. 주류성. 2004.

메이슨, 데이비드.『산신─한국의 산신과 산악 숭배의 전통』. 신동욱
          옮김. 한림출판사. 2003.

민계식·이강복·이원식.『한국전통선박 한선』. 2012.

양종국.『백제 멸망의 진실』. 주류성. 2004.

유동식.『한국 무교의 역사와 구조』. 연세대학교출판부. 1975.

일연.『삼국유사』. 이가원·허경진 옮김. 한길사. 2006.

『역주 삼국사기 1~5』. 한국학중앙연구원출판부. 2011~ 2012.

『일본서기』. 성은구 역주. 정음사. 1987.